창 · · 남강문학 · · 간

내 고향 진주출신 문인들이 발간하는 〈남강문학〉
창간호 발간을 진심으로 축하드리며, 전국 최초의
예술제가 열렸던 진주의 문학 열기가 〈남강문학〉을
통하여 만천하에 향기롭게 퍼지길 기원드립니다.

동신석재산업(주)

대표이사 **유 영 준** (진주고 33회)

(dongsin5@hanmail.net)
전 화 : (051) 638-2949

南江文學

2009 창간호

＊題　字：中山 신경용
＊表紙畵：牧霞 송영기

동화, 소설

2009 창간호

수 필

문학평론

연 재 진주 문단 이야기〈1〉

우리말은 남강가에서 꽃필 것이다

* **우리말 갈래사전**(한길사 發刊)
* **우리말 활용사전**(서울대학교 출판부 發刊)
* **그림 갈래 사전**(近刊)
* **속담 갈래 사전**(近刊)

남강문우회 고문 박용수 시인 지음, 우리말 사전 4종

진주출신의 시인이자, 국어학자인 박용수 선생이 우리말 사전 4종을 펴냈다. 남북이 분단된지 반세기가 넘으면서 남한은 남한대로, 북한은 북한대로 서로 상이한 언어사용이 늘어나면서 민족의 언어위기가 대두되고 있는 지금, 박용수 선생이 펴낸 민족고유의 갈래사전은 아주 값지고 큰 의의를 담고 있다. 한 권도 엮기 힘든 대역사적 사업을 4권이나 펴낸 박용수 선생은 "사라져가는 우리말을 되살리는 일이 곧 겨레를 되살리는 일이며, 이는 곧 민족 문화의 자부심이다"고 밝히고 있다.

남강문우회 화보

08. 10. 3 진주개천예술제 전야제 참가(진주문인회 환영만찬)후 巴城 薛昌洙 (故)댁 廳水軒에서 부인 김보성 女史님을 모시고

08. 11. 6 입동모임

09. 2. 5 남강문우회 정기총회 입춘모임 후(태종대에서)

09. 5. 6 입하 모임

09. 5. 23 靑多 李泂埴교수(평론가, 청다문학회 이사장)
자랑스런 옥종인뿔 수상(고향에서)

남강문우회 화보

08. 10. 24 설송문학상 대상수상 강희근 박사와 함께(부산여자대학교에서)

08. 11. 27 水石 成鍾和 출판기념회
(잃어버린 나, 늦깍이가 주운 이삭들)

09. 6. 9 「시와 수필사」 창간 4주년 기념식에서 신인상 수상(허일만, 안병남 남강문우 회원)

南江文學

2009 창간호

남강문우회

책머리에

오늘도 남강은 흐른다. 남강에는 우리들의 학창시절의 꿈과 문학을 동경하던 아련한 기억들이 아직도 흔적으로 남아 흐르고 있다. 이제 그 세월이 반세기를 지났다. 까까머리의 중, 고교 학생모를 쓴 모습이 어느덧 반백의 머리칼로 그 지나온 날을 돌아보는 연륜이 되었다. 이 국토의 영산 지리산에서 발원하여 진주를 가로 질러 흐르는 남강은 성장하는 우리들에게 어머니의 젖줄이며 핏줄이기도 하였다. 그래서 남강은 우리들의 그 시절의 정서가 깃들어져 있는 강물이다. 우리는 이 강물에 뛰어들어 헤엄치고 숨쉬고 이 강물을 마시면서 이 강에서 우리들의 꿈을 키우고 여린 사고를 살찌우면서 성장하여 사회로 나아갔다. 그 동안 우리들은 사회의 각 분야에서 열심히 각자의 삶을 살아왔다. 처음의 뜻을 굽히지 아니하고 변함없이 문학에 정진하여 빛나는 작품 활동으로 그 꿈을 이루어 우리들의 고향 진주의 자랑하는 문인이 되었는가 하면 사회의 다른 여러분야로 진출하여 그 나름대로의 열매를 거두어 돌아오기도 하였다. 연어가 먼 바다에 나갔다가 배란기에 태어난 곳으로 찾아 돌아오듯 오늘 우리들은 우리들의 꿈의 요람인 이곳 진주로 돌아와 모인 것이다. 우리들은 시기적으로 빠르고 늦음의 간격은 있으나 모두 문단의 등단절차를 거쳤으므로 이 남강문우회가 우리들의 고향 진주에 명실공히 결코 부끄럽지 않은 문학 모임이 되리라고 감히 자부하는 바다. 개

성 종 화

남강문우회 회장

천예술제가 개최되는 이 때쯤이면 논개의 충절과 임진란에 진주성을 지
킨 선조들의 얼이 담겨 유유히 흐르는 남강의 유등을 떠 올리고 몸은 비
록 외지에 나가 있으면서도 항상 내 고향 진주를 그리며 살아왔었다.
파성 설창수, 동기 이경순 선생의 문향을 계승하여 그 푸른 남강물이 변
함없이 흐르듯 면면히 이어져 가기를 바라면서 이 모임이 비록 처음은
미약하게 태동하였으나 앞으로는 전국적으로 진주 출신의 진주를 대표
하는 문학 모임으로 발전해 가게 될 것이라고 기대해 본다. 고향을 지켜
오늘 우리들을 맞아주는 취암 최영호님, 하정 강희근님 그리고 수도권
의 한글문화 연구소 이사장 박용수 시인, 월계 정태수님, 덕암 이영호
님, 청다 이유식님 외 여러분들, 이분들을 아우르는데 결정적으로 큰 역
할을 해 주신 봉화 안병남님, 대구의 정혜옥님, 초대석 손님으로 성균관
관장 최근덕님, 하택준님, 김여정 시인, 허 유 시인께도 감사를 드린다.
이 창간호 발간에 협찬해 주신 향토 출신의 기업가 (주)디.아이.씨 김성
문 회장, (주)국제플랜트 최종락회장. 동신석재산업 유영준 사장께도 심
심한 감사를 드리는 바이다.

2009년 9월 15일

촉석루

김 여 정

달밤에 촉석루는 진주 사람들에게
사막에 솟은 신기루요 하늘에 솟은 마천루였다.
이끼 낀 기왓골에 달빛이 넘실거리고
아름드리 나무기둥에 달빛이 휘감길 때면
의암(義岩)을 휘감아 돌아나가는 남강물은
동백기름에 자르르 윤 흐르는
논개(論介)의 풀어진 머릿결인 듯

천 갈래 만 갈래 울음줄기를 풀어놓고
강물에 잠긴 또 하나의 아름다운 촉석루를
어린아이 안 듯 가슴에 보듬어 안고

진주여고, 성균관대 국문과, 경희대 대학원 국문과 졸업. 1968년 ≪현대문학≫으로 등단. 시집 『화음』, 『바다에 내린 햇살』 등 12권. 시선집 『레몬의 바다』 등 3권. 시해설집 『현대시의 이해와 감상』, 『김여정 시전집』 등. 수필집 『고독이 불탈 때』 등 3권. 대한민국문학상, 월탄문학상, 한국시협상, 공초문학상, 시인들이 뽑은 시인상 등을 수상. 국제펜클럽 한국본부 이사, 한국시인협회, 한국여성문학인회 자문위원, 한국문인협회 회원, 한국 카톨릭문인회 고문, 〈청미(靑眉)〉, 〈시정신〉 동인.

뒤엉킨 역사의 매듭을 풀어보려 몸부림치고 있었다.
어린 우리들은 저고리 앞섶이 터질 듯 부풀어 오른
사랑과 분노를 작은 가슴에 여미어 안고서
촉석루 기둥 뒤에 눈을 가리고
진주성 돌각담 틈서리마다 숨어 있을
적의(敵意)를 찾아내는
숨바꼭질을 참으로 열심히도 했었다.

달빛도 그런 우리들의 눈앞을
훤히 비추이며 한몫을 거들곤 했었다.

가을에 내가 할 일은

허   유(許洧)

가을에 내가 할 일은
내 人生에 풀을 먹여서
잘 개어놓는 일이다.

아이놈들은
그 아비가 헝클어 놓은 실꾸러미를 간추리게 하고
나는 가난한 시로써 그들을 쓰다듬는 일이다.

어찌 그뿐이겠는가.
어스름에 떠나 새벽에 돌아오는 여행(旅行),
귀로(歸路)에는 가벼운 철학(哲學) 한 바구니를 사들고

고성 출생. 진주고, 서울대 상대 경제학과 졸업. 공인회계사, 평화신문 신춘문예 당선('58). 시집 『우리 숲兄에게』, 『자본주의의 하늘 밑에서』 등

시장한 所望을 채우며,
    찬 비에 소름치는
내 한 갓 울먹이는 화물(貨物)이 되어
다시 비애(悲哀)에로 비애(悲哀)에로
탁송(託送)되어 가는 일이다

진　주(晉　州)

팔도강산(八道江山)을 다 돈 끝에
진주(晉州)에 와 닿으면
그 때부터 여행(旅行)의 시작이다.

팔도강산(八道江山)을 다 돌아볼라고
맨 처음 진주(晉州)에 와 닿으면
이제 여행(旅行)의 끝이다.

새벽 잠 끝에 정수리에 퍼붓는 냉수 한 바가지,
우리나라 정수리에 퍼붓는 이 정갈한 냉수 한 바가지,
진주(晉州)에 와 보면
그렇게 퍼뜩 정신이 들고 마는 것을 안다.

또 진주(晉州)에 와 보면
잘 이겨내는 것을 안다.
어떠한 철근 콩크리트도
무지막한 쇠 바퀴도
영혼을 갉아먹어 배부른 악담(惡談)도
이 가녀린 남도(南道) 육자배기 가락이 이겨내고 마는 것을 안다.
진주(晉州) 땅 골목길에 숨어 있는
풋풋한 우리나라 토종(土鐘) 공기(空氣)까지 한 몫 거들어서,
또는 탱자나무는 탱자만한 힘까지 한 몫 거들어서
그 자(者)들을 이겨내어 쫓아버리는 것을 안다.

'동양의 나폴리' 에서 20개월

하 택 준

'잔잔한 바다 위로 저 배는 떠나가고' 로 시작되는 노래가 있었다. 지금은 가사도 곡명도 잊었지만 아마 이탤리 항구도시 나폴리 노래인가 싶다. 중학교 음악시간에서 배운 노래인데 학창시절 나는 시도 때도 없이 아무데서나 자주 즐겨 불렀던 노래 중 하나로 기억된다.

그때까지 바다 구경 한 번도 못한 산골 촌놈인 나는 그저 바다는 넓고 푸를 것이고, 잔잔한 물결 위를 크고 작은 온갖 배들이 물새처럼 둥둥 떠다닐 것이란 막연한 항구를 상상하면서 또 동경하면서.

그렇듯 멋도 모르고 노래만 부르면서 그리던 항구 나폴리를 내가 가 본 적이 있다면 의아해 할 것이다. 하긴 요즘은 해외여행으로 아무나 가능한 일이지만. 그것도 여러 번이나 다녀왔던 것인데 어느 한 땐 아예

진주고, 진주농과대학 졸업. 국제신문, 부산일보,
부산매일 편집위원 역임.

일 년 팔 개월 동안 살기도 했던 것이다. 살았다기 보단 근무했다고 해야 옳을 것 같다. 왜냐면 부산에서 월요일 새벽 출근했다가 목요일 아침이면 퇴근하는 직장생활이었기 때문이다. 식사는 시내 이곳저곳 음식점에서 매끼 사 먹었고, 잠은 여관 급 보다 낮은 단계의 여인숙에서 자는, 내내 '짠돌이' 짓을 해가면서다. 그래서 여름이면 모기와의 전쟁을 치러야 했고, 겨울이면 밤마다 전기요 신세를 져야 하는, 약간 고단한 객지생활을 한 것이다. 경남 통영에서다. 누구 말마따나 충무는 가봤어도 통영은 안 가봤다는 그 통영에서.

그런데 진작부터 자주 들어 온 바이지만, 현지인이나 출향인 거의가 통영을 '동양의 나폴리'라고 극구 자랑을 하며 뽐내는 데는 나는 좀 거부감이 없지 않았다. 그것은 국내나 국외나 견문이 아주 좁은 나이긴 하지만 처음엔 그저 '그런갑다' 여겼는데 곰곰 생각해 보면 그건 좀 지나친 비유가 아닌가 싶어서다. 그러니까 통영을 호주의 시드니, 브라질의 리우데자네이루, 이탤리의 나폴리(이상 세계 3대 미항)등 세계적 미항 대열에 감히 넣었으니 그랬다. 그도 그럴 것이 우리나라만 하더라도 남해 서해 동해안에도 그럴 듯한 항구가 더러 있을 테고, 대륙의 중국, 섬나라 일본, 그 밖에 동남아 각국마다 나름대로 아름답고 멋진 항구가 수두룩할 텐데 말이다.

어쨌든 한 때 모기에 뜯기고 추위에 떤 적은 있었지만, 그러나 아무리 내 눈이 우물 안 개구리눈이라지만 통영은 과연 아름다운 항구임엔 틀림없었다. 잔잔한 바다 위를 크고 작은 각종 선박들이 오가는 그림 같은 항구, 남해안 '수산 1번지'로 사철 신선한 해산물이 위판 되는 푸짐한 어항, 옛 삼도수군 통제영이 자리했던 곳(통영 지명 유래), 또 곳곳에 널려 있는 역사 유적지, 섬마다 해안마다 빼어난 천혜의 자연경관.....이런 유서 깊고 아름다운 고장에서 내가 20개월이나 살았던 것이지만, 그러나 그새 소문만큼이나 나는 사실 화려하게 지낸 것은 아니다. 다시 말하지만 매주 월요일 새벽 부산에서 첫 정기버스를 타고 직장에 출근해, 화, 수요일까지 3일간 근무하곤 목요일 아침이면 한 눈 팔지 않고 곧장 귀가했기 때문이다. 그러니까 아무리 아름다운 항구 '동양의 나폴리'에 살았다 한들 나는 그새 뱃놀이고 해수욕이고 통영 바닷물에 손 한 번 담가 본 적이 없고, 반면 싱싱한 생선만큼은 끼니마다 어지간히 먹긴 한 셈이다. 또 하나 언급하고 싶은 것은, 남들이 흔히 부러워하던 명승지 관광과 유적지 답사는 사실 당시 '통영 20개월'과는 무관하다. 왜냐 하면 한산섬 충렬사 세병관 해저터널과 미륵섬의 용화사 미래사 도솔암, 그리고 미륵산 정상 등산 등은 이전에 이미 다녀왔기 때문이다.

　어찌했건 환갑 진갑 훨씬 넘긴 어느 한때의 '통영 20개월'은 내 인생 역정에 있어서 큰 한 경험이자 잊을 수 없는 추억으로 오래 간직될 것이다. 그때쯤만 해도 내겐 아직 견딜만한 체력과 의욕 또한 있었기에 가능했고, 따라서 무사히 넘겼음은 다행이었다. 그동안 여러모로 도움 주신 여러분께 감사의 말씀 새삼 드린다.

　한편 그 사이에도 더러 옛날 젊었을 적에 얄궂은 버릇이 도질 때가 있어 적어 본 이 어줍고 알량한 솜씨를 여기 부끄럽게 몇 수 추려 본다.

　〈미륵섬〉
　도솔천 자비광명 한려수도 사바까지/아득히 56억 7천만년 시공을 넘어/다도해 중생 건지러 미리 오신 미륵불//아침 해 저녁노을 장엄한 품에 안겨/갯바람도 솔바람도 이끼 낀 바위까지/큰 말씀 잔잔한 미소 미륵 같은 미륵섬.
　*도솔천 : 미륵보살이 머물고 있다는 곳. 56억 7천만년 후에 미륵불로 하강해 중생을 구제한다고 함.

〈세병관에서〉

뒷짐 지고 팔자걸음 뜰 안을 거닐다가/통제사 군점 받는 흉내 한 번 냈더니/갯바람 무엄하도다 나의 뺨을 때리데.

〈공주섬〉

바다 위 구슬 하나 동동 "앗, 저것 보레!"/아녀자 호들갑에 그만 멈춰 섰다구나/인제는 삼갈지어다 여객선도 멈출라.

 *공주섬 : 통영항 가운데 있는 조그마한 섬.

〈나전칠기〉

통제영 12공방 중 가히 으뜸일레라/영롱한 자개무늬 끊음질이 신기롭다/소반에 박은 학 한 쌍 금세 날아오를 듯.

〈마른멸치〉

남해안 황금어장 멸치잡이 일번지라/거리마다 점포마다 때깔고운 은빛 육질/인심도 넉넉하더라 됫박마다 수북히.

〈충무김밥〉

'원조'도 하도 많고 새댁집도 '할매김밥'/새콤한 무우 김치 오징어도 한맛인데/그래서 헷갈리지만 그래도 통영 참맛.

〈달아공원〉

절경의 파노라마 미륵섬 한 바퀴 돌아/해질녘 달아공원 '관해정'에 오르면/점점이 떠 있던 섬들 발그레 다가온다.

〈해저터널〉

산양면 가는 길이 어디 물 길 뿐이랴/바다밑 굴을 뚫어 '용문'이라 하였으니/승천길 틔운 선인들 땀과 지혜 놀랍다.

수상 삼제(隨想 三題)

최 남 백(崔南伯)

1. 시간(時間)이라는 것

논어(論語)에 이런 귀절이 있다. 공자(孔子)께서 냇가에 서서 "가는 것은 이와 같을 진저 밤낮을 쉬지 않는구나" 하셨다.

이에 대해 뒷날 학자들의 해석은 두 가지로 나뉜다. 첫째 이것은 도체(道體)다. 하늘은 운행(運行)해 마지않는다, 해가 지면 달이 뜨고 추위가 가고나면 더위가 온다, 물은 흘러 쉬지 않으며 만물은 낳고 낳아 다함이 없는 것이 모두 도(道)와 더불어 체(體)가 되는 것이니 밤낮으로 운행해 일찍이 쉬임이 없는 것이다 . 그러므로 군자(君子)는 이를 본받아 스스로 힘써서 쉬지 않아야 되며 그 지극함에 이르러서는 순수해 또한 마지않는 것이다. 라는 주장이 있고. 둘째 물은 흐르면서 낮은 곳이나

본명 崔根德, 1933년 慶南 陜川 産. 진주농고, 성균관대 동양철학과, 성균관대 국문학과 대학원 졸. 장편소설 『植民地』: 동아일보 창간 50주년 기념 장편소설 공모에 당선. 「地上의 星座」(1957, 대구매일신문 연재 외 일간지, 월간지 연재) 소설 다수. 성균관대학교 유학과 교수. 동양철학회, 유교학회, 주역학회, 포은사상연구원, 율곡학회, 간재학회, 한국예학회 등을 창립하여 부회장 및 회장 역임. 성균관 관장 국제유학연합회(ICA. 본부-중국 북경) 초대 이사장. 현 성균관 관장, 현 한국종교인평화회의(7대) 대표회장. 사단법인 종교평화국제사업단 이사장. 孤雲국제교류사업회 이사장.

구덩이가 있으면 채우고서야 지나가는 것이니 공부도 또한 이와 같이 과정을 차근차근 밟아 쉬임이 없어야 한다는 해석이다.

이 두 해석을 놓고 곰곰이 되씹어 보면 역시 두 가지 다 시간에 걸려 있다는 것을 알 수 있다. 말하자면 하늘의 운행이나 사람의 공부나 모두 시간이며 이른바 도(道)라는 것도 또한 다름 아닌 시간이라는 것을 알 수 있다. 시간이란 바로 흐름인 것이다. 서양의 어느 철학자는 "시간이 무엇인지 우리는 알고 있다 하지만 누군가 시간이 무엇이냐 고 묻는다 면 우리는 모르게 될 것이다" 했듯이 시간이란 우리가 바로 그 속에 살 면서도 그저 의식 없이 지나쳐 가는 것이다.

철학의 세계에서 보면 시간에 대한 인식은 동양의 학자들이 더 집요 했다. 역사의 새벽에 그들은 이 세상의 본질을 변화로 파악했으니 역 (易)이 바로 그것이다. 이에 반해 서양의 철학자들은 존재론에 집착하고 있었다, 말하자면 이 세상 모든 존재의 본체는 물이니 공기니 원소니 하 고 논쟁을 벌이고 있었던 것이다. 역(易)은 변역(變易)이니 곧 변화며 변 화는 바로 시간이다. 동양철학에서는 이와 같이 우주(宇宙) 천지만물(天 地萬物)을 시간으로 파악한다. 우주가 곧 시간이고 인간이 곧 시간이며 삶이 곧 시간인 것이다.

2. 밝음과 어둠

우리네가 사는 이 세상은 어느 때 어느 곳에서나 밝음이 있고 어둠도 있다. 그런데 가만히 생각해 보면 묘한 구석이 있다. 밝다고 생각한 것 이 사실은 어두운 구석일 수 있고 어둡다고 낙망한 것이 사실은 밝음일 수도 있는 것이다.? 그래서 명암이 엇갈린다고 하는 것이다.

며칠 전 TV를 보다가 크게 감명을 받았었다. 한 가족 네 명중에 세

사람이 중증 장애인인데도 모두가 밝게 하루하루를 살아가고 있는 가정을 소개하고 있었다.

네 사람 중 세 사람은 몸을 가누지 못하는 것은 물론이고 언어 전달도 제대로 하지 못하는 그런 상황인데 반해 오직 한 사람만이 정상이었다. 이런 경우 상식적으로는 어둠에 휩쌓인 세 사람이 밝음을 누리는 한 사람을 질시하거나 이유 있는 반항을 되풀이 하고 멀쩡한 사람은 장애에 시달리는 가족을 본의가 아니더라도 멸시하거나 짜증스레 대할 수밖에 없는 것이 현실인 것이다.

그러나 우리가 본 TV의 그 가정은 그렇지 않았다. 아주 밝은 모습으로 이 세상을 살아가고 있었다. 오직 한 사람 정상인의 자유를 누리는 아내이자 어머니는 몸을 가누지 못하는 남편이나 아들 따님을 시중들면서 조곰도 귀찮아하는 눈치를 보이지 않았고 오히려 보람을 느끼는 그런 모습이었다.

3. 근본(根本)과 말단(末端)

세상 물정은 모르고 그저 공부에만 전심하고 있는 선비가 있었다. 하루는 그의 아내가 들에 나가 자기 집 논을 둘러보고 오라 일렀다. 글속에 파묻혀 있는 자기를 대신해서 여자의 몸으로 늘 농사일을 돌보는 아내에게 평소 미안한 생각을 갖고 있던 선비는 선선히 삽을 들고서 들판으로 나갔다.

자기 집 논을 찾아 물꼬를 단속하고서 둘러보니 놀랍게도 논둑에 구멍이 생겨 물이 새어나가고 있었다. 선비는 곧 구멍을 막기 시작했다. 그리 크지 않는지라 쉽게 막을 줄 알고 흙을 한 삽 떠다가 논둑 밖으로 갖다 붙였다. 물이 새어나오는 것이 보이는 쪽이기 때문에 구멍 바깥쪽에서 막은 것이다. 잠시 동안 물이 나오지 않아 단단히 막은 줄 알았으나 삽을 들고 돌아서기도 전에 물이 새어나오기 시작하더니 막기 전보다 오히려 더 거세게 흘러나오는 것이 아닌가. 선비는 다시 흙을 날라와 막았고 구멍에선 여전히 물이 새어나오고 있었다. 갈수록 구멍이 더 커지고 물줄기도 더 거세어지는 것이었다. 선비는 낭패가 돼서 땀을 뻘뻘 흘리며 어쩔 줄을 몰라 했다. 자기 힘으로는 도저히 막아낼 재간이 없을 것 같았고 시간이 흐르면 선비의 안간힘과는 관계없이 논둑이 터져버리는 파국을 맞이할 것 같았다.

그러는 중에 아내가 달려왔다. 남편이 오랫동안 돌아오지 않는지라 걱정이 돼서 찾아 나온 것이다. 아내는 울상이 되어 낭패스러워하고 있는 남편을 흘낏 보더니 사태를 짐작하고는 허리를 굽혀 흙을 한 줌 쥐고서 논둑 안쪽으로 가서 구멍을 막았다. 거세게 새어나오던 물줄기가 뚝 그쳤고 다시는 새어나오지 않았다. 한 줌 흙으로 구멍을 완벽하게 막은 것이다.

흔하게 인용되는 이런 얘기를 새삼스레 늘어놓는 것은 요즘 돌아가는 세태를 보고 있노라면 뿌리(根源)와 가지(枝葉)생각이 문뜩문뜩 떠오르기 때문이다. 물신숭배(物神崇拜), 과소비, 이혼증가, 저출산(低出産) 청소년비행 등등 가치관 혼란의 풍조가 마치 도도히 흐르는 홍수처럼 세상을 휩쓸고 있는 것이다. 〈了〉

파성의 문학과 인간

박용수
그는 빗 속으로 가시고

강희근
설창수 시연구

양왕용
파성 설창수 시인과 진주, 그리고 개천예술제

강동욱
파성 예술상 제정이 시급하다

그는 빗발 속으로 가시고
-1998년 6월 30일, 대전에서 파성(巴城) 선생과 헤어지다-

박 용 수

1

함양, 거창의 높고 낮은 잿길을 넘을 때마다 머리에 닿을 듯이 무겁게 내려앉아 있던 하늘이 김천의 곧은길로 접어들 무렵부터 끝내 빗방울을 흘린다. 방울은 조금씩 굵어지고 차창으로 훔치는 물닦개가 부지런히 움직거렸지만 젖빛 이내가 자욱이 낀 산은 추연히 젖기만 한다.

"고생스럽게 서울에는 뭐하러 가노? 같이 살지 않고……."

"가 보고 따분하면 다시 내려오지요. 뭐……."

내 손을 감싸 쥐고 안타깝게 흔드는 그의 얼굴을 바로보지 못하고 눈을 돌린 하늘에서는 눈발이 날리고 있었다. 1970년 정월, 겨울에도 비가 질척거리기 일쑤인 고장인데 그 겨울은 눈이 자주 내렸었다.

파성 설창수 시인과 나는 이렇게 헤어졌다. 그리고 28년이 흘렀다. 사람이 하는 핑계란 거짓말이기 일쑤이지만 따분키 이를 데 없는 서울살이를 미적이며 보내기 스물여덟 해가 지난 것이다. 그 스물여덟 해 뒤끝인 1998년 6월 26일 그가 우리 곁을 영 떠나신다.

"그 먼 저승에는 뭐 하러 가시오? 마실 술 아직 남아있는데……."

흐릿한 산 그림자 저쪽에서 그는 빙긋 손을 흔든다.

"가 보고 술 생각나면 다시 돌아오지 뭐……."

남강 물처럼 흐르는 진주의 술을 두고 떠나기는 그도 싫었을 것이다. 내가 진주를 떠난 스물여덟 해 전의 마음도 그랬으니까.

술이라면 둘째가기 마다하는 내가 파성 선생과 마주 앉으면 영 기를 펴지 못하는 것이 그의 바다 같은 주량 때문만은 아니다. 남강 물 흐르듯 하는 그의 주도는 막걸리 한 사발을 몇 차례나 홀짝거리는 내 술버릇으로는 도무지 흉내를 낼 건덕지가 없어서다.

형편은 이러하지만 술자리에서 기가 죽어서는 도무지 흥이 나기 바랄 수 없는 일이라 나는 지지 않으려고 술잔을 연거푸 들며? 힐금힐금 파성의 술잔을 훔쳐보면 그의 술에는 늘 뭔가 떠 있다. 우리가 즐겨 드는 진주의 동동주에는 밥풀이 동동 떠다니지만? 그런 게 아니고? 다른 무엇이 떠 있는 것이다. 그냥 떠 있는 것이 아니고 물 주름을 잡으며 잔잔히 떠돈다. 저게 뭘까? 내 술잔에는 없는 저게?

그것이 파성이 토해내는 울분의 숨결임을 안 것은 술자리를 꽤 많이 한 뒷날이었다. 나와 둘이서 술을 마시면 울화를 술잔에만 토하지만 다른 사람이 섞여들면 그 큰 눈을 더욱 부릅뜨고 힐난을 하며 꾸짖는다. 어느 때던가,이런 술자리를 마무른 뒤 꾸지람 받은 사람을 위로할 겸 다시 술청으로 돌아와 무슨 일로 그렇게 역정을 내시던가 물으니 역정은 무슨 역정 박정희 치들에 대한 욕이지 하더라.

파성의 박정희에 대한 울화는 이렇게 술잔에도 뜨고 술친구에게 힐난으로 퍼부어지기도 했다. 특히 〈치들〉이라는 박정희 그늘에 모여 사는 문단 일부의 아부배들에 대한 울화가 컸다.

"문인만이라도 쓸개를 제대로 달고 살면 박정희가 어찌 저렇게 날뛰랴" 에서 그의 문단에 대한 섭섭함이 잘 정리된다.

"그 시대의 양심은 문인들이 지켜야 할 몫이야. 도대체 유신문학이 뭐꼬?"

그러고는 술이다. 어둔한 나를 잡고는 긴 말을 할 건덕지도 없으려니

와 우리는 언제나 술이라는 넉넉한 마음을 나누기 위해 만나기 때문이
다.

2

　이렇게 술, 술 하고 술타령만 하니 '파성'이 무슨 술집 옥호쯤으로 알
분이 있을지 모르지만 파성이 하는 일은 모두 진주의 동동주 맛보다 진
했다. 젊은 날의 진한 우국충정은 일제가 그를 감옥에 가두기도 했고,
어수선했던 해방 공간을 거치면서 겨레문화의 앞날에 대한 걱정은 이
땅에 〈문화제〉라는 첫 잔치를 벌인 진한 겨레 사랑으로 나타났다.
　〈영남예술제〉라는 이름으로 시작되어 오늘의 〈개천예술제〉로 이어
지고 있는 문화제는 큰 잔치이다.이 잔치는 임진왜란 때 진주성을 지키
려다가 순국한 선인들의 위패를 모신 창렬사에서 향불을 지피면서 벌어
진다. 향불이 타는 향로 곁에는 시커먼 흙을 담은 항아리와 빈 항아리가
나란히 놓인다. 시커먼 흙은 제주도 한라산에서 담아 온 흙이고 빈 항아
리에는 백두산 흙을 기다리는 통일의 염원이 담겨 있는 것이다. 이 항아
리 곁에는 목이 긴 병 세 개가 놓이는데 하나는 동해의 물, 하나는 남해
의 물, 하나는 서해의 물을 이 잔치를 위해 길어 담는다.
　반도의 남북 끝에 솟은 두 산과 반도를 에워싼 바다를 제단에 올리고
통일을 기원하는 첫 향불이 지펴진 것이 1949년 음력 10월 3일(전통 월
력인 음력 기준이므로 양력으로는 매년 행사일이 조금씩 달라지지만 대
개 11월 초순께쯤 된다)인데 1950년은 사변 통이라 쉬고 쭉 10년을 이
어오다가 11회 째인 1960년부터 〈개천예술제〉로 이름을 바꾸었다.
　11회 개천예술제는 여러 가지로 뜻이 깊었다. 이 잔치가 음력 개천절
을 잡아 열렸기 때문에 처음부터 〈개천예술제〉라 부르자는 말이 많았지
만 '개천(開天)'이라는 말을 함부로 쓸 수 없다는 파성의 주장에 따라
10회를 채운 뒤에 부르기로 했는데 그 해에 4.19 혁명이 일어나 11회 개

천예술제는 제주(祭主) 설창수가 참의원 신분으로 제를 올렸던 것이다.

지긋지긋하던 이승만 독재가 무너지고 비로소 민중의 '하늘이 열리며(開天)' 햇살이 퍼진 1960년, 민주화와 통일을 기원하기 10년인데 어이 뜻 깊다 하지 않으랴.그해는 특히 사람이 많이 모였고 초청 문인도 많았다.

개천예술제와 문학을 떼어놓고 말할 수 없는 것이 사변의 잿더미 위에서 열린 영남예술제에 피난살이에 찌든 많은 문인들이 찾아와 함께 즐기며 문화 예술의 귀한 뜻을 새겼으니, 변영로, 이은상, 모윤숙, 노천명, 유치환, 구상, 이원섭 선생 등 더 헤아리자면 이 지면이 모자랄 많은 시인들(제주인 파성 선생이 시인이어서 그렇겠지만 특히 시인이 많았다)을 비롯해서 예술 전 분야의 명사들이 가을 한 때를 진주의 동동주에 흠씬 취하며 통일된 이 땅에 문화의 꽃이 밝게 피기를 기원했다.

예술제는 진주에서 시작되고 진주에서 끝나지 않았다. 목포, 마산, 제주등 전국 여기저기에서 〈예술제〉 또는 〈문화제〉라는 이름의 잔치판이 생겨나고 그 어디든 흰 무명 두루마기에 사자머리를 한 파성 설창수가 버티고 앉아 있는 것을 볼 수 있었으니 이 나라의 문화 잔치는 설창수를 빼놓고는 치러질 수 없었던 까닭에서다.

3

이 한 가지를 두고 보더라도 겨레 문화의 밑그루에 준 파성 선생의 밑거름이 얼마나 많은지를 알 수 있다.특히 사변 통에 변변한 읽을거리도 없었던 문화풍토에서 종합문예지 '영문(嶺文)' 창간은 피란 문인들에게 발표지면을 제공한 한 가지 공적을 생각해서라도 길이 가꾸어야 할 문예지였지만 사람 마음이란 어디 들어갈 때 다르고 나올 때 다르더라고 피란살이가 끝나고 앞서거니 뒤서거니 서울로 돌아간 이른바 〈중앙문단〉의 사람에게는 추억거리도 되지 못하는 듯 월간이 계간으로, 계간이 연간으로 좁혀들다가 끝내 명줄이 끊겼으니 이를 '가난'(파성 선생의 말)으로만 돌릴 수 있을까 파성과 함께 〈영문〉을 끌어가던 동기 이경순 시인이 한 말에 모든 빌미가 담겨 있음을 그때도 알았고 지금도 그렇게 알고 있다.

"내가 누구 만나서 좀 도와 달라니까 '영문' 그런 건 진주 사람들이 하면 되는 거지 그러더라. 즈그들 하고는 아무 인연도 없다는 거야."

진주사람 여럿이 힘을 모은다면 못할 것도 없지만 이 잡지는 진주사람 것이 아니지 않은가? 사변 통에 피란살이 하는 중앙문인들에게 지면을 제공하자고 만든 것이니 피란 왔던 서울 사람들을 위한 것이지 진주사람 것이 아니다. 그래서 돈을 모아 동인지 같은 것은 꾸준히 잘도 내면서 '영문'에는 눈길도 주지 않았던 모양이다.

이제 파성 선생을 떠나보내고 나니 아쉬운 것이 많지만 어쩌랴. 사람이란 산처럼 유구할 수 없는 일. 비 추적추적 내리는 대전의 국립묘지에 그 분을 묻고 돌아오며 언제 또 파성과? 술을 마시나 이런 잔걱정만 들 뿐 그분이 남긴 발자취를 어떻게 따라 가느냐에 대해서는 생심도 먹지 않았으니, 저 산 위에서 뿌연 그림자로 멀어져 가는 그가 문득 돌아서서 눈을 부라리며 꾸지람을 하지 않을까 두렵기만 하다.

*≪문예한국≫ (1998 가을호) 특집 '98년에 타계하신 원로 시인들(3)' 에서 전재.

설창수 시 연구

강 희 근

들머리

파성 설창수(薛昌洙, 1916~1998)는 경남 창원에서 아버지 설근헌(薛根憲) 어머니 황호(黃鎬) 사이에 장남으로 태어났다. 창원 공립 보통학교 6년을 마치고(1928) 진주 농고 5년을 수료(1935)했으며, 창녕군 대지 공립 보통학교 촉탁교원(6월)으로 잠시 근무했고 부산 무진 진주 지점 서기(1월)로 있다가 일본으로 건너가 1939년 입명관 대학(立命館 大學) 예과 야간부에 입학했다. 1년 후 그는 다시 동경으로 가 일본대학예술학원(전문부) 창작과에 입학하여 모국 팔도에서 모여든 10여 명의 동과생들과 함께 문학 동호회를 만들었으나 아마추어 수준이라 그만 두고 2학기에 이석영, 김보성, 박현수 등과 일인학생 네 명과 더불어 「화요그룹」을 만들어 창작에 몰두했다. 그는 북구주(北九州)의 저수지 공사장에 원치공으로 일하던 겨울 방학 때(1941. 12. 31) 일인 형사대에 연행되어 부산에 압송, 경남 경찰부 유치장1호 감방에 수감되었다. 불충사상 죄목으로 징역 2년 언도를 받았으며 1944년 만기 출옥했다. 광복 후 경남일보에 입사하여 주필, 사장이 되었으며 문교부 예술 과장 참의원 의원 전국문화단체 총연합회 대표 의장 한국문학인 협회 이사장 등을 역임했다. 그러는 사이 그에게 주어진 이름은 시인, 예술운동가, 언론인, 정치인, 독립지사 등으로 다양했다.

작품집으로 『三人集』이 있고 미주기행 문집 『성좌있는 대륙』(1960. 수도문화사) 시선집 『開閉橋』(1976, 현대문학사), 『薛昌洙 全集 Ⅰ-Ⅳ』 (1986, 시문학사) 등이 있다.

그의 시는 생존시 작품론의 조명을 거의 받지 못했는데 이는 시가 서사적 특성이나 관념 지향 위에 놓여 있었던 데 그 까닭이 있지 않은가 한다.

Ⅰ. 설창수 시의 세계

파성 설창수의 시는 조손(祖孫)·조국에의 지향이라는 스케일이 큰 세계를 보여주기도 하고 수형의식(受刑意識)과 절치부심의 세계를 떨쳐 내지 못하고 있음을 보여주기도 한다. 또 불가적 문화 의식을 드러내는가 하면 관조와 자연의 세계를 보여주기도 한다. 파성의 시가 전반적으로 서사적 특질을 지니고 있고, 아이러니적 구조를 지니고 있으므로 관조와 자연의 세계는 시의 주요한 부면이 될 수 없다고 하겠다. 관조와 자연은 보다 서정적이거나 비유적이거나 이미지의 측면이 두드러질 때 잘 드러내지는 성질을 띠고 있기 때문이다.

1. 조손(祖孫)·조국에의 지향

파성의 조손에 대한 의식은 곧 조국에 대한 의식과 동궤로 걸림을 본다. 그만큼 조상과 자손에 대한 혈통의식이 유다름을 알 수 있다.

난 新羅 建國 전 금강산에서 내려 왔다는 明活村長의 후손,

건국 공신이라 하여 그 3대 儒理王께서 주셨다는 성-薛氏,

王命 修學次 義湘과 더불어 당나라 가는 길의 하룻밤, 인두골 고인 물을 마

시곤

見性했다는 중 元曉는 18대, 그와 공주 요석 사이의 秘合에서 태어난 선비
聰은 곧 19대
나 昌洙는 62대

— 〈祖孫哀歌〉의 '1. 祖國에게' 앞부분

따옴시는 설씨의 내력과 파성까지의 세계가 먼저 적혀져 있다. 즉 '明活村長'→'元曉'→'聰'→'昌洙'로 이어지는 설씨 계통선에 대한 은연중의 자부심과 책무의식이 깔려 있다. 이는 2번째 연이 뒷받침해줌을 본다.

知天命의 마룻턱을 이미 넘어 서서
돌아보면
걸어온 半 넘어 길을 나도 托鉢인생으로 저물었건만
강산 안팎의 물을 다 마시고도
大慈大悲의 참뜻을 깨달은 바 없고,
얼핏하면 내 것인양 하늘을 빌어다 쓰건만
仁義禮智의 까닭을 아직도 모른다.

여기서 보면 조상 내지 혈통에 대한 책무를 갚는 일은 '大慈大悲의 참뜻'과 '仁義禮智의 까닭'을 깨치는 일에 있다. 그러나 다음 연에서 씨족의 혈통이나 '사성(賜姓)의 왕은(王恩)'도
부질없는 것이 되고 만 오늘
내 힘으로 달랠 수도 아예 몰아낼 수도 없이
몸져 누운 양 소리없이 울고 있는 것은

나에겐 끝내 하나인 祖國이란 이름의 문둥이

임을 밝히고 있다. 조손·혈통의식이 '祖國이란 이름의 문둥이'로 전이되고 있다. 조손과 조국이 동렬이요, 동궤에 있음을 말하고 있는 셈이다. 시는 이어서 〈Ⅱ. 子息들에게〉로 나가는 점도 이를 뒷받침해 주고 있는 근거로 볼 수가 있다. 김광섭은 시 〈祖孫 哀歌〉를 두고

먼저 그의 시「祖孫哀歌」에서 "나는 그가 新羅의 建國功臣으로 儒理王에게서 姓을 薛氏로 받은 後孫임을 알음과 동시에 그의 敬虔한 愛國心의 深遠 함을 가까이 느끼게 되었다. 그래서 始祖功臣을 崇拜하여 하늘이 가르치는 글을 쓴 것이 이 시집이 아닌가 싶었다"

고 하여 시집 전체가 시조공과 관련된 '하늘이 가르치는 글'이라는 말을 했다. 조손과 조국에의 지향이 '하늘이 가르치는' 바임을 말하고 있는 것이다. 시 〈植木日에〉를 보면 조손·조국이 자연스레 연결되어 있음을 볼 수 있다.

애들아
나물 심으러 가자

山도 물도 맘까지도
오랜 메마름 헐벗음 속에서
살아온 우리네.

한 해 三百六十五日 동안
오늘 하룰랑은 나물 심자.

반드시 華麗한

錦繡江山을 꿈꾼다기 보다
國土의 젖가슴을 후벼서
한 그루씩 나무를 심어 두면
장차 너희들이 춥지 않고
외롭지 않을 것 같다

내가 없는 날,
鳳圭, 孟圭, 月正, 俊圭
너희가 자라 남을 것을 믿듯이
바람비와 세월은 물론
世上 썩은 온갖 *汚物*까지도
거미줄보다 연약한 毛細管으로
알알이 삭여 피와 살이 되고
한푼도 不勞의 차지나
건너 뛰기를 꾀할 줄 없는 性品은
마침내 해와 달과 별을 이마하여
푸른 하늘을 받들고
설움에 사무친 百姓들이
累累한 주검 따가
허물어져 가는 山脈의 安泰를 보장하기 위하여
뿌리 뿌리 아귀잡고 서서 있을
茂盛의 그 날을 믿기 까닭에.

-〈植木日에〉 전문

따옴시는 식목일에 나무를 심어 삶이 춥지 않고 외롭지 않게 하자는 내포의 시다. 이 시에서는 한 그루 나무를 심으면서도 '국토' 의식과 '설움에 사무친 백성'을 떠올리고 있다. 아들 딸 네 사람이 바르고 성실하게 살아 '푸른하늘'을 받들고 나라의 안태(安泰)에 이바지하기를 바라는 심정의 메시지가 살아나 있다. 앞에서 김광섭이 말한 대로 '하늘이 가르치는 바'나 경건한 '애국심'이나 조손에 대한 지향이 이 한편 속에 그대로 녹아 있음을 볼 수 있다. 파성은 국가와 관련하여 '山脈'이라는 말을 흔히 쓰고 있다. 따옴시에서도 그렇고 〈老鷹〉에서도 그렇고 〈役牛〉에서도 그렇다. 그렇다고 보면 '地下', '大地', '濁流', '裸木', '巖山' 등 자연에 대유될 만한 소재들은 모두 조국 내지 국토의 변용이라 볼 수가 있다

2. 수형의식(受刑意識)과 절치부심

파성 시는 상당 편수에서 수형의식이나 절치부심 있어야 하는 것에 대한 부재를 노래한다. 시 〈觀山曲〉을 보면 그 사정이 짚힌다

나 모양 그리움을 여읜 사람은 산이나 보려무나.
안개 쌓여 있는 봄 산이라야 알맞으리라.

잊고파서건 찾고파서건 내내 그리움 때문이라면
첩첩 산이나 봐야 든든하리라.

－〈關山曲〉 전문

그리움을 여읜 사람인 화자는 봄산을 봄으로써 그 여읨을 잊을 수 있다고 노래한다. 그러나 전체 문맥은 현실지향이다. 고산 윤선도 〈잔들고〉6) 시조가 현실 초월의 세계를 보여 주는데 파성은 그 초월로 가지

못하고 있다. 「잊고 파서건 찾고 파서건 내내 그리움 때문이면」에서 현실 쪽의 그리운 대상에 집착해 있기 때문이다. 고산에 비해 불행한 편이다.

실제로 그는 시에서 수형의식을 노출시키고 있음을 쉽게 확인할 수 있다.

一切 닫혀 있는 이 慈悲 없는 落寞의 城門앞에
알몸뚱이로 서서 있는 나의 있음은 있는 것일까.

이것은 푸른 季節에 있었던
나의 그림자가 아닐까.

나는 門이 없다
나를 지켜 주는, 나에겐 門이 없다.

안팎 어디메도 門이 없는
孤立과 刑罰만이 있는 내 가지 끝에

별 하나 걸려 있다
파아란 별이...

-〈裸木과 별〉 후반부

따옴시는 닫혀 있는 문 앞에 나목으로 서서 고립과 형벌로 살고 있음을 노래하고 있다. 절망시편이다. 가지 끝에 '별' 하나 걸려 있지만 희망이기 보다는 절망의 확인이라는 의미가 강하다. 파성의 이 수형의식은

어디서 온 것일까? 〈觀山曲〉에서 본 대로 그리움의 대상이 부재인 데서
오는 것이라 할 수 있다.

百번 통곡한 自由의 슬픔에 장승이 되어도
漆夜를 지켜 새우는 너 燐빛 눈망울과

–〈時計〉에서

내 찢어진 깃발을 〈마스트〉에 올려 다오.
다시 물이거나 불이거나 바람이거나

–〈老朽船 6601〉에서

간악한 씨앗이 마르기까지
내 서리 맺힌 두 눈으로 샅샅이
내려 밝히기를 쉬지 않을지며

–〈수리〉에서

믿음이 사람을 돌아앉은 더럽힌 祖國에 있을지라도.

–〈漢拏를 보며〉에서

따옴시편들에서 '自由의 슬픔', '더럽힌 祖國', '찢어진 깃발', '간악한
씨앗' 등을 통해 짚히는 것은 자유와 민주의 깃발이 훼손당한 조국이
다. 있어야 할 것으로서의 그리움은 자유와 민주가 온전히 실현되는 조
국에 대한 것임을 알 수 있다. 파성은 1960년 4·19을 지난 뒤 실시된
7·29총선에서 초대 참의원 6년제 의원에 당선되어 정치 일선에 참여
했다. 시인이 정치에 참여한 근거는 민주제단에 피를 흘린 고귀한 4·

19정신을 완성하고자 한 데 있다고 선거유세에서 밝혔다. 실제 그는 합동 정견발표 7회와 의원 선거 때 선고의 유의(遺衣)인 모시 두루마기를 입었던 것은 4월 영령들에 대한 위령제복의 의미였다고 술회한 바 있다. 1961년엔 전국 문화단체 총연합회 대표의장(현예총회장)에 취임했지만 5·16군사 구테타로 일거에 야인으로 돌아갔다. 이때 공식 직위를 내놓은 것으로는 국회 참의원 의원, 문총 대표의장, 경남일보 회장, 개천 예술제 준비위원장, 영남문학회 회장 등 5개직이었다. 국회등원 10개월만에 그 직을 탈취당했던 분노와 4·19정신 구현의 좌절이라는 참담한 그의 입지는 박탈감, 군사정권에 대한 복수심으로 들끓을 밖에 없었다.

그는 김삿갓처럼 유랑에 나서 시화전 보퉁이를 들고 전국 순회 시화전 길에 올랐다. 1963년 제4회 개인시화전(8월, 부산)을 시작으로 전국으로 발길을 옮겨다닌 회수는 221회를 기록했다. 진귀한 기록으로 이것이 시인으로 하여금 생활의 강을 건너게 하는 방편이 되어주었음은 더 말할 나위가 없다

이 정도면 파성이 수형의식에서 벗어나지 못하고 절치부심 떠돌이의 삶을 살 수 밖에 없었던 행간의 의미를 붙들어 볼 수 있지 않은가 한다.

보라 梢端이 가리키는 그의 一念, 百倍 天心이 그리운 수줍음은 차라리
大地껴안으며 切齒하는 것

-〈뿌리〉에서

팔매 던진 돌멩이처럼
원수를 겨누어 부딪혀 가면
돌멩이 송두리째 불꽃이 된다.

-〈돌멩이〉에서

불구멍을 물로 담은 너와 더불어 來日을 믿으리라

—〈漢拏를 보며〉에서

이런 사나운 切齒의 白眼과 默秘의 항거 속으로 한 줄기 차고 해맑은 피, 샛하얀 피 는 살아 흐르고
모여 쏟아지면서 저기 일체의 정지와 적막속에

—〈겨울 물레방아〉에서

파성은 나무 뿌리가 땅속으로 파고 들어가는 것을 절치하는 것으로 말하고, 돌멩이를 보면서 원수를 겨누는 불꽃으로 말하고, 한라산 정상 분화구를 두고 불구멍으로 물을 담은 애끓이는 절치부심의 이미지로 올려 놓는다. 그 정도가 대단하다.

3. 불가적 문화의식

파성의 시는 소재에서 불가에 깊이 관여되어 있음이 드러난다. 제3부 '舍利'에 들어 있는 20편 가운데 '孵化운동' 한 편을 제외한 19편이 불교에 관한 소재이다. '舍利', '觀音', '석굴암 대불', '石塔', '群尼 禮佛像', '은진미륵' 등 대체로 손에 잡히고 보이는 사물이다. 그런데 파성은 불가적 세계관에 깊이 침윤되어 있지만 불가의 삶에 놓여 있지는 않다는 것을 알 수 있다.

언제 어느 스님인지
이 깊숙한 골짜구니에
절 하나 이룩하여

大雄殿, 寂默堂, 鳳棲樓

낮이면 새 소리
밤이면 바람 소리
새벽마다 종소리, 목탁소리, 염불소리
밤낮으로 물소리.
닫지 않는 門간 양쪽에
四天王이 지킨다 히여
누구를 막는 노릇이 아니기에
이 밤 깊이 우리를 맞나니
사람이 살이에 지친 마음을
모두 고향인 양 여기 찾아 와서
바람소리, 물소리를 자장가로 들으면
어느 임도 따로 계시지 않는 밤을
꽃촛불 長燈한 양 화려하고나

-〈龍門寺〉의 밤〉 전문

〈龍門寺〉의 밤〉은 화자가 불가 밖에 있다가 불가 안으로 맞아 주는 용문사에 대해 말하고 있다. 절은 절로써 따로이 있고 화자의 삶은 삶대로 따로 있음을 구별해 볼 수 있다. 절은 고향인 양 맞아 주지만 화자의 삶과 연속성 위에 있지 않다. 그렇더라도 파성의 불가 이해는 상당한 전문성에 이르고 있음을 볼 수 있다.

누구에게도 있으면서
누구에게도 없는
너의 창을 열라
-〈觀音의 창〉에서

生國 天竺을 버리고 건너 왔던 開山主 연기가 세운 이 곳, 전라도 華嚴寺,
대웅전 뒷등성이에다
四獅子를 기둥한 三重石塔 하나를 母靈 공양 삼아 세워 놓아

－〈四獅子 三重石塔〉에서

부처님 계실 때 말씀 계시길
「여인은 成佛 大願을 발하지 말라」셨는데
그렇듯 燔緣을 끊기 어려운 천성으로

－〈群尼 禮佛像〉에서

따옴시편에서 보는 대로 공관(空觀)이나 사찰 축조 연기설화, 부처님
설법 등에 대한 지식과 이해가 교양으로 깊이 쌓여 있음을 확인할 수 있
다. '은진미륵'에 대한 생성과정이라든가 '阿斯 夫娘'의 전설이라든가
원효 '僧俗'에 대한 이해에다가 '修子'의 단경에 이르면 불가적 사유가
예사롭지 않다는 점을 인정할 수 있게 된다.
   그러나 파성의 시는 불가의 삶 안으로 들어가 있지 않다. 화자의 삶
이 불가의 교양 내지 불가적 문화의식에 깊숙이 젖어 있을 뿐이라는 이
야기이다. 가령 〈群尼 禮佛像〉에서 비구니 가람의 풍경을 그리고 있는
경우 「치마 벗고 여기 머물게 된, 술도 없는 酒幕!」이라는 절묘한 시상
이 있음에도 불구하고 화자는 비구니들을

하나뿐인 人生의 즐거운 輓歌
하나뿐인 人生의 서글픈 讚歌
하나뿐인 人生의 정다운 哭

이라 하여 불가 세계와의 거리감을 드러내고 있다. 그 거리감은 〈大源寺 九重塔〉에서도 잘 드러난다.

염불 합장하여 공덕을 바람이란
한갓 구차한 迷信이여.
난 끝내 非情의 보살
나의 聖域은 이승밖엔 없다.
난 有無常의 關路에 독립한 終身哨다.

〈大源寺 九重塔〉 말미 부분이다. 불법과 무관하게 탑으로의 의미만 추구한 것이지만 탑신과 관련한 신앙적 면모가 지나치게 부정적이다. 이 부정적인 이해가 불가를 부정하는 아니라 하더라도 불가의 공력에 대한 무관심한 것만은 분명해 보인다.

파성의 불가 소재의 시는 지나치게 사변적이다. 석가가 침묵 대신 언어를 선택함으로써 팔만사천법문이 경전의 골격을 이루게 되고 지구상에 가장 많은 경전을 가진 종교가 성립하게 되었지만 실천에 들어서서는 불립문자나 언어도단이 소중한 덕목이라 할 것이다. 더구나 시는 말을 줄여서 속뜻을 더 깊이 우려내는 예술이라 할 수 있겠는데 사변은 현실세계에 머물러 있는 대상과 어울리는 것이므로 비불가적이기도 학 비시적인 것이기도 하다.

바람과 비, 파도와 천둥, 메아리와 폭포.
종도 목탁도 징소리도 바라소리도
웃음과 울음, 성냄과 속삭임, 애원과 기도.
땅과 하늘, 정과 무정의
모든 소리가 내내 그 소리인 줄을

아시고도 굳이 닫은
너의 창은 진정 있는 것이냐.
너는 나로써 있고
내가 또한 너로써 있다 하면
너가 내이고 내가 너이어서
마침내 너도 나도 없고
너도 나도 있어
너만 있고도
나는 있는
너 나의
하나.

-〈觀音의 窓〉에서

'관음' 지향의 시인데 말의 밀고 감에서 끈질김의 진술을 만나게 된다. 요설과 되풀이, 밀어붙임과 되풀이의 흐름에서 속악한 현실이 재구성되고 있다. 시는 언어도단을 언어도단으로 만족하는 예술이다. 따옴시에서 언어도단까지 도달한 세계가 이를 박차버리고 다시 현실을 뒤집어쓰고 있다는 느낌을 받게 된다.

Ⅱ. 마무리

파성의 시에도 아름답고 숨가쁜 서정시가 있다. 〈石蘭〉, 〈무지개〉, 〈모란 움 하나〉, 〈치자꽃 핀다〉 등이 그것이다. 특히 〈모란 움 하나〉나 〈치자꽃 핀다〉는 그의 대표시라 할 만큼 아름답다. 그러나 그의 시는 거의가 스케일이 크고 장엄하고 서사적이다. 서정보다는 조손 ?조국에의 지향이 더 강했고 현실의 물굽이에 휘감겨 일생을 수형의 고뇌로 일관했다. 있어야 할 것이 결핍되어 있다고 생각한 만큼 그의 시는 아이러니적인 성질을 띄게 되었다. 그를 그나마 지탱시켜 준 힘은 불가적 문화의식이 아니었던가 한다.

「소승적(小乘的)이라 할 만큼 淸淨에 대한 고집」으로 표현되는 그의 삶은 시를 '詩言志'의 세계로 울타리 쳤다. 서사성과 '시언지'는 동전의 안팎과 같은 것이니까.

파성 설창수 시인과 진주, 그리고 개천예술제

양 왕 용

〈1〉

설창수 시인은 원래 진주 사람이 아니었다. 그는 1916년 1월 16일 경남 창원에서 아버지 설근헌 옹과 어머니 황호 여사 사이에 장남으로 태어났다. 창원공립보통학교 6년 과정을 졸업하고 그가 16세 되던 1932년 진주농업학교(당시는 5년제)에 입학하게 되자 온 가족이 진주로 이사하게 되어 진주 시민이 된 것이다. 그가 정착한 진주는 조선조부터 경상우도 중심지역으로 고종 33년(1896년)에 전국을 13도로 개편함에 따라 경상남도의 도청소재지가 되어 명실상부의 행정중심도시가 되었다. 그러나 파성이 정착한 1930년대는 그 영광이 일제에 의하여 상실된 시기였다. 1924년 2월 초 조선총독부가 진주에 있던 경상남도 도청을 부산으로 옮긴다고 발표한 이래 진주를 비롯한 서부경남지역 주민들의 강력한 반대에도 불구하고 거의 야반도주를 감행하여 1925년 4월 17일 지금은 동아대학교 캠퍼스가 되어있는 부산시 부민동의 도청 신청사 앞에서 이전식이 거행된 것이다. 따라서 진주는 일제에 대한 적개심과 민족의식이 충만한 도시였다. 그리고,1910년 개교한 진주농업학교(진주농림고등학교 전신)가 유일한 중등교육기관이었는데 1923년에 경남공립사범학교(진주사범학교 전신) 1925년에 일신여자고등학교(진주여자고등학교 전신)와 진주고등학교가 개교되어 4개의 근대적인 중등교육 기관이 설립되어 있었다. 다행이 경남공립사범학교는 부산으로 이전하지 않아 초등교사 양성기관으로 지역 인재를 흡수하였으며, 진주농고, 진주고, 진주여고 등도 서부경남 주민들의 교육열에 부응하였다 .뿐만 아니라, 뜻있는 지역인사들에 의하여 언론, 사회 문화 활동이 일제 강점기의 다른 지역 거점도시에 비교하여 손색없이 펼쳐졌다. 1909년 10월 최초의 지역신문인 경남일보 창간, 기타 월간 지역지들의 발간으로 설창수 시인이 진주농업학교에 입학한 1930년대는 진주는 비록 도청은 부산으로 이전하였지만 교육적, 문화 예술적, 사회적으로 서부경남을 비롯한 경남 나아가서는 영남을 선도하는 대표적인 도시였다.

설창수 시인은 진주농고를 다닐 때부터 학생운동에 관여하였다고 한다. 짧은 직장생활을 마치고 1939년 일본의 교토에 있는 입명관(立命館)대학 예과 야간부에 입학했다. 1년 후인 1940년에는 동경으로 옮겨 일본대학 예술학원 전문부에 입학하였다. 이 대학은 김기림이 1926년 ~29년에 재학하였고, 설창수 시인과 같은 시기에는 김춘수 시인과 조향 시인이 다녔던 대학이다. 졸업을 앞둔 겨울방학 때 그는 북구주의 저수지 공사장에 징발되어 노역을 하던 중 1941년 12월31일 일인 형사대에 연행되어 부산에 있는 경남 경찰부 유치장 1호 감방에 수감되었다. 2년형의 언도를 받아 1944년 만기 출옥되었다. 이러한 행적에 근거하여 그는 건국훈장 애족장을 받았다.

〈2〉

1944년 감옥에서 출옥한 설창수 시인은 30대로 갓 진입하던 1945년 8월 15일 조국의 광복을 진주에서 맞았다. 그는 건국의 소용돌이 속에서 1946년 진주시인협회 설립을 주도하여 기관지 〈등불〉을 4호까지 발간하게 된다. 설창수 시인과 함께 40대 장년으로 해방공간의 진주문단을 이끌었던 동기 이경순(1905~1985)시인의 회고에 의하면 1945년 광복과 더불어 나중에 한국예총의 전신이 되는 문화건설대 진주지부가 조직되고 문학, 연극 음악, 무용, 국악 부문 등으로 나누어 활동하였으며 회지 〈낙동문화〉를 발간하였다고 한다.[1] 그러다가 앞에서 언급한 진주 시인협회가 창립되고 동인지 〈등불〉을 간행하게 되는데, 그곳에 참여한 중심 동인은 백상현, 설창수, 이경순, 김보성, 최계락, 노영란 등이 있었다고 한다. 그리고 이 〈등불〉은 진주 시인들만 작품을 발표한 것이 아니고 유치환, 김달진, 김수돈, 조향, 김춘수, 박목월, 조지훈, 이숭자, 이윤수, 손동인 등 주로 영남 출신의 쟁쟁한 시인들이 동인으로 집필하였다.

그리고 1948년 1월 15일까지 제 4집을 발간한 후 제 5집(1948.6.15) 부터는 진주시인협회가 발전적으로 해체하고 영남문학회로 확대 개편됨에 따라 〈嶺南文學〉이라 제호를 바꾸고 1948년 10월 10일에는 제6집이 발간된다. 그러다가 1949년 4월 5일 제7집부터는 〈嶺文〉으로 다시 바꾼다. 1949년 11월1 일 처음으로 개최된 영남예술제에 맞추어 제7집을 발간한다. 이 이후로는 매년 영남예술제 기념호로 일종의 영남예술제지 성격이 된다. 1960년 11월 20일 제11회 개천예술제(영남예술제가 1959년부터 개칭됨) 특집호로 18집을 내고 종간된다. 이에 대한 자세한 연구도 이미 오래전에 경남대학교의 석사학위 논문으로 나온 바 있다.[2]

그 당시의 출판 사정과 독자층을 감안할 때 진주에서 이러한 정기적인 종합문예지가 비록 연간이지만 나왔다는 것은 처음부터 종간될 때까지 영남문학회 대표로 발간을 주도한 설창수 시인의 역량에 힘입은 바가 크다고 볼 수 있다.

---

1)이경순, 「해방후 진주문단의 20년 – 嶺文을 중심으로」, (〈진주예총〉21. 예총진주지부 1965.11) pp.24~25
2)송창우, 『경남지역 문예지 연구』 (1995.12, 경남대학교 대학원 국어국문학과 석사 학위 논문) pp.25~32

　동기 이경순 시인이 17집(1959. 11. 3), 18집 (960. 11. 20)에 주간으로 참여하고 있을 뿐 설창수 시인은 영남문학회 대표로 1949년부터 시작되는 영남예술제 대회장이면서 예술제 문학부문에 참여하는 경향 각지의 문인들의 작품을 수록하여 〈嶺文〉발간을 주도하였다.

　〈嶺文〉은 추천제라는 신인 등용문도 가져, 지금은 나이가 70세 전후가 된 문인들 가운데 〈嶺文〉 출신들이 많이 있다. 그리고 초창기의 발간의 실무는 1947년 진주고등학교 재학생으로 경남일보 신춘문예 공모에 산문이 입선하여, 문단의 화제가 된 인물인 최계락(1930~1970)이 맡았다. 최계락은 1952년 해방 이후 재발간된 〈文章〉지에 〈哀歌〉라는 시가 추천되어 시인이 되었으며 주옥 같은 동시를 많이 창작하였다. 대표작 〈꽃씨〉는 60~70년대 중학교 교과서에 인용되어 인구에 회자되었다. 경남일보, 소년세계 그리고 국제신보 문화부에 근무하였으며 40대 초반이라는 젊은 나이에 별세하였으며, 유족과 친지가 뜻을 모아 부산 동래 · 금강공원에 시비를 건립하였고 최계락문학상이 제정되어 있다.

　영남문학회는 해방공간에 좌우이념대립 속에 한국문화단체총연합회, 청년문학가협회 등과 연대함으로써, 우파지향성을 분명히 가졌다. 이점 역시 설창수 시인의 민족주의 세계관에 입각한 창작 활동과 영남예술제 주도와 밀접한 관계가 있었다. 영남문학회는 서울, 대구, 경북, 경남, 제주 지역 일대에 지부를 둘만큼 한국문학계의 비중있는 문학단체로 성장하였으며 , 이로 인하여 경남 문단의 위상도 한층 격상되었다. 지금의 경남문단은 도청소재지가 있는 창원이 주도하고 마산, 진주, 통영, 사천, 김해 등으로 나누어져 있으나, 그 당시에는 경남도청 소재지 부산과는 떨어져 있는 진주가 서부경남뿐만 아니라, 영남예술제를 기반으로 하여 경남문단 나아가서는 전국 문단에 상당한 영향력을 행사하였다.

　개천예술제는 앞에서도 잠시 언급하였지만, 설창수 시인의 제안과 주도로 1949년 11월 영남예술제로 창시되었다. 문학, 음악, 미술, 연극, 무용, 변론(웅변) 등 주로 순수예술분야에서 백일장, 실기대회, 경영대회, 초대전, 공모전, 강연회 등의 형식으로 처음에는 음력 10월 3일부터 일주일간 개최되었다. 1959년 제 10회 때에는 애초의 창제정신인 개천개국사상을 부각시킨 개천예술제로 개칭하여 영남이라는 지역성을 뛰어 넘는다.

지금은 유사한 축제가 많으나 대한민국 최초로 창시된 종합예술제였다. 그동안 6.25 전쟁이 났던 1950년과 박정희 대통령이 서거한 1979년을 제외하고는 매번 개최되었다.

1962년부터 1968년까지는 국가원수가 개제식에 참석하는 최초의 예술제였다. 최근에는 양력 10월 3일부터 일주인간 개최되고 있으며, 문화재단이 발족되어 재단 주도로 전환되었다가, 지난해부터는 다시 진주 예총이 주관하고 있다.

제6회 영남예술제(1955년) 외곽행사로 출발한 유등축제가 그 테마의 참신성과 규모의 방대함으로 대한민국 대표축제로 특화되는 바람에 지금은 오히려 유등축제에 파묻히는 위상이 되었지만, 이것은 비단 개천예술제에만 찾아온 현실이 아니고, 대중들의 순수예술에 대한 관심도가 예전만 못함에 그 원인이 있을 것이다. 그러나, 개천예술제는 1983년에는 경상남도 종합예술제로 지정받았고 1999년부터는 세계적인 문화 상품으로 만들기 위한 기획실을 상설 운영하여 변화를 모색하고 있다.

설창수 시인은 1949년 제1회 때부터 대회장을 맡아 1961년 제11회까지 주도하였다. 특히, 개천예술제는 다른 문화예술제와 달리 임란진주대첩의 주인공인 삼장사와 논개의 애국 충절 추모와 개천개국사상을 선양하고 있다. 이 역시 설창수 시인의 초기 작품에 나타난 문학정신을 기반으로 한 것이라고 볼 수도 있을 만큼 그의 영향력은 대단했다.

설창수 시인이 주도하여 작성한 1949년(단지 4282년) 제 1회 창제

취지문 일부를 소개하면 다음과 같다.

〈하늘과 땅이 있는 곳에 꽃이 피는 것과 같이 인류의 역사가 있는 곳에 문화의 꽃이 되는 것은 아름다운 우주의 섭리가 아닐 수 없다. 예술은 문화의 또 한겹 그윽한 꽃이 요, 예술이 없는 세기에는 향기와 참다운 인간 정신의 결실이 없는 것이다.

– 중략–

여기 독립된 1주년을 길이 아로 새기고 엄연하게 되살아난 겨레의 아우성과 마음 의 노래와 그 꽃의 일대 성전을 사도 진주에 이룩하여 전 영남의 정신으로 개천의 제단 앞에 삼가히 받들어 이를 뜻하는 바이다.〉

제 1회 영남예술제의 대회장은 설창수가 이경순, 박영환(박노석), 조진대는 문학부를, 미술부는 박생광이 마산시인 김수돈과 설창수가 연극부를 맡았다. 제1회(1949)부터 11회(1960)까지 설창수 시인이 대회장이 되어 예술제를 주도하였다. 그런데, 1961년 5.16군사쿠테타로 인하여 예술제는 많은 변화가 오게 된다. 무엇보다 설창수 시인에게 큰 시련이 오게 된 것이다.[3]

앞에서도 잠시 언급했지만 4.19혁명이후의 참의원선거에서 그는 참의원에 당선되고, 이를 발판으로 지역 문인으로는 진무후무한 전국문화단체 총연합회 대표까지 되었다. 그는 그 이전 해방 이후 창간된 경남일보에 입사하여 주필, 사장이 되었으며 문교부 예술과장을 역임하기도 하였다. 그러나 1961년의 5.16쿠테타는 그를 참의원의원, 문총대표의장, 경남일보 회장, 개천예술제 준비위원장 영남문학회 회장 등 5개직

---

3)강희근, 『개천예술제 40년』, 『개천예술제 40년사』 1991, 재단법인 개천예술재단 pp21~40에서 1949~1960을 초창기로 1961~1969을 시련기로 1970~1980을 격동기, 1981~1990을 중흥기로 구분하고 있다. 따라서 설창수 시인은 시련기부터 물러나게 되는데, 이것은 그의 군사혁명 정권비판과 연계되었다고 볼 수 있다.

에서 물러나게 만들었다. 물론 이러한 까닭은 그의 5.16쿠테타에 대한 비판의식 내지 4.19정신구현의 좌절이라는 그의 저항에 따른 당시 권력층의 의지에서 비롯된 것이라고 볼 수 있다. 필자 개인적인 체험은 그 당시 진주고등학교 3학년 학생으로 동기 이경순 시인 댁에서 하숙을 하고 있었는데, 동기 선생으로부터 설창수시인의 5.16 쿠테타로 인한 군사정권에 비판하는 경남일보 논조를 직접 들었으며 동기선생은 이로 인한 설창수 시인의 불이익을 예감하고 있었다.

이러한 군사정권으로 인한 참담한 그의 입지는 평생 군사정권에 대한 복수심으로 들끓을 수밖에 없었다고 한다. 뿐만 아니라 그는 1963년 제 4회 개인 시화전(8월 부산)을 시작으로 전국으로 순회 내지 방랑하는 한국 문단 전무후무한 시화전 나들이를 하기 시작하였다. 이 시화전은 서울, 광주, 대구 등 대도시 뿐만 아니라 시.군소재지를 거쳐 면 단위 마을까지 돌아 국내 221회 일본 2회의 대기록을 세웠으며 85년 7월 고성군 하이면에서 마감되었다. 이것은 시인의 생활의 강을 건너는 방편이 되었으며, 이러한 떠돌이 삶은 5.16쿠테타로 인한 현실적인 박탈에 기인하여 그의 작품세계에까지 영향을 미쳤다.[4]

〈3〉

설창수 시인은 예술제를 주도하는 문화활동 못지 않게 창작활동도 활발하게 전개하였다. 〈등불〉(1949년) 창간호 〈창명(滄溟)〉 외 3편을 발표하였으며 이어서 〈嶺南文學〉 〈嶺文〉뿐만 아니라 대구에서 발간한 〈죽순〉 서울의 〈白民〉, 〈文藝〉, 〈詩와 詩論〉 등 잡지 매체와 산문매체에서 왕성한 작품활동을 하였다. 이러한 작품활동의 성과는 1952년 8월 30일 영남문학회에서 발행한 〈三人集〉에 수록되어 있다. 이 『三人集』

---

4)강희근, 『설창수 시 연구』, 경남문학연구 제4호, 2000년 〈경남문학관〉 pp.50~51

에 대하여 자세히 살펴본 연구도 있다.[5]

『三人集』은 설창수시인, 이경순시인 그리고 조진대(1920~196) 소설가 등 3인의 공동작품집으로 발행인은 설창수, 발행처는 영남문학회(진주시 본성동 184)인쇄처는 진양당인쇄소로 되어 있다. 1952년은 아직 6.25전쟁이 끝나지 않은 전쟁기였으며 전쟁기에 북한인민군의 남부군 사령부가 있었던 진주는 유엔군의 폭격으로 폐허가 되다시피 하였는데 이런 와중에 〈三人集〉이 발행되었다는 것은 그들의 문학적 열정이 얼마나 대단하였는가를 증명하고도 남을 일이다.

『三人集』은 제자는 진주 서예가 정명수(1909~2001)가 썼으며, 표지는 그 당시 진주에 있던 동양화가 박생광(1904~1995)이 그렸다. 표지는 4도의 칼러로 네 사람의 악공이 가야금과 피리 등을 연주하는 雅樂圖를 그렸다. 그 당시의 작품집 수준으로 보아 전국 어디에 내어 놓아도 손색이 없는 장정이었다.

三人集이라는 가로로 쓰여진 제자 밑에 詩, 創作이라는 장르명칭이 있고 아악도가 가로로 그려져 있으며 그 밑으로 세로로 薛昌洙, 李敬純, 趙眞大라는 저자들의 이름이 쓰여져 있다. 속표지 또한 초록색으로 三人集이라는 책이름이 세로로 쓰여져 있고, 그림이 그려져 있다.

다음으로 총목차가 이경순의 시집『生命賦』설창수의 시집『開閉橋』희곡『魂魄』조진대의 창작집『별빛과 더부러』, 장정,겉;朴生光, 제자:鄭命壽, 서: 유치환 순서로 되어 있다. 서문을 쓴 청마 유치환은 그 당시 한국문총의 산하단체인 한국문학가협회 시분과 위원장이면서 통영지부장을 맡고 있었다. 설창수 시인의 시는 중간 표지 다음에 題表라는 이름으로 〈旅程〉부터 〈開閉橋〉까지 15편이 수록되어 있다.. 희곡은 속

---

5)이순욱, 「근대 진주 지역 문학과 삼인집」(지역문학연구 제10호 〈2004. 가을〉 경남 · 부산지역 문학회) pp.303~325)에 자세히 연구되어 있다.

표지 다음에 희곡, 魂魄 1막 2장(금무단상연) 등장인물, 시대, 장소 등이 소개되어 있다. 그리고 그 다음에 〈自跋〉이라는 일종의 후기가 수록되어 있다.

설창수 시인의 초기의 작품세계를 『三人集』을 중심으로 살펴보고자 한다. 사실, 그의 문화운동적 업적과 문학적 업적에 비하여 작품세계를 살펴본 글은 많지 않다.[6)]

그의 『三人集』 수록 작품 가운데 파성시집의 제목이기도 한 〈開閉橋〉에 대하여 살펴보기로 한다.

짓밟음, 바람비, 수레바퀴, 침뱉음을
오랜 동안 말 없이 참아 온 내다.
내 등덜미의 살결은 메마르고
뼈, 힘줄, 주름살, 흉터만이 남아 있다.
디디어 보라, 내 껍질은 따글거린다.
이제 난 일어선다.
성낸 쟈이안트처럼 敢然히 일어선다.
銳角化된 내 등덜미 위에
아무도 기어오르지 못한다.
내 두 줄기 動靜脈은 불끈 번쩍이고,
내 머리카락은 끊어진 양 곧게 뻗어
나는 이 때 발목으로 自由를 保障한다.
나는 푸른 港灣의 숨통을 解放한다.

---

6)김춘수, 「소외자의 영탄과 의지의 알레고리- 동기와 파성의 시세계」〈현대문학〉 1977.4 발표, 「김춘수 시론전집Ⅱ」, 서울, 현대문학사, 2004) pp.79-95 최광렬, 「설창수 문학과 그 세계-인간의 의지가 관념의 형이상학」(시문학 1986.5) pp.96-105 강희근, 『설창수시연구, 경남문학의 흐름』〈보고사:2001〉 pp.299-316, 2006년 〈경남문학연구〉 제4호 PP40-55에 재수록. 박노정, 「설창수의 문학세계」, 〈경남문학연구〉 제2호 (경남문학관, 2004)

나는 兩洋의 憧憬을 連結한다.

내 성낸 蹶起는 모든 世俗的 妥協을 모른다.

내 아슬아슬히 목 없는 肩平線——

接續鐵板의 冷嚴한 感覺 위에

한 마리의 비둘기도 날아 앉지 못한다

美貌도 恐喝도 特權도 阿諛도…

난 無慈悲한 怪漢이 아니다.

외론 어머니의 服藥時間을,

첫 靑春의 密會時間을 막으려곤 않는다.

난 規律과 攝理 앞에 順從한다

난 背信을 모른다.

난 偉大한 原始人이다.

난 偉大한 文明人이다.

서건 눕건

난 偉大한 奴隷다.

–「開閉橋」 전문

　　이 작품의 제재는 최근에 다시 개폐교로 복원을 추진하고 있는 부산의 영도다리이다. 1950년대 당시는 비록 일제에 의하여 건립되었지만 부산뿐만 아니라 영남 나아가서는 전국의 구경꺼리였다. 뿐만 아니라, 6.25사변으로 인한 피난 가족 혹은 이산가족의 만남을 위한 약속장소로서 대중가요에도 자주 등장하는 민족의 애환을 간직한 상징적 공간이었다. 이러한 영도다리를 제재로 하여, 관념 혹은 의지를 형상화하고 있다. 그러나 그의 관념은 분단의 비극이나 이산가족의 아픔이 아니다. 어쩌면 이 작품은 6.25사변 이전에 쓰여졌을 수도 있다. 아마 6.25사변 이후에 창작되었다면 그의 기질상 동족상잔이나 이산의 아픔에 대한 형

상화를 놓치지 않았을 것이다. 이 작품에 대한 언급은 두 곳에서 찾을 수 있다.[7]

두 사람 모두 민중 지향성이라고 밝히고 있는데, 필자 역시 동감이다. 뿐만 아니라, 서사성 혹은 서술성과 우의성(알레고리)이 공존하는 작품이다.

이 작품의 첫 부분인 1~3연은 영도다리가 닫혀 있다가 일어서는 상태를 서사성 짙게 형상화한다. 그러나 4연부터 마지막 연까지는 다리에다 관념을 부여하고 있다. 이렇게 사물에다 관념을 부여하는 것을 아이러니라 보는 이도 있고 알레고리로 보는 이도 있다. 필자의 생각으로는 아이러니의 경지에 도달하지는 못하고 알레고리에 머물고 있다고 보는 바이다. 이것은 시인의 기질 못지않게 애국지사, 문학운동가, 정치가적 기질을 가진 설창수시인의 성격하고도 관계가 있을 것이다. 후반부의 경우 4연은 세속적 타협을 거부하는 지사적 기질을 형상화하고 있다. 이러한 기질은 끝내 5.16 군사정권과 타협하지 않는 뒷날의 그의 행적을 미리 암시하고 있다고 볼 수 있다. 5,6연에서는 결코 의인화한 개폐교를 시적 화자가 비정하고 몰염치한 것이 아님을 강조하고 있다. 어머니에 대한 효도, 청춘의 사랑과 같은 규율과 섭리에 순종하는 인간미를 강조하고 있다. 마지막 6연에서의 위대한 원시인 위대한 문명인, 위대한 노예 등은 결코 편협된 가치관으로 살지 않겠다는 점을 강조한 것이다. 이러한 이원적 세계관은 그를 문교부 예술과장으로, 참의원으로 그리고 미국여행에서의 느낌을 「성좌 있는 대륙」(1960, 수도문화사)으로 출판하게 만든다. 이 작품에 대한 그 자신의 애착은 그의 회갑기념 시선집(1976, 현대문학사)에서도 시집 제목으로 사용하고 있는 점에서 짐작할 수 있다.

---

7)앞에서 인용한, 강희근(pp. 43-44)과 이순욱(pp.315-317)의 논문에 비교적 자세히 언급되고 있다.

이러한 관념적 경향을 ①주관적 자아 확립과 대상의 관조 ②역사조명과 시사반영 이라고 규정하고 다음에 인용되는 순수 서정적 경향을 ③서정시가의 격조와 자연 수용이라고 보는 견해도 있다.[8]

모란은
몰래 벌린다.
어둠을 먹어
한결 붉었다.
모란 입술에
이슬 고인다.
밤 모란 너로 하여
잠 못 이룬다.

– 〈牧丹〉 전문

그가 아무리 의지의 시인 혹은 관념의 시인이라고 해도 모란꽃에서는 아름다움과 설레임을 발견하고 있다. 강희근 여시 파성의 시에도 아름답고 숨가쁜 서정시가 있다고 지적하면서 이 작품은 열거하고 있지 않지만 〈석란〉, 〈무지개〉, 〈모란 움 하나〉, 〈치자꽃 핀다〉 등을 열거하고 있다. 그리고 〈모란 움 하나〉, 〈치자꽃 핀다〉는그의 대표시라 할만큼 아름답다고 보고 있다.9)

〈4〉

---

8)최광렬, 앞의 글(월간, 시문학 1986.5)에서 『설창수 고희기념 전집』 6권(시, 수필, 희곡, 1986, 시문학사)
  의 세계를 간략하게 살피고 있다.
9)강희근, 앞의 논문, p.55

설창수 시인은 『三人集』에 수록된 〈魂魄〉을 시작으로 100이 넘는 희곡을 창작하였다 그리고, 초창기 개천예술제의 연극부도 맡았다. 희곡 작품 110편은 그의 전집(1986. 시문학사) 마지막 권인 제6권에 수습되어 있다. 따라서 앞으로 다른 이들이 그의 희곡에 대하여 자세히 살펴볼 필요가 있을 것이다. 희곡의 경향을 앞에서 살핀 최광렬은 「항일과 분단문학의 결집」이라 지적하고 있다.

설창수 시인과 그의 작품세계에 대한 전반적인 연구와 평가는 아직 여러 면에서 부족하다. 그리고 그의 전집 역시 완벽하지 못하다. 그가 작고한 지도 10년이 넘었다. 그가 주도하여 창설한 개천예술제는 누가 무어라고 해도 진주의 상징이자 브랜드 관광상품이다. 이 세상에 남은 후배 우리들이 설창수 시인의 세계관과 작품세계를 편견없이 연구하여 그의 평전이나 전집 간행 운동의 초석이 될 필요가 있다. 그가 동분서주하여 만든 〈嶺文〉 역시 어떠한 형태든지 복간 내지 계승하는 것 또한 신중하게 검토할 문제이다. 특히 아직도 생존해 계시는 미망인 김보성 소설가가 작고하기 전 서둘러 보는 것도 생생한 증언을 놓치지 않을 수 있는 기회가 될 것이다.

파성 예술상 제정이 시급하다

강 동 욱

2010년은 파성이 진주에서 개천예술제를 창제한 지 60주년이 되는 해이다. 파성이 창제한 개천예술제 60주년을 앞두고, 약 60년 전 파성으로부터 진주 정신을, 그리고 문학 정신을 전수받은 사람들이 스승 파성의 문학 정신을 기리기 위해 모임을 만들어 작년 개천예술제 때부터 고향 진주를 찾고 있다.

이들은 바로 남강문우회 회원들로 '50년대 진주 학생 문학 운동의 효시가 된 '시부락(詩部落)' '청천(菁川)' 동인 출신들과 개천예술제 한글 백일장 출신들, 그리고 6.25 직후 전국 유일의 문학공간이었던 '영문(嶺文)' 60년대 중앙집권적 문단 풍토 지양의 기치를 높이 들고 지방 문학 동인 활동의 선두주자가 되었던 '흑기(黑旗)' 동인 출신들이 대부분이다.

문학박사. 경남일보 문화 전문기자/부장. 경남일보 100년 기념사업회 사무국장, 경상대학교 국문과 겸임교수. 진주 교육대학교 강사.

지난해 남강 문우회 회원들은 파성의 숨결이 스며있는 청수헌(廳水軒)을 찾아 스승과의 인연을 회상했다. 스승과의 인연을 회상하면서 눈시울을 붉혔던 그들은 파성의 문학 정신을 기리는 사업이 반드시 진주에 있어야 한다는 점을 강조하며 목소리를 높였던 것을 기자는 곁에서 들었다.

파성의 문학 세계와 개천예술제 창제 정신을 영원히 계승해 나가야 한다는 남강문우회의 바람과 마찬가지로 진주에서 파성 예술상 제정이 필요하다는 목소리가 나오고 있다.

파성 예술상을 제정을 주장하는 사람들이 진주 문화예술재단 이사장실에 모인 일이 있었다.

당시 이덕 시인은 "1990년 부산 동백 문화재단(이사장 최종섭)에서 파성의 문학 정신을 기리기 위해 파성 문학상을 제정하고 제1회 수상자로 허유 시인을 선정한 것을 비롯해 2회 성권영 시인, 3회 최용호 시인, 4회 김상훈 시인, 5회 구연식 시인을 수상자로 선정해 시상을 하고 나서 그 맥이 끊어지고 말았다"며 "부산서 주관을 해오다 최용호 시인의 수상을 계기로 진주에서 주관을 하기로 했는데, 재정적인 이유로 중단한 것으로 알고 있다"고 했다.

김정희 시조시인도 "파성 문학상이 부산서 제정된 것은 진주 사람들이 파성을 너무 소홀히 대접한 것인데, 1995년부터는 그것마저도 시행하지 못하고 있다는 것은 매우 안타까운 일"이라며 "개천예술제 60년을 앞두고 어떤 방법이든지 파성 문학상을 존속시켜야 한다"고 주장했다.

이들은 지난 1994년 중단된 파성 문학상을 존속시키는 것은 매우 바람직한 일이라고 생각하면서, 한편으로는 개천예술제 60년을 앞두고 있는 이 시점에서 파성의 문학 세계만을 기리는 것보다 파성의 문화 예술 세계를 기리는 것이 더 타당하다는 주장도 제기했다.

진주의 문화예술인들 특히 문인들은 파성의 문학 세계, 나아가 개천예술제 창제 정신을 널리 알리기 위해 파성의 업적을 기리는 사업이 필요하다고 지금도 주장하고 있다.

기자도 이 일에 적극 동참하면서, 경남일보 후배 기자로서의 파성과의 인연을 말하고자 한다. 엄밀히 말하면 파성 글과의 인연이라고 할 수 있다.

경남일보 입사하기 전엔 파성에 대해 자세히 알지 못했다. 대학에 있으면서 간혹 기념식장 등에서 먼 발치로 바라본 것이 고작이었다.

1990년 경남일보에 입사해 파성의 글을 만날 수 있었다. 경남일보 강당에 붙어 있는 '위암은 다시' 라는 글을 보고 달필가(達筆家)라는 생각을 했었다.

90년 당시 교열부에 근무하고 있을 때, 박재홍 편집국장이 불러 가보니 파성의 원고를 주면서 교열을 보라고 했다.

'금석편편(今昔片片)' 이란 장문의 글이었는데, 여간 까다로운 것이 아니었다. 성의껏 교정을 보고 교정지를 편집국장에게 전하니 빙그레 웃으며 파성 글 교열을 해도 되겠다며, 수고했다는 말을 빼놓지 않았다.

당시 교열부 신참기자였다. 파성 글은 까다로워 아무도 볼 수가 없었다. 교정지를 보고 나면 온통 빨간색 투성이었다. 원고를 입력하는 아가씨도 애를 먹기 일쑤였다. 더러 신문에 틀린 글자가 있으면 이를 바로잡은 엽서를 신문사로 보내곤 했다. 틀린 부분을 지적한 엽서 내용도 읽기가 여간 어려운 것이 아니었다. 1년여 기간 동안 파성의 글 교정을 전담했었다.

파성이 돌아가시고 난 후, 경남일보 90년사 집필을 위해 1999년 진주시 칠암동 파성댁을 방문한 적이 있었다. 청수헌이라는 편액이 걸린 파성 댁에 들어서니 온통 책 뿐이었다. 2층 서재로 올라가는 계단 옆에 쌓아둔 문학 관련 잡지를 보니, 우리나라 문단을 이끌었던 파성의 체취를 느낄 수 있었다.

2층 서재에서 파성이 남긴 메모들을 볼 수 있었다. 일기장엔 하루의 일과가 그야말로 세밀하게 기록돼 있었다. "오늘은 흥치군과 점심을 먹었다"는 등 세세한 부분까지 기록한 일기장을 보고 놀라움을 금치 못했다. 경남일보 자료들을 훑어보는 동안 파성이 우리나라 최고 지방지 경남일보를 위해 얼마나 노력했는지를 알 수 있었다. 파성댁에서 본 자료들을 중심으로 경남일보 90년사를 집필할 수 있었다.

2000년 개관한 경남문학관을 취재하러 갔을 때 일이다. 도내 작고 문인 육필 원고들이 눈에 띄었다. 노산 이은상, 아천 최재호 등 도내 작고 문인들 육필 원고들이 전시돼 있었는데 파성의 육필 원고도 전시돼 있었다.

교열을 보면서 늘 보아 왔던 글이라 반갑기도 하고 전시품으로 대하니 신기하기도 했다. 그런데 순간, 파성의 원고 '금석편편'을 하나도 남기지 않고 휴지통에 버린 것이 무척 후회가 되었다.

나림 이병주 선생의 '나림필원' 원고도 교열을 전담했는데, 보는 즉시 휴지통에 버렸다. 이병주 문학관에 가서 똑같은 후회를 한 적이 있다.

파성의 육필 원고를 소중히 챙기지 못한 것을 지금도 후회하면서, 역사가 될만한 물건은 챙겨두는 버릇이 생기게 되었다.

파성은 개천예술제를 창제한 진주의 대표적 문화예술인이다. 한때는 우리나라 문화예술계를 대표할 만한 진주의 자랑스런 인물이라고 할 수 있다. 개천예술제 60주년을 앞두고 파성의 문화 예술 세계를 기리는 일에 문화예술인들이 앞장서야 한다. 진주에 살면서 진주 문화 예술을 자랑스럽게 생각하는 진주 사람들은 파성을 기억해야 한다. 내년 개천예술제는 파성을 중심에 두고 성대한 잔치가 열리기를 기대해 본다.

시·시조

강경호
강동주
강희근
김달호
김정희
김호길
김홍림
박용수
박준영
박대섭
서창국
성종화

손계숙
손상철
송영기
송진현
안병남
양왕용
이숙례
이영성
이인숙
임만근
정옥길
정재필

정재훈
정태수
조규현
천옥희
최낙인
최만조
최용호
허옥랑
허일만

오 월

강 경 호

삼사월의 꽃들이
씨앗 만들기 작전 개시

새파란 하늘 아래
알몸의 情事놀이...

땅의 신
그것이 어여뻐
초록의 등 밝혔다

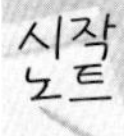

축복받은 계절 오월! 꽃들은 너도나도 모두 활신 벗고 자신의 자태를 뽐낸다. 하늘과 땅이 만든 황홀경, 나는 저만치 한 마리 짐승이다. 숨어서 보고 있다.

진주고 졸. 건국대학교 대학원 석, 박사. 서울교육대학교 국어교육과 교수, 서울교육대학교 도서관장, 교육대학원장. 시조 시인, 동시조 학회 부회장.

겨울강

봄빛 따라 흐르다가
바람결에 출렁이다가

금강경에 잠겼는지
禪門에 들었는지

겨울강,
만장 같은 하늘만
깊이, 깊이 품더라

가끔은 혼자서 간다. 줄기 따라. 나는 이리도 가벼운데 너는 아무 말이 없어 속으로 품고 너무 무섭다.

사랑 때문에

강 동 주

내 곁에
있을 때는 그저 잎이더니
내 곁에서
떨어지니 곱디고운 단풍이었다
사랑 때문에, 가까워지면 질수록
본색(本色)은 멀어지는 것이 거리다
멀어지면 질수록
원색(原色)으로 다가오는 것이 거리다

경남 진주 출생, 진주고, 경북대 사범대 국어교육과 졸업. 〈청천〉('58년), 〈영화〉('59), 〈흑기 시〉('65), 〈시와 시론〉('69) 동인. 『강물이고자 별을 따서 반짝반짝 씻는』('02, 도서출판 답게 간) 등 상재. 시집 『물방울』('80, 문예정신사), 『이 들녘의 풀이 저 들녘의 풀에게』('88, 문학정신사). 진주 동명고에서 정년퇴임.

물과 가까이

물과 가까이 하면
발가벗고 싶어진다
가리고 감출 것 없음이
저와 같을진대
색이 강한 나는 물과
어차피 한빛일 수밖에 없다
부끄럽지 않다, 내 곁에는
나보다 더한 색을 쓰며
바람이 발가벗고 있으니
타고난 그대로
있는 그대로 물속에서
거꾸로 앉는 일을 배울 일이다
산도, 구름도, 새도 거꾸로 앉는 법을 익히고 있다
그래, 물과 한빛으로
때때로 세상을 거꾸로 보기도 하면서
상처 하나 없는 그
아픔으로 물이 흘러가듯이
물이랑처럼 고개 끄덕이며
살아갈 일이다, 세상은

그대가 있어

강 희 근

조용한 동방의 나라
여인이 있어 별이 더 높이 반짝거린다는 걸
아십니까?

여인이 있어 달이 더 높이곰* 떠 비춘다는 걸
아십니까?

조용한 동방의 나라
여인이 죽고도 살아 그 혼이 끝없는 강물 위에
등불로 떠 흐른다는 걸
아십니까?

여인이 죽고도 살아 그 눈썹이 겨레의 가슴 안에
반달로 떠 흐른다는 걸

아호 하정(荷汀). 진주고, 동국대 국문과 졸업, 문학박사 1965년 서울신문 신춘문예 시 당선. 제5회 공보부신인예술상 특상(시부 수석). 〈신춘시〉 〈흙과 바람〉, 〈진단시〉 등 동인. 경상대학교 인문대학 학장. 전국국공립대학 교수협의회 부회장 역임. 경남문인협회 회장, 경남카톨릭문인회 회장 역임. 경남시인협회 회장. 이형기시인 기념사업회 회장. 국제펜클럽 한국본부 부이사장. 경상대학교 명예교수. 펜문학상, 시예술상, 동국문학상 등 수상. 시집 『연기 및 일기』 등 14권. 저서 『우리시 짓기, 시읽기의 행복』 등 13권

아십니까?

참말로 조용히 우리 조국을 생각하면 눈물이 나고
눈물 내리는 겨레의 뺨에
삼백 예순 날 여인이 그 부드러운 입술로 입 맞추고 있음을
아십니까?

여인이여 여인이여
그리하여
그대 이름은 논개, 겨레의 애인

그대가 있어 강이 흐르고, 천추로 흐르고
그대가 있어 산이 푸르고, 만대로 푸르고
조용한 동방의 나라
숨결 깊이 노을이 뜹니다
아아 날마다 애살 깊이 동이 틉니다!

*높이곰 : 강조를 나타내는 옛말로 '높이 높이' 라는 뜻임

죽음을 죽음 위에다 올리고

호국의 1번지
성이 쌓이고 다락이 솟고

이끼 잇빨같이 돋아 바드득이는 소리 나고
진주 비단이 태깔 푸르게 강물로 흐르고

여인이 있어, 거기 번지를 적어 주었다는 걸
아십니까?
여인이 있어, 거기 그 번지에 등불이 켜인다는 걸
아십니까?

호국의 1번지
호국이라는 이름으로 만사가 다 끝나고
햇볕도 기(氣)가 다 떨어져
어둠이 햇볕일 때,

세상이 죽음일 때
죽음을 물고 가는 강물도 흐름도 치욕일 때

여인이 있어, 목숨 하나로 꽃 같은 목숨 하나로
다시 햇볕을 햇볕으로 살리고
죽음을 죽음 위에다 올리고
치욕을 가냘픈 손에다 넣고 여한없이 내던져버릴 수
있었던 걸 아십니까?
아, 호국의 1번지
여인이 있어 신분을 넘고 유별(有別)을 넘고
목숨 하나로
겨레를 이룬, 역사를 이룬 의로운 땅,

이 땅에
이제 강이 다시 흐르고
바위는 희고
여인의 머리칼 풀어 띄우는 노래
물결에 뜨고
노래 따라 부르는 이는 누구나 초인(超人)이 된다는 걸
아십니까?

새벽을 손잡고 오는 풀빛 푸른 초인이 된다는 걸
아십니까?

시작 노트 혹 논개를 모르는 분이 있으면 일단 진주 바깥으로 나가야 합니다. 거기서 책을 찾아 그 행적을 알아보고 난 뒤 진주로 다소곳이 들어와야 합니다. 위의 두 시는 2009년 제8회 논개제에서 〈여는시〉와 〈푸는시〉로 쓰여졌습니다. 말하자면 행사시로 쓰여진 것입니다.

내 마음의 곳간은 늘 비어 있다

김 달 호

내 마음의
곳간은 늘 비어 있다.

비어 있을 때는
네가 더욱 그립고

채워지면
채운만큼 비어진다.

내 곳간은
늘 당신의 그리움만큼 비어 있다.

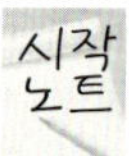

시작
노트

지난해 10월 20일 부터 24일까지 서울 예술의 전당 건너 갤러리 샨띠(Gallaery Shanti)에서 문예종합전이 열렸고, 백자에 위의 이 졸시를 쓴 작품을 출품했다. 고향의 모든 것들이 내 마음의 곳간을 채우고 있지만 늘 타향에 기대어 사는 삶이란 뭔가 늘 부족하다는 생각을 옮겨보았습니다.

진주고, 경제학박사. 한국문인협회 회원, 국제펜클럽 한국본부 회원, 서초문인협회 부회장, 문학서초 편집위원장, 대한상사중재원 중재인, 《문학공간》「내 마음의 곳간은 늘 비어 있다」로 신인상, 《수필문학》〈허수아비 축제〉로 등단. 서초문학상 수상. 석탑산업훈장 수훈. 저서 『상사맨은 노라고 말하지않는다』

그리움이 익으면 달콤한 술이 된다

아름다운 추억 오래 삭이면
진한 그리움 되고
그 그리움은 달콤한 술이 된다.
진한 그리움
모으고 또 모아
평생 마실 술을 담가볼까!
아름다운 추억
달콤한 술이 되고
그리움은 술과 함께 와
지난 추억은 친구가 된다.
아무렴,
추억향기 담은 술 한 잔
가슴속 그리움 가득 품어야
산 사람이 아닐까?
사는 것이 아닐까!

시작 노트 지난 날 들이 더욱 그리워집니다. 지난 해. 문학서초 편집장을 맡으면서, 금아 피천득 선생님의 특집을 넣었는데, 금아선생님의 말씀 중에 "돈이나 재물이 많은 사람이 부자가 아니라 추억이 많은 사람이 부자다" 라고 하셨는데, 그리움도 추억의 한 조각이겠지요.

저 달개비꽃

김 정 희

잠시
머물다 가기는
너와 나 한 몸인데

그 가냘픈
꽃빛 만한
하늘 한 줌 쥐고

어둠에
기댈 수밖에...
이슬에
젖을 수밖에...

마산여고, 숙명여대 국문학과 수학, 법사원 불교대학, 한국다도대학원 졸업. '75년 ≪시조문학≫에 「화도」로 등단. 시집 『素心』('74), 『산여울. 물여울』('80), 『연못에서 만난 바람』('05) 등 7권. 수필집 『아픔으로 피는꽃』('90) 등 3권. '88년 제6회 한국시조문학상, '97년 경상남도 문화상(문학부문) 외 다수. 진주문인협회 회장, 한국시조시인협회 부회장, 경남문인협회 부회장 등 역임. 현 국제펜클럽 한국본부 이사, 한국여성문학인회 이사, 운영위원, 시조문학문우회 부회장, 진주시조시인협회 고문.

맨드라미 불 지피다

섬돌에 묻어 둔 불씨 빠지직 불 지폈다
언 가슴 녹인 불꽃으로 피어난 맨드라미꽃
오지랖 데인 흔적을
주홍글씨 새기며.

몇 번을 까무라쳐도 끓어오르는 더운 피
내림굿 손대 잡고 날고 싶은 나비 꿈은
선무당 신들린 춤사위
바라춤을 추느니.

귀뚜리 밤을 울어 풀잎도 잠 못 든 새벽
혼을 실은 낮달은 빈 하늘에 떠돌고
아 여기, 불타는 집 한 채
자상에 머물고 있다.

시작 노트

어느 해, 파성선생님 사모님(김보성 선생)께서 앙징스럽고 예쁜 맨드라미 화분을 가지고 우리집을 방문하셨습니다. 깜찍한 토종 맨드라미는 유년의 향수를 일깨우며 보는 이의 마음을 기쁘게 했습니다. 그런데 이듬 해, 그 맨드라미는 우리집 섬돌에 불꽃으로 번지기 시작하였습니다. 가을에 접어들면서 뜨락을 불 지핀 꽃은 절정을 이루어 온 집을 불태우려 했는데 나는 그꽃을 조석으로 바라보면서 부처님 경전을 떠올렸습니다. 〈묘법연화경(妙法蓮華經)〉 제3장에 있는 비유품 장자화택(長者火宅)을 연상하면서 〈맨드라미, 불 지피다〉는 태어난 작품입니다. 저는 이 작품으로 2004년도 올해의 시조문학 작품상을 받았습니다.

내 고향은 지구라는 별

김 호 길

다산(茶山)은 유배를 당했고
온 집안이 폐족(廢族)이 되었지만
그곳에서 시와 문학을 완성했다.

나는 아무래도 한반도에서
살만한 사람이 못된다고
스스로 유배를 택해
아메리카 합중국 캘리포니아 등지
멕시코 바하사막 끝까지 내려왔지만
아직 이룬 게 하나도 없다.

이제는 돌아가고 싶은 고향도 없으니
이방의 사막에서 종말을 고할 것인가
문득 자문 해 보지만
그렇다고 특별히 기폭(旗幅)을 접을

사천 출생. 진주고, 경상대 농학과, 건국대대학원 경제학과 졸업. 월남전 헬기 조종사, KAL국제건 보잉747 점보기 등 파일럿 생활. 81년 도미, 미주중앙일보 문화부기자. 미국 캘리포니아, 멕시코, 바하캘리포니아 등지에서 국제농업에 종사. 세계한민족작가연합 공동대표, 종합문예지 ≪문학과 의식≫ 편집위원. 개천예술제 대학 일반부 시조부 장원('62), ≪시조문학≫지 천료. 시집 『하늘환상곡』, 『수정 목마름』, 『절정의 ·꽃』, 수필집 『바하마 사막 밀밭에 서서』 등. 미주 문학상, 현대시조문학상 수상.

귀항지가 떠오르지 않는다.

한번 떠나면 그뿐인가

내 고향은 지구라는 별
그 별 어느 곳이라도 두루 품이 맞는
신토불이(身土不二) 자유의 혼
민들레 씨앗이 되어
둥둥 떠다니고 있다.

꽃바람

김 홍 림

마른 풀숲에 몸을 가리고 있는 멧돼지의 깃털에 부는
바람도
으스스
꽃바람,
연분홍 꽃잎이 떨고 있네

꽃잎이 비 오듯 떨어지는 곳에 서서
그도 눈을 감네
눈물처럼 떨어지는 꽃잎들로
몸을 적시며 …

본명 김기열 진주사범, 고려대학교 졸업, 동국대학교 문학박사(한국사 전공), ≪문예사조≫로 시 등단('97), 시집 『어비리의 달빛』('03), 동인지 〈시 쓰는 사람들〉에 '밀밭 풍경', '수수밭 풍경' 등 향토적이고 전원적인 시를 발표함. 농민문학회 경기지부장, 한국문인협회, PEN클럽 회원. 김포사우고등학교 교장 퇴직('03).

뭉게구름

엄마가 해 준 새 이불
기분 좋은 밤
요는 없고
이불만 있다
초저녁엔 따뜻해진 방바닥
새벽녘엔 등이 시리다
우리 삼형제가 이리 끌고 저리 끌고
밤새 영역다툼을 배냇짓으로 하는 밤

그날 밤, 막내인 나는 푸른 하늘에 뭉게구름을 덮고 자는
꿈을 꾸었다
밖으로 별 둘이 나와 있는 하늘에서 ...

어머니 젖줄

박 용 수

어머니 젖무덤 멧봉우리 줄기마다
샘이 솟는다
젖이 흐른다

포근포근 젖가슴에 얼굴 묻고
환하게 꽃 피우는 우리 아기 웃음아
물줄기로 흘러가는 바램 하나라면
이땅 깊이 뿌리내려 살아가기

젖줄 끊지 마라
물길 막지 마라

골골 애돌아 흐르는 골개 물이
소리 주고 소리 받는 물길 막지 마라

굽이굽이 이어가는 사람살이이기에
젖길 물길 적셔 가꾼 이 땅 위에
겨레얼 송이 하나 꽃으로 피우리니

진주 출생, 진주고 졸업, '58년 문예지 《영문》에 시 추천 등단. 〈시가족〉('61), 〈흑기시〉('65년), 〈시와 시론〉('69년) 동인 현 한글문화연구회 이사장, 한국작가회의 고문, 남강문우회 수석고문. 시집 『바람소리』('84 실천문학사 간), 산문집 『거듭나기 바라는 꿈 머리맡에 두고』, 편찬사전 『겨레말 갈래 큰사전』 등 상재.

이 땅에, 사람으로 살기를 위하여

다산은 백성을 민초라 했지

억센 자의 발부리에 짓밟히면서
버림받은 삶, 이어이어 가는
숫배기 민중을 민초라 한다

그렇다면, 내 이름은 무엇이겠느냐
봄, 여름, 가을이면 바람, 비에 시달리고
겨울이라 눈 서리 얼어 터져 시드는
길섶 지켜, 이름 없는
한 떨기 풀이라면
내 이름을 무엇이라 부르겠느냐?

밟으면 밟히고 뜯으면 뜯기며
버림 받은 이 땅에 살기를 바래서
온 몸 흔들며, 네 활개 휘저으며
모멸의 한 누리를 몸부림치는
나는 무엇이냐, 나는 무엇이냐
나를 무엇이라 부르느냐

허구한 젊은 날이야 이제
불면의 밤 저 켠에 묻어 둘 일이겠고
내 한 몸 곧추세워 일어서지 못한들
이 땅 깊이 뿌리 하나 뻗어내리니
나의 내일이야
아, 나의 내일이야
하늘 이고 꽃으로 다시 피어나리

행복은 감질 나는 것

박 준 영

완도에서 뱃길 한 시간 청산도 땅 끝 섬
영화 서편제를 찍은 돌담 사이로
이 섬 특산품인 매운 마늘
노오란 유채꽃 하늘 하늘에
터지는 꽃봉오리 소리 좇아
행복 잡으러 달려온 남도 삼백 리
땅 끝에 와서
낮 술에 취해
선창가 노래 한 가락 낚아 올린다
바람 불고 또 불어
아, 행복은 바람 같은 거
잡을 수 없는 것
시로도 쓸 수 없는 것
포말 같기만

진주 사범, 동아대 영문과, 중앙대 신문방송 석사 수료. 《한글문학》에 원로시인 김규동씨 추천으로 등단. 『도장포엔 사랑이 보인다』, 『장안에서 꿈을 꾸다』 등 시집 2권, 〈개구리 왕눈이, 코난〉등 만화 영화 주제가 37편 작사. 중앙일보, 동양방송 PD, KBS TV 본부장, 대구방송 사장, 방송위원회 상임위원, 한국방송영 상진흥원장 등 역임, 현 문화관광부 평가위원장[비상임]

뜬 구름 같기만
나부끼기만 하는 그것
행복은 잡을 수 없는 것
그리던 청산도에 와서 알았네
행복은 감질 나는 것
손에 쥐어지지 않는 것
가질 수 없고
바라기만 하는 것
느끼기만 하고
꿈만 꾸는 것,
이 청산도에 와서 깨닫노니

시작 노트 올 봄에 완도 등 남도를 돌면서 일생을 신기루 같은, 무지개 같은 행복을 잡아보려다가 다시 자기 자리로 돌아온 나, 아니 우리, 아니 인간, 아니 그러면 누군가

구멍 난 란닝구

'30532
육군 상병 박 ○○
65년 12월 20일
103 후송병원에서'
하늘같다는 국가가 기억 하는 건
작은 돌비석에 새긴 다섯 자리 숫자와
현충일 하루 전
물 빠진 프라스틱 병에 꽂힌
기념식 전에 말라버린 꽃 한 송이
휴가 때 입고 나온 구멍 난 란닝구와
색시 손목 한번 잡아보지 못한
추위에 얼어 터진 손
어머니 가슴에 박힌
역사도 부식시키지 못하는 못 하나
그 시퍼런 서슬이 떨어진 란닝구
구멍을 적시고 있다

[2008. 6. 5일 현충일 전 초 잡고 기축년 진달래 피는 계절에 고쳐 쓰다]

시작
노트　군사훈련 중 쥐벼룩이 옮겨 걸린 유행성 뇌출혈로 죽은 바로 내 밑의 동생 애깁니다. 매년 한식이나 현충일에는 그 동생 보러 동작동 국립묘지로 갑니다.

산색경 (山色景)

박 대 섭

햇살은 생선 비늘, 파닥이며 복대기는
마알간 시냇물 길을 여는 언저리에
생각도 날을 고르면 물보라로 피고지고.

산내음 새로 덧대어 풀꽃 위로 바로 널고
깨어난 이른 새벽 하늘빛 물을 풀어
한송이 도라지꽃을 터잡히고 싶었다.

산 접어 삼십 리 밖 짤박이는 물결소리로
이웃은 없는 듯이 어울려서 바장이고
가난도 노상 넉넉히 노적으로 쌓이느니….

경남 남해 창선에서 출생하여 진주사범을 졸업하고, 사천서부초등학교 교사로 출발하여 중등교원 검정고시에 합격한 후 하동 중앙중, 마산여중, 마산상고, 대곡고, 진주고, 함양종고 등에서 중등교사를 거쳐 교감, 전문직을 역임하고, 곤양중 · 진주남중 교장으로 재직하다 2002년 2월에 정년퇴임.

유년송 (幼年頌)

오붓한 소꿉놀이 박꽃 환한 재실 마당
황토빛 산자락이 아련히 틔어 오는
성못길 흰 두루마기 떠오르는 일곱 살

한철을 지저귀던 한배 새끼 날린 둥지
하늘 끝 아쉬운점 어디 대어 풀어볼까
묵혀진 들풀을 밟고 돌아오던 과수원 길

차오른 고요마저 표류하는 시간인 걸
청정(淸淨)하게 웃어 쌓던 해바라긴 숨죽이고
넘치는 햇살을 이겨 보살처럼 앉았다.

내고향 남강

서 창 국

논개의 절개가
고요히 흐르는 강

하늘을 닮아 푸르른 강물
구름이 지나가도

달님이 찾아와도
그저 쉬어 가라더니

반짝이는 물결로
태양을 유혹하네.

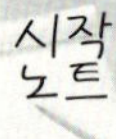

시작
노트 고요한 진주 남강을 바라보니 구름도 달님도 태양도 보이더이다. 더불어 논개의 넋
도……!

진주사범 병설중학교, 부산 배정고등학교 졸, 《시와수필》 등단('09) 삼성전자
근무, (주)주아네 상무이사, 남강 문우회 재무.

세월아

옛날 그때
그 사랑처럼
또 다시 사랑이 오면
봄 소식 꽃 바람타고
님 맞아 갈란다 .

해 저무는 들녘을 지나
새벽바람 부는 날
젊은 내가 다시 태어나
너를 바라보겠네.

돌아오라
세월아
그때처럼
사랑 할란다.

시작
노트 흐르는 세월은 빠르고 돌아보면 까마득히 와버린 지난날이 그리워 눈물집니다.
그래서 첫사랑도 그리웁죠. 하도 그리워서……

모옥 (茅屋)

성 종 화

서까래 엮어서
띠 지붕 올리고

싸리나무 두른 울타리에
사립문은 열어 두려오.

등지고 사는 이
찾을 사람 있으랴 마는

앞산 산그늘 내리면
고갯길에 마냥 눈이 가네.

일본 오오사카에서 나고 진주 대평에서 자람. 진주 중 · 고교 졸업, 〈한대림〉 〈시부락〉 동인('57), 현 법무사. 개천예술제 제4회 한글시백일장 "국화" 3석, 제5회 "자화상" 장원, 〈영문〉 동인. 전국 학도호국단 문예작품 현상모집 수필 "담" 1등 당선 외 《학원》지 등 학생시단에 작품 다수 입상 발표. 《시와 수필》 수필부문 신인상 (2007) 한국문인협회 회원, 남강문우회 회장(현). 시문집 『잃어버린 나』, 수필집 『늦깎이가 주운 이삭들』 등.

지난 날
사연이 묻은 옷 벗어 두어

지금도
그대로 방에 걸려 있으려니

행여
지나는 이 들러서 안부 묻거든
구름 따라 간 사람이라 일러 주구려.

시작
노트 이제 다 벗어 버리고 어딘가로 갈 수는 없을까 하는 나름대로의 생각을 해 본답니다.
그래도 살아온 인연의 끈을 그리 쉽게 가위 자르듯 하고 다 버릴 수가 있겠습니까.

담소 (潭沼)

소(沼)가 계곡에 숨어서
옥빛 그림을 그리네.

산 벚꽃나무 가지와 꽃
더러는 떨어지는 꽃 이파리도 그리고

고목 등걸은 삭아도
그 천년의 세월을 그리고
구름이 뜬 화폭에
산바람도 지나가다 그려져 있네.

산 적적(寂寂)
내 여기서 좀 쉬어 가리라.

시작
노트 오늘 마음 맞는 친구들과 천성산 계곡을 지나며 계곡 깊은 맑은 물 고인 소(沼)에 뜬 산 벚꽃과 고목 등걸을 보고 얻어온 시. 바로 여기가 무릉도원이 아닌가!

아버지

손 계 숙

눈 먼 세월의
뒤안을 돌아
남루한 시간의 경계를 박차고
저벅저벅
다가오시는
오! 아버지

등이 휘던 삶의 무게를
마른 꽃 같은
그리움의 정물로
곧추세우고

가슴속엔
늘

호 초영, 진주교대 졸. ≪문예운동≫ 등단. 한국문인협회, 국제펜클럽한국본부 회원. 서울청하문학, 서울청다문학부회장. 대구일보 '大邱詩評', '달구벌 칼럼' 집필 활동. 대한문학상, 설송문학상, 한국문학비평가협회 문학상 수상. '07년 한국문화예술위원회 우수작품선정 「시(詩): 장바구니를 비우며」 시집 『사랑초(抄)』, 『맨살의 그리움은 별비되어 흐르고』, 『이제야 사랑인것을』. 공저 『저 하늘에 사랑등불 매달고』, 『빈 가슴에 피는 안개』 외 다수.

먹의 새 살로
열 두 폭
화선지 숲 하나 키우셨네
한 획
한 획 마다
올 곧은 삶을 치셨던
아버지의 먹향
지워도
지워도 번져갈 뿐이다.

청조(靑潮) 그 그리움

- 파도소리 -

　이제 막 여명이 영도 섬 앞 바다의 몸통을 다그치듯 담금질하고 있다. 파도는 침묵이 빛나는 언어의 물결로 다가와서. 그의 혈관 속으로 고래등처럼 푸른 숨을 들이켰다 내셨다를 반복하면서 영원한 젊음을 조각하고 있다. 설혹 바다의 가장 밑바닥인 해구에서 뿜어 올린 절망이 휘두른 은빛 칼날에 그 젊음이 무참히 베이고 베여도, 칠전팔기(七顚八起)의 굳센 의지로 다시 일어서는 그대. 작렬하는 불볕의 익음에도. 후려치는 폭풍우의 매질에도 인내하고 또 인내하면서. 시작과 끝을 공유하는 끝없는 고요속의 조요(照耀)를 끌어당기며 값진 구슬땀을 쏟고있다. 철썩철썩 그대의 웃음소리 영원하리라

나무는 괴로운 변신을 하고

손 상 철

바람은 낙엽을 몰고 다니고
순진한 김주사는
낙엽 쓸기에 여념이 없네.

단풍이 아름답다고 야단인데
보이지 않는 깊은 곳에선
낙엽 따라 서글픔이 몰려오네.

우리가 언제
가슴을 열고 살았던가.
가을을 느끼는 마음도
닫혀진 곳에서 앓고 있네.

다 버려야 다시
채울 수 있다기에

진주사범, 성균관대 교육대학원 졸업, 〈시부락〉, 〈오누이〉 동인('57), 한국시 신인상 수상, 제19회 한국시문학 대상 수상. 한국문인협회 회원, 한국현대시인협회 회원. 시집 『고독한 여행』, 에세이집 『교육의 새 좌표를 찾아서』 외 번역서 등 다수. 교육부 장학관 · 주일한국대사관 교육관 · 서울시내 중고등학 교장 11년 역임. 현재 한국교육삼락회총연합회 사무총장을 맡고 있음.

나무는 괴로운 변신을
하고 있는 것일까.

순진한 김주사
낙엽 쓰는 모습이 멀리서도 보이네.

시작
노트

정년퇴직 후 다시 시를 쓰기 시작하였다. 그동안 나는 크고 작은 진통을 겪어왔고
그 결과, 깊이 있는 사색의 바다에서 올인할 수 있는 여유를 갖게 되었다. 순수했던
젊은 시절을 경험했기 때문에 인생의 의미를 더 깊이있게 느낄 수 있게 되었다고
생각한다. 보다 아름다운 꽃을 피우기 위해 더욱 정성을 쏟아 보고 싶다.

산사에서

산사의 저녁종이
애끓는 내 마음에 울려 퍼지네.

외로운 어린 산새 한 마리
후두룩 날아 숲 위를 맴도네.

얼마 후에 밀어닥칠
어둠의 파고가 두려운
둥지 잃은 새의 슬픔이
내 망막을 어지럽히네.

모든 게 숨어버린 적막한 계곡에
이승의 끝자락을 보여주는 어둠 속
일체가 사라져 가네.

산사의 저녁종이
애끓는 내 마음에 울려 퍼지네.

파아랗고 노오란 명상의 그림자
무언가 따스한 생명의 소리
날 일깨워 주네.

하나되게 하소서

송 영 기

날줄로 사랑 엮고
씨줄로 미움 엮어
미움이 사랑되고
그 사랑
다하는 그날까지
함께할 동반자여

허물은 덮어주고
서로가 격려하며
가는 길이
무거우면 나눠지고
하나 될 우리들

지워질 이름이야
오래 머물잖게 하시고
혹시나

진주사범 졸업. '87 종합문예지 《詩와 意識》에 〈삶과 죽음〉 외 1편으로 新人賞
受賞, '82 《한국수필》 초회 추천, '85 《한국수필》 3회 추천 완료, '85 부산일
보 살롱란 7월 집필진으로 선정. '86 대한교련 주최 師道實踐記 최우수 당선, '
86 kBS 5백만원 고료 논픽션드라마 〈지는 해 돋는달 〉 당선, '90 공저 『삶의
현장』, '03 『四季에 붓끝을 싣고』(畵文集) 출간 등 다수. '04년 다대고등학교장
정년퇴임.

용기를 잃을 때는
두 손 잡게 하소서

옛집

소쩍새 울던 뒷산에는
항공기만 오르내리고

고향에 찾아와도
아는 이 없네

옛집에
사리문 들어서면
그렇게도 반기시던

어머님

오늘따라
이 불효 목 메이는 그리움
시공時空 너머로 어머님이 오실 것 같네

낡아진
옛집

가이없던 그 사랑

철새둥지

송 진 현

발갛게 익은 아궁이의 탄불로
비바람에 젖은 나래 말려주던
하숙생의 둥지 무허가 슬레이트건물
산업화 홍수에 쓸려간 남강 빨래터마냥
남성동 성안에 칼바람 휘몰아칠 때
바람막이 되어줄 깃털
혼자 감고 몸 움츠려
정말 미안해

안방 벽을 뚫어
양말 기울 전등 불 빌려주던
왜군에 항전하던 주민처럼
오지랖 넓은 주인아주머니와
큰사랑의 허기 채워준
딸한테 등 돌리고

진주 교대 졸. 시인, 소설가, 수필가. 한국문인협회 회원, 한국전쟁문학회 부회장, 부산수필문학협회 부회장, 한국문학협회 사무국장, 부산문인협회 이사, 부산시인협회 이사, 시림문학회 고문. 시집 『이제는 마파람』 외 1권, 소설 『PAL티켓』 외 2권.

새 둥지 찾아 자리 옮긴 세월이
면목 없는 핑계뿐이라서
한참 미안해

청운의 꿈에 가슴 부풀던 대학시절, 임진왜란 진주대첩을 연상시키는 안성마을에서 통일교가 맺어준 인연 덕에 마음이 하해 같은 하숙집을 만나 큰 부담 없이 편안하게 내 집처럼 내 부모형제처럼 친숙하게 대하던 아주머니와 그 분의 아들딸 3남매가 추억 속 보물처럼 남아있다.

촌 놈

지리산골 삶이 소태처럼 써서
우물에 침 뱉으며 고향을 등졌으나
반생을 갯물에 빨아 헹궈도
풀물 배어 때깔 안 나는
나는 어쩔 수 없는 산청 촌놈

항아리에 담근 씀바귀김치의 쓴맛
어머니 입덧 달래주던 떡살구의 새콤한 맛
우물물 두레박 째 덮어써도
제 버릇 못 버린 도토리묵의 텁텁한 맛
얼어붙은 인절미 화톳불에 구워
겨울밤을 찍어먹던 홍시의 달콤한 맛
평생 동안 한방 쓰지만 한 번도

합방 거절한 적 없는 혀와 금슬 좋아
재미가 짭짤한 간장된장 맛
오미자 같은 이 다섯 가지 맛이
내 몸에 붙어산다는 말을
축복인 줄 알고 귓불 붉히는
나는 여전히 산청 촌놈

철이 덜 난 유년에는 지리산골 고향이 싫었다 얼굴이 뽀얀 소년 소녀 앞에서는 풀이 죽었다. 고향이 산청이라고 하면 "오! 함양산청 물레방아"라고 하며 비아냥거리는 같아 귀를 막았다. 그렇게 나를 초라하게 하던 고향이 몸에 맞는 옷처럼 나이 들수록 친숙해진다. 아니 어머니 품속처럼 포근하게 느껴진다.

철쭉꽃

안 병 남

아리다운 자태
황홀한 눈빛

애잔한 목소리로
그리움만 실어 보내네

한 떨기 꽃잎
바람 머물다 가니
눈빛 더욱 빛나고

그 열정
봄바람에 붉게 터지네
철쭉꽃이여 !

경남 진주 출생. 진주여고 졸업. '한대림' 동인('56). 진주시청 공보실 근무. KBS부산방송국 음악담당 PD, 통일여성안보회 서울도봉구지부장(13년). 국무총리상 수상. 《시와 수필》 신인상 수상 문단 등단. 남강문우회 서울 간사.

연록색 이파리에
이슬 한 모금
봄비에 뜨거운 갈증 삭히며
못내 아쉬운
그대의 울림

시작
노트 지난봄 지리산 쪽으로 여행을 하면서 방방곡곡 피어있는 철쭉꽃을 보면서 황홀한
눈빛에 매료되었고, 너무도 아름다운 그 자태에 넋을 잃었습니다. 그래서 졸시가
태어났습니다.

고운 마을에

재 너머
고운 마을
별이 빛나고

버들피리 소리에
보리 익는 내음

들판 가득
풀 냄새 안개처럼 깔리네

뻐꾸기는

하루 내
노래 부르고

콩밭에
콩 심으며
옛 이야기 찾아 읽었네

별이 총총
고운 마을
전설처럼
내 마음도
익어만 가네

남강의 봄

양 왕 용

해마다 5월이면 들려오는
남강의 빨랫방망이 소리.
촉석루 쪽이 아니라
박물관 뒤쪽에서
들려오는 그 소리.
남강댐 막아
남강물 옛날보다 줄었지만
망경동 쪽의 훨씬 자란
대나무 숲 흔들며
아낙들의 웃음 소리와 함께
아련히 들려오는 그 소리.
40대, 50대, 60대
아니 70대가 넘어도
해마다 어김없이 들려오는

진주고, 경북대 사범대, 동대학원 국문과 졸업. 문학박사. 월간 《시문학》 김춘수 시인 추천 완료 등단('66). 시집 『로마로 가는 길에 금정산을 만나다』 외 5권. 저서 『한국 현대시와 기독교 세계관』 외 5권. 시문학 본상, 부산시 문화상(문학 부문) 등 수상. 부산대 사범대 국어교육과 교수 역임. 동 대학 명예교수(국어교육학).

그 방망이 소리.
비봉산 기슭에서
10대 후반 청운의 꿈 꾸었던
사나이들
이제는 부산을 주름잡는
그 사나이들 귀에
올해도 봄바람 타고
아련히 아련히 들려오는
남강의 빨랫 방망이 소리.

섬진강 매화

경상도와 전라도 사람들 함께 어울려
신나게 흥정하였다는 화개장터 지나
몇 년 전에 놓인 섬진강 새 다리 건너
광양 매화마을에서
매화축제 마지막 날
바람에 휘날리는 매화꽃 본다.
강물은
봄볕 맞으며 유유히 흐르게 하고
건너편
물새 우는 하동 포구 벗꽃 나무들에게는

땅 속 기운까지 뽑아 올려
꽃망울 터뜨릴 준비하게 하시는
그대 능력.
아직도 골 패여 있는
강 이쪽 인심과 저 쪽 인심
옛날처럼 하나로 만들어
화개장터 흥겨운 흥정소리
다시 살아나게 하실 이도
그대라 생각하고 또 생각한다.

그네타기

이 숙 례

잘 영근 씨앗을 품안에 안기 위해
저 나무 반백년을 헤매다닌 허공 너머
큰언니 댕기머리와 내 단발머리 춤추던 날

시간의 흐름은 모든 걸 부식시킨다지만
잔뿌리 하얗게 내린 산 너머 무지개빛
아직도 그 빛의 잔영에 가슴 뛰는 그네 줄

산보다 더 높이 반공半空을 차오르며
달님도 마음껏 동그라미 크게 그리던
동화 속 낮과 밤들이 나를 힘껏 밀어 올린다

진주여고, 진주교대, 동의대학교 대학원 졸업 국문학 박사, 《시조문학》, 《한국시》 천료 등단. 문학박사, 제10회 부산문학상(시조부문) 수상, 문예시대작가상 수상. 시가람낭송문학회장, 부산시조시인협회 부회장, 부산펜문학 부회장, 현 부산교육대학교 겸임교수. 시조집 『사랑법 별 하나』 외 5권.

사방연속무늬

오랫동안 놓지 못한 가슴 하나 있었네
무거워 뒤돌아보면 단단한 돌덩이 가슴
돌아서
돌아 나와서
빈 하늘가 몰래 허무네

남몰래 깊은 우물 안으로만 차오르고
긷지 못한 빈 물독 소리만 맑게 울려
울음이
찬란해지면
창 너머 안개 걷힌다

더덕더덕 열린 그리움 갯물에 쓸릴수록
부푸는 유두처럼 가슴이 아려오고
저무는
길도 서툴러
수없이 떨리는
눈빛들…

南江변의 아이들

이 영 성

西將臺 비춘 달이 남강물에 몸을 씻네
護國寺 목탁소리 뒤벼리를 돌아퍼져
仙鶴재 연분홍 복사꽃 마악든 잠 깨우면

시키는 이 없었는데 백사장에 모여들어
하늘 향해 목 틔우며 꿈 키우던 아이들아
흰머리 늘어 가는데 어디에서 달 보는가?

晉陽城 四界

뒤벼리 수양버들 봄을 낚아 올리는 날
웃는 목련 시샘하여 겨드랑이 파고든 바람
달음산(月娥山) 허리춤에서 훔친구슬 비로 뿌려

진주고, 진주농대 졸업. 제14, 15회 개천예술제 문학 시조 대학일반부 장원 (1964, 65년) ≪時調文學誌≫ 추천완료(1967년, 이태극 님). 시집 『이름 모를 꽃』(1979, 형설출판사) 시조집 『합천호 맑은 물에 얼굴 씻는 달을 보게』(2004, 이영성 김해석 이동배 공저)〉

陰部골 등성이에 밤나무 땀이 배면
望晉산 뻐꾹소리 義岩도 목 타는데
飛鳳이 날개 친 바람 矗石樓를 맴도네

무심한 晉陽湖에 가을바람 비 뿌리면
七岩벌에 댓잎진다 울다 목쉰 호국사 종소리
望美樓 감싸 돌다가 雙忠閣에 지쳐 쉬네

仙鶴재 목덜미 가 늦잠 잔 해가 붉다
菩璃堂 샛길 넘는 타박타박 文童이야
鄕校도 말티고개도 눈에 덮여 춥구나.

묶인 개의 하루

이 인 숙

목줄 길이만큼만 자유를 받았구나
반란을 꿈꾸지만 숙명은 모진 굴레
차라리
천지 밖에다
옮겨 놓고 바라보자

할머니 닮아 가는 눈곱 낀 한나절에
푸드득 장끼 날면 하늘이나 쳐다보자
어차피
우리네 삶도
목줄 매인 그 하루

경남함양 출생. 진주교육대학 졸업. 2001년 계간 《시조생활》 신인문학상으로 등단. 전 민족시조생활본부이사. 한국문인협회 이사.

새벽 완행열차엔

뿌옇게 하품하는 간이역이 있었다
어둠을 밀치면서 완행열차 들어오면
피곤을 눈에 단 이들 느릿느릿 오르고

살아온 무게만한 봇짐도 하나 있고
장돌뱅이 한 무리 왁자지껄 들어오고
한 맺힌 옛 이야기도 한 몫 끼어 들었다

갯내음 물씬대는 함지박 속에는
생명이 이런 거라고 펄떡이고 있었다
여명이 가슴마다에 새아침을 안기고

씨 앗

임 만 근

껍질 속은 깜깜한 밤이다
가슴 아린
인간사의 아픔 없는

그러나 낙낙한 밤이다
밤마다 흙으로 누빈 차렵이불 덮고
실한 뿌리 내리는 단꿈을 꾸어본다
저마다 생존을 위한 맞춤형
껍질을 입고

드센 바람 깝작대며
치근덕거려도
눈 하나 꿈쩍 않는 배짱과 두둑한 포부를 가진

진주 농고 졸업, 중앙대학교 사대 교육과 3학년 이수. 《월간문학》 신인상으로
등단. 한국문인협회, 한국시인협회 회원. 수주문학상 수상, 강남시문학회 동인.
시집 『소리가 되기위해』, 『파도, 알몸으로 춤추다』 등.

알맞은 수분과 살가운 사랑 없인
헤프게 가슴 문 열지 않는 당찬 기개는
내 삶의 표상이다
살아서는
가장 약한 것이 가장 강하다는
소신 피력이라도 하듯
가슴 속에 품은 앙증맞은 배아 하나
지축을 흔든다

소리 없이
올곧게 몸을 일으켜 보려는
걸쭉한 네 뚝심

시작
노트 씨앗은 내 삶의 표상인 동시에 누구에게나 있을 소망인 것이다. 잘 싹 틔워 풍성한
열매 맺는 튼실한 씨앗이고 싶다.

고향

겹겹 산 모롱이 돌다
고향의 초입 들어서면
연잎만한 하늘과 도시를 가로지르는 버들잎 강물이
달려 나와 덥석 손잡아 주곤 하더니

어디에도 날 반겨주는 골목길 하나도 없다

돌을 던지면 산 꿩들 푸드덕 날던
산비알도 온 데 간 데 없고
퇴색한 붉은 기와지붕들만 옹기종기 앉아 있는 마을
대문짝에 나비같이 앉아 있던 노란 햇살도
나를 보더니 낯가리는 아이같이
샐쭉 외면하고 만다

누구를 만나려는 것도 아닌데
마을을 몇 바퀴나 돌았을까
차마 빈 걸음 돌릴 수 없어
자꾸자꾸 대문을 붙잡고 문패를 뒤져보지만

문 밖 쓰레기통 곁 한쪽 구석에 버려져
비에 젖어 찢어져 있는 빈 종이상자 같은 내 마음
그래도 못잊어 아카시아 덤불 우거진 산등성이
사라진 길 더듬으며 물 가로 내려와 세수를 한다
시린 물 속 발목을 담근다
물에 얼비친 산자락엔 시들어버린 들국 한 송이

시작 노트 오랜만에 찾아간 고향, 살던 집도 옛 노닐던 그 길도 없어져 턱 아래 누님집도 못 찾던 슬픔이 가슴 아리게 했다.

남강 (南江)

정 옥 길

얼마만의 사랑이더냐
학창시절의 부끄러운 사랑
봄바람 타고 청자 빛 강물 따라
나룻배로 흘러 닿은 모래 섬 위로
하늘 높이 오르는 한 떼의 물오리 따라
날려 보낸 마음은 돌아오지 않고

여름 볕에 익어 푸른 물이 타는 강
백사장 구비 구비 넘나들며
백옥살결 어루던
푸른 물결이 그리운 시절아
저녁노을 더불어 백사장에서 뒹굴던

진주사범, 한국방송통신대학 졸업. 《푸른문예》 신인상 수상. 전 울산 개운초등학교 교장 정년퇴임. 황조근정훈장 받음. 부산시인협회 회원, 금정문인회 이사, 남강문인회 편집위원, 전국문인연합 자문위원. 시집 『저녁노을』 등.

가을 갈대 등에 빛바랜 회심곡 한 줄기
가버린 날을 날라 오는
그리운 고향의 강은 지고 있구나

이제는
넘실대는 강물 위에
생각도 잠기는
겨울강을 보겄네

경포호반

물이 거울처럼 맑다는 경호에
기우는 햇볕이 조명 불빛을 거두자
노을 지는 하늘은 호반을 황금빛으로 물들이고
갈대숲에 내리는 낙안의 무리는 가경을 이룬다
흔들리는 갈대 숲 따라
물고기의 유회가 환희로 솟구치자
황금 잔물결이 파상으로 떨다가 사라지고

어둠 건너 하얀 모래사장에
키 작은 소나무의 그리움이
무더기로 선하고

호수와 바다가 맞닿은
양안을 비추는 밝은 달이
잔물결을 두드리자
월광의 연주에 심취한 나그네는
발길 멈추고
다섯 달을 본다는 이 곳에서
환상에 젖어 깨어나지 못하는
경포호반은
밤의 천국을 꾸미고
선경은 날을 새지 못 한다

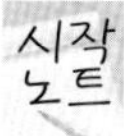 *다섯 달 : 하늘, 바다, 호수, 술잔, 님의 눈동자

진주라 천릿길

정 재 필

천리 먼 길인데
다리 대신
목이 결린다

굿판 차려지면 엉덩이부터 흔드는
진주사람 신명이야 어디 갈까마는
똥 장군 지고 뒤벼리 돌아가던 무지렁이들의 한이나
해마다 멱 감다 떠내려간 영산 귀신이나
골목 깊은 장대동 새미 가에 왁자한 고함 소리로 남은
이웃들의 모습이 자꾸만 목으로 타 오른다

목 안에서
슬픈 눈의 섭천 소가 웃고

경남 진주 출생. 진주사범, 부산대 국어국문학과 졸업. 고교시절 《학원》, 《학생계》 등에 시 다수 입상 발표. 〈한대림〉('56), 〈시부락〉('57), 〈흑기〉시동인(1965), 〈시와 시론〉('69), 〈영문〉동인. 《문학예술》 시부문 등단. 남강문우회 초대 회장. 현 한국문학예술협회 회원, 부산시인협회 회원.

봉황을 품다 날아간 아쉬운 전설이 스러지고
소리꾼들의 소리 한 마당이 서리서리 여울목을 꺾는다

떠도는 타관
어느 허름한 전파사 앞에서
귀에 익은 구성진 가락
귓가를 맴돌다 목으로 들어온다
들어와 꺽꺽 목이 메다
커다란 가시로 박힌다

**시작
노트** 타관을 떠돌며 고향 소식을 듣거나 고향 사람들을 만나거나 고향 노래를 들을 때마다 나는 심한 목앓이를 한다. 이 나이에 이르도록 선산을 지키지 못하는 불효가 울컥 치밀어 삼키지도 뱉지도 못하는 심한 목앓이로 나타나는 것인지도 모르겠다.

시인 박용수 (朴容秀)

중학시절에 열병을 잘못 다스려
귀를 잃은 그는
눈으로 듣고 몸으로 말한다

어쩌다
술이 꼭지에 닿아
흥얼대는 그의 푸른 하늘 은하수는

음계가 죄 문드러져 차라리 울음이다
'바람소리'로 흐느끼는 천상의 강물이다

그를 앞에 두고
수화에 지친 내가 마뜩찮은 입놀림을 하면
신기하게 잰 독순술(讀脣術)로
오히려 나를 능친다

진양(晋陽) 미천(美川)의 맑은 산세를 타고나
불의에는 주먹을 불끈 쥐는 강골이지만
귀를 잃기 전에 익힌 모국어가
나이테처럼 귓가에 맴돌아
70 평생에 달랑 시집 한 권 내어놓고
우리말 연구에 매달려 산다

젊어서는 죽이 잘 맞아
'흑기(黑旗)'라는 동인 깃발도 함께 올렸다가
서로 가는 길이 달라서 한동안은 잊고 지냈는데
살다가 문득
그의 푸른 하늘 은하수가 그리워질 때쯤
외계인이 보내온 통신처럼 그에게서 문자가 왔다

문명의 이기(利器)가 새 지평을 열어주었는지
깨알 같은 문자가
밤하늘의 별똥처럼 무수히, 무수히 날아들었다

그러다
어느새 노안(老眼)이 되어 나타난 그는
돋보기를 귀에 걸며
잃었던 귀가
이제 사 구실 하나를 찾았다고
씁쓰레한 웃음을 짓는다

밤새 기울이는 소주잔을 앞에 두고
자꾸 틈새 지는 북녘의 우리말을 걱정하고
취업 조선족의 현실을 탄식하는 그는
나이가 들어도
천생 눈으로 듣고 몸으로 울고 있는 시인이다
이 땅의 정 많은 시인이다

* '바람소리' :1984년 간행된 7500여 행의 그의 자전적 장시 서사시집

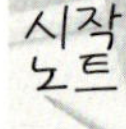

시작
노트

젊은 시절 가형(家兄)처럼 따르는 우리에게 연일사장(戀日寫場)이라는 문학 공간을 열어 많은 정을 베풀던 박용수 형, 1950년대말 진주에서 남강물을 마시며 문학 성장통을 앓았던 친구들은 누구도 그 이름 잊지 못하리라.

내원 (內苑)

정 재 훈

그대 품속은 깊고 은밀하다
풍화한 역사가 심산의 숲길에서 술렁이고 있다.

아득한 구곡(九曲)에서 흘러오는 물줄기와
태청(太淸)의 하늘이 열리어 온다.

숭산(崇山)은 신령스럽다.
옹달샘은 솟아 오르고
시대의 갈증을 해갈하는 즐거움.

옥류동(玉流洞) 산꽃 피는 계곡에
폭포는 흩날리는데
흰구름이 바위에 잠겨 쉬었다 간다.

진주사범, 단국대학교 상학과, 한양대학교 대학원 졸업. 〈시부락〉, 〈오누이〉 동인 ('57), 《영문》에 시 2회 추천완료. 단국문학상(시) 수상. 제7회 환경조경 문예작품 공모전 시 부문 대상 수상. 문화공보부 문화재 관리청장 역임. 문화재청 문화재위원. 현 한국전통문화학교 석좌교수, 저서 수필집 『문화의 산길 들길』, 『한국전통조경』, 『환경과 조경사』 등.

장끼가 날아 넘어가는 떡갈나무 숲
산새가 울음을 쏟아 놓는다.
낙엽이 몰고 가는 바람 떼
나목(裸木)의 가지 끝에
시린 고독을 흔들어 본다.

원앙새 장난치는 물가에
정자는 시름을 잊었는데
어슴프레 들려오는 칠현금 소리.

세상이 시끄럽다고 허둥대지 마라
세상이 어지럽다고 흔들리지 마라
내원의 말씀.
그대 품속은 일상의 얼룩을 헹구어 내고 있다.

시작
노트 '내원(內苑)'은 창덕궁 후원인 비원(秘苑)을 일컬음.

선덕여왕

서라벌에 오면 그대가 생각난다.
서라벌이 그대 눈빛 속에 영상으로
가라앉아 있다.

분황사의 돌탑 그늘에서
내 가슴에 인연을 찍어준 을묘년 칠월의
그대 손결은
영묘사를 태우던 불길이 되어
돌탑의 차디찬 내부에서
벌겋게 달아오르고 있다.

아득한 연모의 북천강변으로
나를 이끌고 가는 향가(鄕歌)여
나는 첨성대 기단에 앉아
그대를 생각하며 별을 센다.
그대 갈망은
황룡사 탑 자리 그 페허에 돋아난 풀포기의
뿌리를 적시고 있는데
그대 음성은 바람에 스미어
푸른 산천을 흔들고 있다.

시작
노트 *제7회 환경 조경 문예작품 공모전 대상 수상작임.

복기 (復棋)

정 태 수

끝내기만 남았다 복기 한 번 해보자
귀살이 터를 잡고 천원天元으로 세를 몰아
네모 판
세상을 돌며
바둑 두듯 살았구나.

한판승 꿈을 꾸던 곤마困馬의 애쓴 자국
패착敗着도 승부수도 아쉬워라 일수불퇴
계가計家는?
해서 뭣하나
지팡이 가져오렴.

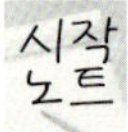 **시작 노트** 황혼기의 인생은 누구나 거듭거듭 회고하게 된다. 잉태와 출생, 성장, 역할, 회한의 순서를 밟는 것. 한평생을 바둑 한 판에 비유해 본다. 귀살이, 진출, 진퇴, 결과, 그 뒤에 남는 것은 역시 회한이다.

 진주사범, 단국대 법과졸업, 연세대 경영학석사, 일본쓰쿠바대 교육학박사, 문교 부차관, 단국대 교수, 서울교대 총장, 대진대 총장 역임. 『교육법제사』 등 저서 12권, 논문 25편, 국민훈장 국선장 수상. "허수아비"로 《시조생활》 지 등단. 시조집 『불씨를 살려라 아이누여』 출간. 아동시조문학상 수상. (현)대진대 명예교수, (현)대한교육법학회 명예회장, (현)전민족시조생활화운동 본부 이사.

무릉원 (武陵源)

– 중국 張家界 기행 –

파사婆娑결 구름 띠로
칼춤 추는 촛대 연봉

일컬어 온 무릉도원
그게 바로 여긴가

온종일
좋다좋다 밖에
더할 말이 없더이다.

 중국 장가계는 옛부터 우리 선조들이 신선이 사는 땅으로 일컬어 온 '무릉도원' 그 곳이다. 많은 볼거리를 통틀어 두 수 시조로 줄여 쓰려고 고민하다 나온 것이 이 시조다.

할 배

조 규 현

부산시 해운대구
좌동
중동
우동
신시가지에서
흰 소나타에 삼학년 삼반 엄마들이
맥도날드로 향할 때
달맞이 고개에서
노란 폭스바겐에 홀로된 여인이
화구를 챙기고
누리마루에서
파란 비엠더블유에 패셔니스트들이
모카치노를 들고
골든 스위트로 빠져 간다

진주산업대, 동아대학교, 부산대대학원, 텍사스주립대대학원 졸업. 전)부산여대 교수, 남명학연구원 이사, 남명문화센타이사장. 《시와 수필》 등단. 시인. 부산창업교육컨설팅 대표, 심도회장.

동백섬에서
최치원 할배가
부러워하는
매일의 풍경이다
할배요
우리도 가입시더
야

딸과 어탕

딸 다섯이
어탕국수를 마주한다
둘은 둘을 닮고
셋도 둘을 닮았다
딸 다섯이
어탕국물을 좋아한다
피리튀김이
나뉜자리 옆
깍두기와 김치에 풀린
내장의 짭쪼롬이
밥을 부른다
어탕밥이 된다
입이 매워지면

베어 문 곶감에서
감치는 맛이
부드럽다
딸 다섯이
어탕국수를 이야기한다
늘비를 기억한다
생초를 찾아간다
산청을 축제한다
딸 다섯이
어머니의 어탕국수를
말고 있다
딸 다섯이
아버지의 어탕밥에
눈 돌린다

논개 (論介)

천 옥 희

그랬다. 그날 물빛 너무나 파랬었다
의암(義巖)의 가락지는 바르르 떨고 있고
한 목숨
버린 자리에
푸른 달빛 쏟아졌다

넋으로만 흘러가는 그 이름은 논개(論介)
촉석루(矗石樓) 찾아드는 나그네 있거들랑
시 한 수
얹어 놓아라
남강(南江) 물이 풀리게

대나무 서걱인다 세월(歲月)이 서걱인다
진주성(晋州城) 둘레둘레 푸른 이끼 돋아 있고

호는 남정(南汀), 진주여고, 진주교육대학, 서울교육대학교 졸업. 계간 《시조생활》 신인문학상 수상으로 등단(2001). 한국문인협회 회원, 시조동인 〈삼연회〉 회원, 전 민족시조생활화본부 이사. 시조집(공저) 『여백(餘白)에 점(點) 하나 찍고』, 『지상의 뜨락에 피운 노래들』, 『나그네 된 집에서 부른 노래』.

나 여기
빨간 심장을
받아 안고 걷는다

그리움

너 없이 산다 해도
세월 그냥 가는 것을

헤어져 다시 만나
내가 너를 어쩌랴

빈 들에
흔들리는 것
야국(野菊) 같은 사람아

노을길 따라

최 낙 인

산은
금빛 하늘을 이고
호수는
불타는 산을 그린다.

샘골 여울목엔
노루 가족 입 맞추고
으악새 덤불 속엔
뱁새 새끼 어미 품 찾아든다.

산사로 돌아가는 바랑 진 노승
온후한 얼굴엔 무념(無念)이 흐르는데
걸음 걸음마다 세상은 없다.

경남 고성 출생. 진주사범, 경북사대 영어과, 고려대 교육대학원 졸업. 〈오누이〉 동인('57년), 《시와 수필》 등단. 밀양, 창원 교육장, 경남도교육청 교육국장, 경남 교육위원 역임. 저서 『중등영어회화 지도자료』, 〈답변 4년 질의 4년〉, 『교육의 편린들』 등

나는
참으로 오랜만에
노을이 내리는 길 따라
채색된 산수화를 지우며 걸었다.
산을 쓸어내고
구름을 걷어내고
짐도 벗고 마음도 비우며
나를 지워갔다.

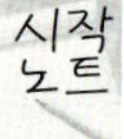

시작
노트

노을 내린 산길을 걸으면서 그간 부대끼며 살아온 인생길 굽이마다 스쳐간 그 숱한 애환들을 삭히고 지우며 호수같은 마음의 평온을 찾고 싶었습니다.

낙 엽

늦가을 찬바람에
산에도 들에도 잎은 마구 지는데

어떤 이는 탄성을 지르고
어떤 이는 눈물을 쏟는다.

이른 봄부터 애써 새 싹 틔어
꽃 피우고 열매 맺혔을 뿐

실은 탄성도 눈물도 아랑곳없는데
이 어인 쌩퉁 맞은 작태(作態)들인가?

노인의 출발은 소년이요
늙음의 뿌리는 젊음이다.

떨어져 흩날리는 낙엽은 정작 낙엽이 아니다
그 긴 인고의 세월 지켜온 선혈의 자국들이다.

그대는 흩날린 낙엽의 절규를 듣고 있는가?
그대는 짓밟힌 낙엽의 아픔을 알고 있는가?
나는 한 잎 낙엽 되어 내 몸 살라 텃밭으로 가련다.

사람들은 떨어지는 나뭇잎을
왜 낙엽(落葉)이라 일컬을까?

떨어지는 잎새는 낙엽이 아니라
새 생명 잉태하러 나비 춤 추며
하늘로 오르는 비엽(飛葉)이다.

시작 노트 남강문우회 덕택으로 50여년만에 처음으로 시도해 본 부끄러운 얼굴입니다. 무대
나 인생에서 사라져가는 뒤안길로 상징되는 낙엽에 대하여 생명과 희망의 비엽으
로 승화하고픈 역발상의 습작품입니다.

장미꽃이야

최 만 조

맑은 아침 이슬에
방울방울 세수하고

거울 앞에 앉아
루비빛 화장을 하고
우리 누나처럼
수줍어 미소짓는 그 모습

장미꽃이야 네는
너무 아름답고나

진주사범 졸업. ≪아동문예≫ 동시, 동시조 천료 등단('77). 전, 한국아동문예작
가회 회장, 부산문인협회 이사, 감사, 부회장, 사하문인협회 초대회장 등 엮임.
현 부산불교문인협회, 부산아동문학인협회, 한국아동문예작가회 자문위원. 해강
아동문학상, 한국동시문학상, 실상문학상, 불교아동문학상, 아동문학의 날 본상
등 수상. 동시집 『농악 소리』 외 4권 펴냄.

야생화

지난 해 가을에
시골에서 가져 온 알뿌리 하나

아무렇게나
화단가에다 심었는데.

새봄에 꽃문을 열고
하늘 보는 야생화.

여기가 어디일까
내 살던 고향은 아닌데,

고개를 살랑살랑 흔들며
하늘 보는 야생화

옆에서 보던 봄바람이
웃음을 펴고 즐겁다

산에 오르면

최 용 호

직장에만 오고 갔을 뿐
뒷동산 석갑산을 미처 모르고
살았습니다
산 이름도, 산에 오르는 길도 모르고
살다가
퇴직하고서야 찾아보게 되었습니다
요즘은 나처럼 헐렁하게 사는 사람들이
산에 붐빕니다

산에는 큰 나무 작은 나무 다투지 않고
정답게 아침 인사를 나눕니다
청설모도 큰 나무 작은 나무
가리지 않고 재롱을 부립니다

경남 진주 출생, 진주농고, 동아대 수료. 〈청천〉('58), 〈흑기시〉('65). 문예지 《영문》에 시 추천 등단, 문예지 《문예정신》 창간 발행, 2인 시집 『풍경초』('72), 시집 『이별연습』('05,) 등 상재. 한국문협 진주지부장, 한국예총 진주지부장, 개천예술제 대회장 등 역임. 현 진주문화예술재단 이사장, 경남문화예술회관 관장, 진주시 문화상, 경남예술인상, 파성문학상 수상.

다투고 살아온 사람들만
부끄러워 짐짓
먼 산을 바라봅니다

논개 곁에서

젖은 옷고름에 하현달
그대 사랑, 기우는 것만 아니여

유월 염천 열여덟 해 그리움으로 핀 꽃
그대 사랑, 저무는 것만 아니여

머리 풀어 아득한 원망
풀었다 감아쥐는 애욕의 강둑에
그대 사랑, 매여 있는 것만 아니여

우리 젊은 날 사랑 노래
흘러 흘러
그대 손끝에 닿으면
우주의 화음으로 환한 얼굴
눈부신 것만 아니여

맵고도 짠 역사의 강
때로는 원수의 옷가지도 헹궈냈나니
모두 그대 사랑이어라

바람 부는 날 이따금
외로움이 밀려오면
그대 손톱에 봉선화 물들이며
다시 사랑을 노래할 것이니

그대 초롱초롱한 눈동자에
우리 젊은 날이 머물거든
그대 생애가 온통 사랑으로
타고 있음을 알라

억 새

허 옥 랑

한갓 보잘 것 없는
가녀린 들풀이었지
온 산하가 꽃으로 덮여도
이름 없는 들풀이었지
비바람에 흔들리면서도
꺾이지는 않았지
온몸으로 여름의 뙤약볕 받아내며
생명줄 끈질기게 놓지 않았지
눈길 한번 받지 않은
서러운 삶이어도
노을이 내리는 들녘
시린 생애의 끝자락에서
비로소 눈부신 은발이여

진주출생 진주사범, 동국대학교 교육대학원 졸업. 서울 용동초등학교에서 퇴직.
《菁川》동인('58) 《脈문학》으로 등단.

꽃 아래 서면

꽃 아래 서면
마음 설레이네

산다는 일은
꽃을 기다리는 일이라
따스한 빛살 한 줄기 품어
꽃 한 송이 피우는 일이라

어둠을 어찌 절망이라 하리
절망을 어찌 끝이라 하리
어둠 지나온 빛이
이리 눈부신 것을

모든 것 다 버리고도
주검처럼 마른 등걸에
또 다시 피어나는
찬란한 윤회輪廻여

꽃 아래 서면
지난겨울 시린 눈발이
눈물이어도 축복이었네

길

허 일 만

내 젊은 날의 갈 길은
너무 많았었네
이리 봐도
저리 봐도
모두 가고픈 길

이제
시간이 차곡차곡 쌓이고
추억도 낙엽처럼 쌓여
내가 걸어온 길
오직 한길뿐이었구나

그 길은
조금만 헛디뎌도
쓰러질 것 같은

진주고, 부산대 상대 졸. 부대신문사 편집국장. 〈시부락〉('57), 〈청천〉('58), 〈영화〉('59) 동인. 《영문》 시 추천, 《시와 수필》 등단. 의료법인 대남병원 행정원장, [주]뉴부산렌트카 대표이사, 부산 상공회의소 의원, 남강문우회 사무국장.

험난한 길

지금은 한곳에 머물러
걸어온 길
뒤돌아본다
지금 나는
내가 가고 있는 길 위에
끓어오르는 열정도
황망한 욕망도
다 내려놓고

어린애 같은
아장 걸음으로
여유를 즐기며
한길로 한길로 가련다

시작
노트　나는 항상 어린애같이 철없이 행동하고 가식 없이 살고 싶다.

바람 소묘

지난 가을
수북이 떨어진 마른 잎새

새싹 기다리는
3월에도 썩지 않고
바람에 이리 뒤척 저리 뒤척
술렁인다

봄 아가씨 되어 찾아와
수많은 꽃술과
사랑을 속삭이더니

어느새
먹구름 휘몰아 와
쿵쿵거린다

고추잠자리 날던 날 지나고
낙엽따라 가버린 사랑
님의 발자취 따라
을씨년스럽게 서벅거리더니

갑자기
매서운 짐승처럼
윙윙 씽씽
존재의 위력을 나타낸다

바람은
눈도 코도 입도 형체도 없으면서

언제나 있는체
자기 존재를 과시하는
무색의 투명체

지금도
창문 틈새로
"나 여기 있어"
스물 스물
방안으로 들어온다

시작
노트 등산길에서 늦게까지 썩지 않은 낙엽을 조롱하듯 하는 요술쟁이 같은 사계절 바람
의 존재를 생각 해봤다.

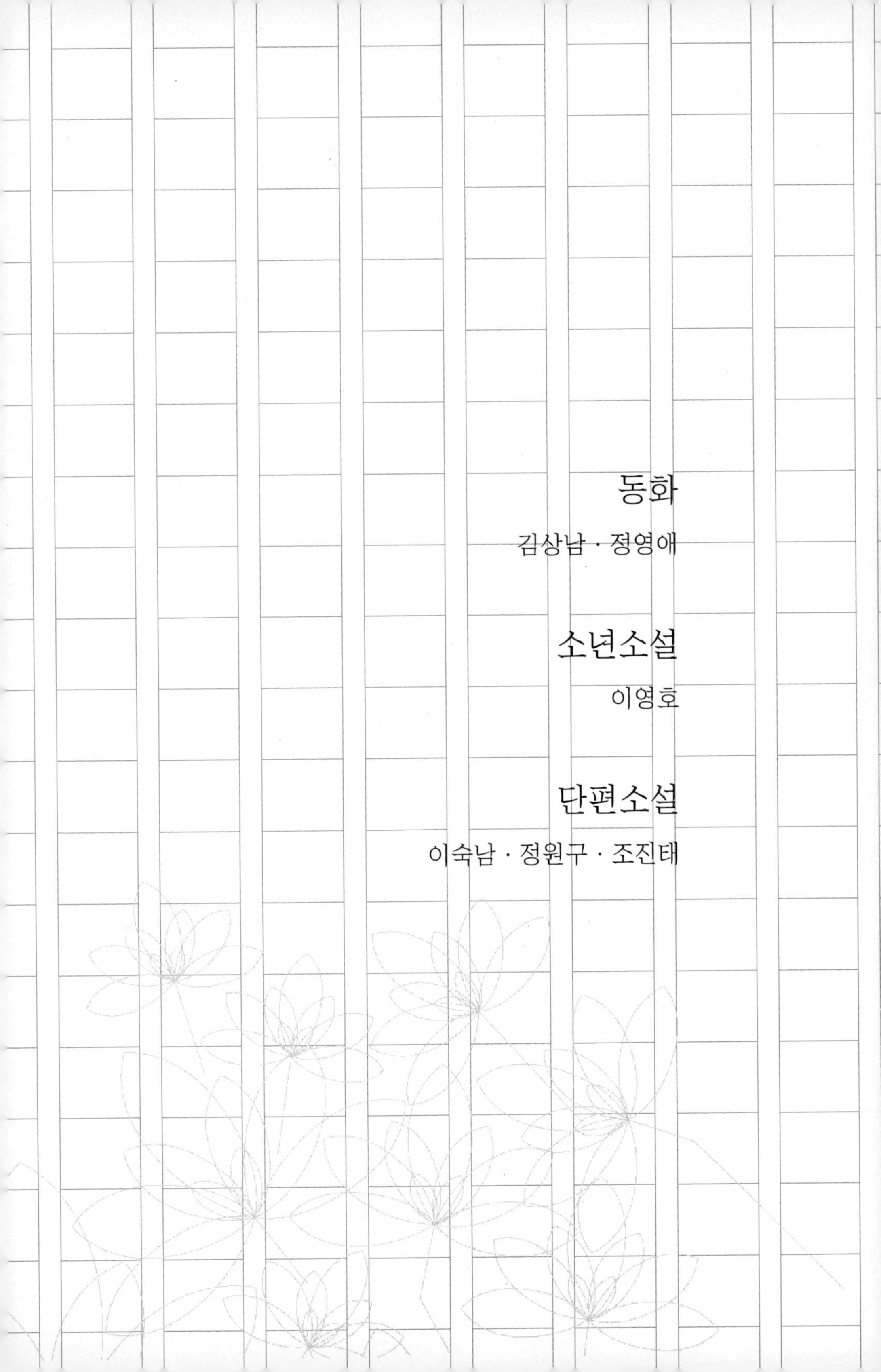

금돈, 뿌리는 은행.

김 상 남

　영생양로원으로 들어서는 길목에 늙은 은행나무 한 그루가 턱 버티었습니다. 밑둥치가 세 아름도 넘어 삼백 살 쯤 먹었을 거라 합니다. 더잡기도 하는데 내력을 들어보니 그럴 사 합니다. 임란 때 왜병들이 절간을 잿더미로 만들자 스님은 지팡이를 꽂아둔 채 홀연히 사라졌다고합니다. 목탁 대신 칼을 들고 전장에 나갔던 것입니다. 그 지팡이가 싹을 틔워 저만큼 큰 나무가 되었다고 합니다. 하여튼 소방서 망루보다높아 잎이 노랗게 물들면 황금으로 치장한 빌딩입니다.

　은행나무는 「영생양로원」의 문지기 같습니다. 방문객이 양로원 이름을 바르게 대었는데도 마을 사람들 중에는 더러 고개를 갸우뚱 거립니다. 이럴 적 은행나무를 들먹이면 아이들도 제꺽 손가락질을 해줍니다.

경남 남해 출생. 아호:솔마, 필명:소로마. 진주사범학교 졸업. 1953년 《學園》에
소년소설 「산딸기 익는 마을」 발표, 「학원문학상」 받음. 중앙일보, 조선일보 신
춘문예에 동화와 소설로 등단. 한국일보에 콩트, 문공부 장편소설 공모 당선,
전국문예창작인연합 상임위원.

그런데 마을 어디에 동티가 났는지 이 은행나무가 수상쩍습니다. 양로
원의 노인들을 닮아 시름시름 앓으며 제 구실을 해내지 못합니다. 서리
가 내려도 잎에 노란 물을 들이지 못합니다. 칙칙한 빛깔인 채 오그라든
잎을 시나브로 떨굽니다. 새 아파트의 사람들이 쑤군댑니다.
　"나무도 망령이 드나보군, 철 바뀐 줄도 모르네."
　"가을이면 단풍이 들어야지, 볼장 다 본 나무야!"
　"저 나무 때문에 아파트 진입로도 구부러지게 내었다더군."
　"노인들 말, 들을 거 뭐 있어, 싸악 베어버렸어야지."

　미화원 아저씨들은 은행나무의 딱한 속사정을 그런대로 바르게 짚습
니다.
　"아파트 짓느라, 땅을 깊숙이 파 헤쳤으니 수맥이 끊어진 거지 참 아
까운 나무야."
　"은행나무가 천덕꾸러기가 되는 통에 우리는 재미 좀 봤지."
　"……?"
　"잎을 훑어 제약공장에 팔아 용돈 벌었잖아."
　"해줄 만큼은 해주었어, 해마다 동제를 지내 막걸리를 동이 채로 부
어주면 기운이 펄펄 나 잎이 더 무성했었지, 이제 그 사람들은 거의 이
사를 갔으니…… 나무도 제 사정을 알아서 저러는 거야."
　새 아파트 길가에는 새로 심은 벚나무가 쭉 늘어 서 있습니다. 나무
마다 주인이 정해져 있어 명찰도 달았고 손질도 잘해 주었습니다. 빈터
에서 청년 단체가 주민화합잔치를 벌입니다. 벚나무도 한 몫 합니다. 벚
나무마다 둘러진 꼬마전구가 별처럼 깜박거립니다. 은행나무는 불에 덴
것처럼 거무티티한 빛깔로 가상이가 오그라든, 볼품없는 잎만 달고 있
습니다.

웬 사나이가 은행나무 곁으로 다가옵니다. 고약하기로 소문난 사나이입니다. 주민화합 잔치판에서 술을 잔뜩 마셨기에 비틀거립니다. 은행나무에다 오줌을 차르르르 갈기더니 두어 발짝 물러섭니다. 그리고는 냅다 이단 옆차기로 은행나무를 차버립니다.

"야 임마, 내가 누군지 알기나 알아, 그래 누가 센지, 한번 붙어 보자고, 붙어봐, 어랏챠챠!"

사나이는 다시 훌쩍 뛰더니 어깨로 꽝, 부딪힙니다. 아이쿠! 뒤로 벌렁 넘어집니다. 은행나무는 꿈쩍도 않습니다.

"이 늙은 것이 나를 뭘로 보는 거얏, 내가 이대로 물러 설 것 같아, 택도 없어, 아아야앗!"

하지만 사나이는 정작 은행나무를 부둥켜안은 채 주저앉아 버립니다.

"노인장들 내 입장도 좀 봐 주시오. 10층까지 올리지 못하면 본전이 빠지지 않습니다. 제발 사정 좀 봐주시오."

사나이는 빌딩 지을 땅의 주인입니다. 자기의 땅과 딱 붙어 있는 은행나무 때문에 빌딩을 5층 밖에 올리지 못합니다. 은행나무를 베어버리자고 구청에 찜을 넣었지만 퇴짜를 받았습니다. 아파트 주민들한테서는 〈알아서 하라〉는 도장을 다 받았으나 양로원 노인들에게는 한 사람도 받지 못했습니다. 사나이가 술병을 들고 찾아가 달래도 노인들은 등을 돌렸습니다.

"은행나무는 보통나무가 아니오, 당산목이요."

"그렇고 말고. 이 마을의 수호신이요."

"맞아요. 절대 베어서는 안 되오. 우리 눈에 흙이 들어가기 전에는……."

사나이는 침을 찌익 뱉고 나와 버렸습니다. 누가 이기나 버티기로 했습니다. 그러자 정말 기분이 확 풀릴 일이 자꾸 생겨 사나이는 휘파람이

나옵니다. 날씨가 추워지자 노인의 눈에 흙이 들어가는 일이 자주 생겼습니다. 영구차에 실린 노인은 은행나무에게 작별인사를 하고 마을 모퉁이로 사라졌습니다. 서리가 내리자 벚나무 잎은 거의 떨어졌습니다. 그러나 은행나무는 아직 잎을 달고 있습니다.

"지금이라도 늦잖아, 노란 물 들면 얼마나 좋을까?"

은행나무의 거무티티한 잎을 가장 안쓰러워하는 사람들이 중얼거림입니다.

영생양로원에서 지낸지가 3년째 나는 시인 할아버지입니다. 자주 은행나무를 찾아와 생각에 잠기거나 나뭇가지에 걸린 구름을 쳐다보며 고개를 끄덕였습니다.

요즘 들어 시인 할아버지는 시 한 편도 못 씁니다. 빛깔이 예전만 못한 은행나무가 못내 안타까운지 멀찍이서 우두커니 선 채 한숨만 쉬다가는 사라집니다. 주민들이 은행나무를 업신여기는 사람들을 되게 꾸짖기는커녕 못 본 척 해서라 여깁니다.

'콜록콜록 콜록콜록'

시인 할아버지가 바튼 기침을 해댑니다. 기침소리에 깬 듯 은행나무가 살포시 노란빛을 띄기 시작합니다.

콜록콜록, 노릿노릿

콜록콜록, 노릿노릿

이렇게 바꿔지나 봅니다. 밤에는 기침소리가 더 잦았습니다. 노란 은행잎 숫자도 밤사이 부쩍 늘었습니다. 몸져 누운 시인 할아버지가 열흘만에 겨우 일어났습니다.

샛노란 잎으로 치장한 은행나무를 시인 할아버지는 눈이 부신 듯, 눈을 가늘게 떠 바라봅니다.

"이제는 아무도 이 나무를 베자고 하지 못할거야. 아, 거룩한 황금나무……, 쿨럭쿨럭."

　신문을 읽던 중년이 끼어들었습니다. 할아버지가 시인이라는 걸 알지만 그렇게 여기지 않는 건방진 데가 많은 가게 주인입니다.
　"시인도 황금을 좋아하시오!"
　"그렇소, 아주 좋아하오, 황금은 변하지도 않아요. 잡티가 섞이지 않은 순수함을 인간은 본받아야 하오."
　"하하 핫 노란 잎사귀가 진짜 금 조각이라면 뼈 빠지게 일 안해도 떵떵거리며 살 텐데……."
　"그 보다 더한 가치를 지녔소. 고목의 끈질긴 생명력이 저렇게 황금빛깔로 뿜어 나오고 있어요."
　"역시 시인은 다르군요."
　시인 할아버지는 노란 은행잎을 주워 시 쓰는 공책에 끼워 놓습니다.

　찬바람이 붑니다. 쿨럭쿨럭. 시인 할아버지의 기침이 또 잦아집니다. 은행잎이 노랑나비처럼 흩날립니다. 기침소리에 맞춰 은행잎이 떨어지고, 대신에 시의 글감도 줄줄 떠오르는지 시인 할아버지는 자주 은행나무 곁에서 보냈습니다.
　쿨럭쿨럭 팔랑팔랑,
　쿨럭쿨럭 팔랑팔랑…
　국회의원이 갑자기 아파트 마을에 왔습니다. 마을회관에서 연설을 하고, 유기농 청정채소만 쓴다는 쌈밥집에서 마을사람들과 푸짐한 점심을 먹습니다. 그 사이에 일이 벌어졌습니다. 은행나무 곁에 세워 둔 국회의원의 까만 차 지붕에 누가 노란 담요를 덮은 것입니다. 운전사가 놀라 뒤로 넘어질 뻔 했지만 곧 빙그레 웃음을 날렸습니다. 은행잎이 쌓였던 것입니다. 국회의원도 이 광경을 보자마자 걸음을 뚝 멈춥니다. 눈치빠른 비서가 큰 소리로 말합니다.
　"의원님, 다음 선거에도 금메달이 확실합니다."

"으응, 무슨 소리오?"

"저, 황금빛 나는 은행잎을 보십시오."

"하하하, 보좌관 해석이 근사하오, 하하하, 과연 아름답군, 자연의 조화지만 너무너무 좋군. 하하하."

환송하러 차 곁으로 몰려온 사람들의 어깨 위에도 은행잎은 내립니다. 차가 떠나자 한 마디씩 합니다.

"김 의원님이 대단해, 역시 행운아야."

"무슨 소린가? 행운아라니."

"아, 아이라는 말이 걸리나 그게 아니고 아까 돈벼락 맞는 걸 봤잖는가, 차 지붕에 가득 쌓인 돈을…."

"그렇군, 노란 은행잎이 돈처럼 뵈지, 실제 오늘 정치후원금도 꽤 들어 왔었지…."

국회의원은 차 속에서 깊은 생각에 잠겼다가 갑자기 차를 돌리라 합니다.

"김 비서, 양로원으로 가세."

"의원님, 비행기 뜨는 시각이 얼마 남지 않았습니다. 또 양로원 거기에는 표 찍을 사람도 몇되지 않습니다. 다음 기회도 있잖습니까? 바로 가시지요."

"그럴까? 허나 표 계산만 해서는 안 돼, 내가 가보자는 건 다른 뜻에서야."

"예, 의원님."

"듣지도 않고 예야."

"예, 기록 하겠습니다."

"허어, 듣기만 해요. 아까 은행나무와 좀 떨어진데서 나를 뚫어지게 보던 노인의 모습이 좀체 지워지지 않아서야. 나를 보고 손을 흔들었어. 나를 잘 아는 것 같았어!"

"의원님을 모르는 사람이 어디 있습니까? 지지자들의 호의입니다."

"아냐! 표정이 달라, 내 느낌도 그렇고, 신상명세를 상세히 조사해보아요. 그 노인이 누구인지!"

"네, 의원님."

"그리고 그 은행나무는 그대로 두기로 하세."

"아까 박사장과의 약속은 즉각 베어버리도록 조치하겠다고 약속했잖습니까?"

"그랬었지, 그렇지만 생각이 바뀌어졌어, 그 노인과 은행나무가 자꾸 겹쳐 보이네. 은행나무가 바로 그 노인이야, 노인이 아직도 은행잎을 내 머리 위에 자꾸 흩어주는 것 같아."

열흘 뒤에 시인 할아버지는 폐렴으로 눈을 감았습니다. 무덤에서 돌아오던 친구 노인들이 은행나무 아래 빙 둘러 앉았습니다. 잎이 죄다 떨어진 나뭇가지에 바람이 감기며 윙윙거립니다.

"그 노인은 보통 시인이 아니었어!"

"그럼, 점쟁이처럼 용하게 예언하는 시인이었어, 이 나무를 황금나무라더니 정말 돈 500만원이 생겼잖아."

"국회의원이 내린 돈, 덥석 받아 써도 되나? 법에 안 걸리나?"

"헛 참, 공돈이 아니야."

"그냥 줄 리 없잖아, 무슨 조건이 있을 건데."

"모르면 가만 있으라고, 그 시인은 바로 김 의원의 초등학교시절 담임선생님이었대, 스승의 유고시집 출판비를 김 의원이 대겠다니까, 출판사 사장도 출판 이익금을 미리 우리 양로원에 내놓은 거야!"

"아, 그런가, 훌륭한 제자를 뒀군."

"그렇지, 또 하나 더 있지."

"뭔가?"

"은행나무를 국가지정 보호수가 되게 신청하라고 구청장에게 김 의

원이 부탁했다는 거야."

"햐, 그런 압력은 상줄 만 하네. 자기 스승이 생전에 좋아했던 나무였으니 당연히 그럴만 하지."

"그래서 그런 건 아닐세. 스승인줄을 알기 전에 결정 났어, 양로원표도 표 나름이지 하하 핫"

"이봐 자꾸 표소리만 하지 말라구, 역시 그 스승에 그 제자야. 오래된 것을 소중히 여기는 정신이 귀감(龜鑑)이야."

"웬 감이야, 지금 한겨울이라 까치밥도 없는데……."

"영감탱아, 입 다물고 있으면 본전이야, 모르면 가만 있으라고 먹는 감이 아니야, 아무튼 잘된 일이지…."

은행나무는 더 의연해보입니다. 빈 가지에 구름이 깃발처럼 걸려 있습니다.

나는 당나귀입니다

정 영 애

아주 어릴 때 지금 살고 있는 주인집으로 팔려 왔습니다.

주인은 처음부터 나를 그저 '나귀'라고 불렀습니다. 사실 처음에는 기분이 조금 나빴습니다.

당나귀를 '나귀'라고 부르는 건, 갓 태어난 아기에게 이름을 지어주지 않는 것과 마찬가지이기 때문입니다.

하지만 어쩌겠습니까! 참을 수밖에.

가만히 생각하면 화날 일도 아닙니다. 주인집에 당나귀라곤 나 한 마리밖에 없으니

'나귀야!'

하고 불러도 상관은 없지요.

내가 사는 곳은 아주 깊은 산골입니다. 이웃집도 없습니다. 마당에서

경북 상주 출생, 진주교육대학 졸업. 《한국아동문학》과 《아동문예》에 동화 당선 문단에 등단. 아동문예작가상, 한국아동문학상, 가톨릭아동문학상 수상. 저서 『굴러다니는 학교』, 『내 친구 엄지』, 『큰 일학년 작은 이학년』, 『고아원 아이들』, 『생쥐네 일곱 식구』, 『하늘에서 온 편지』, 『아빠 엄마가 헤어지면』, 『냄비우주선을 타고 온 내 친구 팅팅호이호이』, 『내게 너무 일찍 찾아온 사춘기』, 『윤동주』 등 다수.

내려다보면 저 아래 집 몇 채가 가물가물하게 보일 뿐입니다.

이런 외딴집이 너무나 싫었습니다. 그리고 내가 져 날라야 할 짐이 너무나 많았습니다.

언덕 아래에서 주인집까지 오르는 길은 바위 사이로 길이 나 있어서 아주 가파르고 좁았습니다. 발을 잘못 디디면 대굴대굴 산 아래로 굴러 떨어져 크게 다칩니다. 이런 길을 하루에도 서너 차례 오르내려야 했습니다.

아침에는 주인집 아들을 등에 앉히고 학교까지 갔습니다. 집으로 돌아올 때는 밭에서 거둔 곡식과 채소 그리고 생활에 필요한 여러 물건을 잔뜩 지고 산길을 올랐습니다. 학교가 끝날 시간이 다가오면 어린 주인을 태우러 또 산길을 내려가야 했습니다. 이렇게 하루에도 두서너 차례 산길을 오르내렸습니다.

장날도 힘들기는 마찬가지였습니다.

아침에는 시장에 내다 팔 곡식을, 집으로 돌아올 때는 시장에서 산 여러 가지 물건을 등에 실었습니다. 그리고 쉴 새 없이 다박다박 걸었습니다.

주인 부부는 일 욕심이 아주 많았습니다.

희미하게 날이 밝기 시작하면 자리에서 일어나 농사일을 시작했습니다. 논밭이 죄다 산 아래에 있기 때문에 더욱 더 힘이 들었습니다.

나는 그래도 시원한 나무 그늘 아래 쉴 시간이 있었지만 주인은 놀 새 없이 일을 했습니다. 그러다가 날이 어두워 주위가 보이지 않으면 그때야 일손을 놓았습니다.

봄 여름 가을 겨울

봄 여름 가을 겨울,

짐꾼 노릇을 하느라 내 등은 점점 해져 갔습니다.

나는 그 때 생각했습니다.

　'이러다 쓰러져 죽을 지도 몰라!'

　주인집에서 하루라도 빨리 도망치고 싶었습니다. 나는 틈만 나면 도망칠 방법만 궁리했습니다.

　어느 날, 나는 고삐가 풀어진 틈을 타서 무작정 앞을 보고 달렸습니다. 산을 내려와 개울을 건너 마을로 내려왔습니다. 어쩌면 좋은 주인을 만나 편하게 살지도 모른다고 생각하면서.

　하지만 내 생각은 완전히 틀렸습니다.

　마을 입구에서부터 사나운 개들 때문에 기분이 아주 나빴습니다. 개들은 나를 졸졸 따라다니며 성가시게 짖어댔습니다. 누렁 소는 나를 업신여겼으며 마을에서 단 한 마리뿐인 얼룩말은 키 작은 나를 내려다보며 비웃었습니다.

　아무도 나를 반겨주지 않았습니다.

　아무도 나에게 먹을 것을 주지 않았습니다.

　마을에는 나 같은 당나귀가 필요 없다는 것을 금방 깨달았습니다.

　서둘러 마을을 나왔습니다. 그러나 멀리 갈 자신은 없었습니다. 나는 그저 어슬렁거리며 들판을 돌아다녔습니다.

　해가 뉘엿뉘엿 질 무렵,

　나를 찾아다니는 주인에게 그만 붙잡히고 말았습니다.

　그날 나는 채찍으로 많이 맞았습니다.

　주인은 무거운 짐을 지고 갈 때 내뿜는 내 콧김처럼 가쁘게 숨을 몰아쉬며 내 등을 향해 채찍을 휘휘 둘러서 마구 두들겼습니다. 정말 아팠습니다.

　그날 밤 나는 초승달을 보며 울었습니다. 내 신세가 처량해서 울고, 맞은 데가 아파서 울었습니다.

　다음 날 주인은 내 목에 주물로 된 큰 방울을 달아 주었습니다.

　그때부터 내가 움직일 때마다,

달랑 달랑 달랑 달랑

방울 소리가 났습니다.

주인이 나를 감시하기 위해서 단 방울이지만 나는 그 소리가 듣기 좋았습니다.

내 방울 소리는 부드러웠으며 깊고 은은하였습니다. 나는 방울 소리를 듣기 위하여 일부러 마당을 걸어 다니기도 하였습니다. 무게가 같은 무거운 짐을 내 등의 오른쪽 왼쪽에 싣고 가파르고 좁은 길을 걸을 때도 방울 소리를 들으면 힘든 줄 몰랐습니다.

나는 주인 아들이 부르는 노래도 좋아하였습니다.

아들은 틈만 나면 내 등에 올랐습니다. 그리고 임금이라도 된 듯이 으스대며 큰 소리로 노래를 불렀습니다.

아버지는 나귀 타고 장에 가시고

어머니는 건넌 마을 아저씨 댁에

고추 먹고 맴맴

담배 먹고 맴맴

그러면 나는 장단 맞춰 방울 소리를 내려고 힘차게 발을 내딛었습니다.

주인 부부는 아들을 끔찍이 사랑하였습니다. 나는 하루도 쉬지 않고 뼈 빠지게 일해도 칭찬 한 번 하지 않으면서 아들은 잘해도 칭찬, 못해도 칭찬을 했습니다.

아들이 슬슬 미워지기 시작했습니다.

하루는 아들이 마당에 널어놓은 곡식 위를 뛰어다니더니, 돌멩이로 가만히 서 있는 내 배를 맞히기 시작하였습니다. 아들이 던지는 돌멩이가 화살처럼 날아와 내 배에 맞았습니다.

나는 너무나 아파 비명을 질렀습니다.

아들이 깔깔 웃었습니다. 그러자 주인 부부도 재미있다는 듯 같이 웃었습니다.

'충실한 짐꾼을 이렇게 구박하다니!'

아들도 미웠지만 주인도 미웠습니다. 나는 주인 아들이 아무리 나이가 어려도 용서해 주고 싶지 않았습니다.

나는 아들을 골탕 먹이고 싶었습니다. 나를 아프게 했듯이 아들도 아프게 하고 싶었습니다.

드디어 기회가 찾아왔습니다.

그날도 아들은 나를 못살게 굴었습니다.

아들이 내 등에 올라타 발로 내 배를 탁탁 찼습니다. 나는 멍청한 척 가만히 있다가 아들을 보기 좋게 땅바닥에 떨어뜨렸습니다.

아들이 울음을 터뜨렸습니다. 나는 속으로 웃었습니다.

그런데 갑자기 주인이 회초리를 들고 다가와 내 등과 엉덩이를 사정없이 후려쳤습니다.

살이 찢어지는 것처럼 아팠습니다.

주인은 자식 사랑에 눈이 멀었습니다.

아들이 나를 못 살게 굴면 주인 부부가 번갈아 가며 말했습니다.

"그렇다고 나귀가 죽기나 하겠어요? 애가 하는 대로 놔둬요!"

나는 아들의 살아있는 장난감이 되기는 싫었습니다.

다시 도망을 쳤습니다. 하지만 이번에는 방울소리 때문에 단번에 붙잡히고 말았습니다.

주인 손에 이끌려 집으로 돌아오면서 나는 한 곳에 뿌리를 내린 나무처럼 살아야겠다고 생각했습니다. 나무는 다른 곳에 가서 살고 싶어도 그러지 못합니다. 처음 뿌리 내린 곳에서 싫어도 평생 동안 살아야만 합니다.

'이렇게 사는 것이 내 운명이야!'

나는 운명에게 나를 맡겨 버렸습니다.

주인이 하자는 대로 그저 멍청하게 일만 했습니다. 걸핏하면 회초리로 맞고 무거운 짐을 져 나르느라 등이 헤지고 걷다가 바위에 부딪쳐 머리가 찢어졌습니다.

세월이 빠르게 흘러갔습니다.
나보다 작던 주인 아들이 청년이 되어 버렸고 나는 늙었습니다.
아들이 공부를 하러 도시로 떠났습니다.
아들은 시시때때로 돈을 부쳐 달라며 부모를 괴롭혔습니다. 그러면 주인은 고생하여 지은 곡식을 내 등에 잔뜩 싣고 장에 내다 팔았습니다.
어쩌다 집에 온 아들은 도시는 돈이 많아야 살 수 있는 곳이라며 변명 아닌 변명을 늘어놓았습니다. 주인 부부가 같이 살길 원했지만 아들은 콧방귀만 끼었습니다.
주인의 얼굴에 웃음기가 사라져갔습니다.
'흥, 꼴좋다!'
나는 속으로 주인을 비웃었습니다.
주인에게 큰 일이 일어났습니다. 바로 주인의 아내가 이름 모를 병으로 세상을 떠난 것입니다.
주인은 날이 갈수록 야위어 갔습니다. 일을 하다가 땅에 털썩 주저앉아 한숨을 내쉴 때가 한두 번이 아니었습니다.
그도 그럴 것이 하루 종일 말 한 마디 나눌 사람이 없으니 얼마나 답답하고 외롭겠습니까!
비가 부슬부슬 내리는 어느 날이었습니다.
주인이 슬며시 마구간에 들어와 내 등을 어루만졌습니다. 그러더니 갑자기 내 목을 끌어안고
"여보!"
하고 부르며 소리를 내어 흑흑 울었습니다.

주인의 슬픈 울음소리가 마구간을 흔들었습니다.

주인이 자꾸만 내 얼굴을 쓰다듬으며 '여보!', '여보!' 하고 불렀습니다.

마구간에는 나하고 주인 밖에 없으니 보나마나 '여보'는 나를 부르는 소리였습니다.

'아! 이제 내 이름이 생겼구나!'

내 이름이 마음에 꼭 들었습니다.

주인이 나를 아내만큼 사랑한다는 생각이 들었습니다. 그도 그럴 것이 주인은 아내를 '여보!' 하고 불렀기 때문입니다.

그 때 나는 주인을 위해 죽을 때까지 충실한 짐꾼이 되자고 결심했습니다.

날이 밝자 주인은 다른 날과 마찬 가지로 여전히 내 등에 무거운 짐을 실었고, 자기는 회초리 하나만 달랑 들었습니다. 늙은 내가 조금이라도 걸음이 늦으면 사정없이 회초리로 내 엉덩이를 때렸습니다. 그래도 싫지가 않았습니다.

주인이 내 가까이 오면 주인 몸에서 나는 땀 냄새를 맡으려고 코를 벌름거렸습니다. 그래서 사람이 많은 시장에서 냄새만 맡고도 금방 주인을 알아냈습니다.

주인이 자리에 누울 정도로 몸이 약해졌습니다.

아들에게 연락을 했지만 소식이 없었습니다.

몇 달이 지난 후에야 아들이 집으로 왔습니다.

나는 마당에서 주인과 아들의 말을 엿들었습니다.

"바빠서 먼 길을 오기가 힘들어요. 나하고 같이 가요!"

아들이 퉁명스럽게 말했습니다.

'나는 어떻게 되지?'

나는 덜덜 떨며 두 귀를 더욱 쫑긋 세웠습니다.

“집은 어떻게 하누?”

주인이 말했습니다.

“아무도 살 사람이 없을 거예요. 그냥 놔둬요!”

아들이 말했습니다.

“나귀는?”

주인의 말에 힘이 났습니다. 그래도 나에겐 주인 밖에 없다는 생각이 들었습니다.

나는 주인을 따라 어디든지 갈 자신이 있었습니다.

“다 늙은 나귀 누가 사기는 한 대요? 그냥 놔두면 혼자 살다가 죽겠지요.”

“안 가면 안 갔지 나귀 두고는 못 간다!”

주인이 이렇게 말할 줄 알았습니다. 그런데 주인은 아무리 기다려도 대답을 하지 않았습니다.

‘나를 혼자 두다니요! 난 싫어요! 나도 데려가 주세요!’

하는 비명이 솟구쳐 나왔습니다.

하지만 고개를 흔들었습니다.

‘그래! 나 같은 늙은 당나귀를 누가 데리고 가겠어!’

나는 마구간으로 들어가 혼자 울었습니다.

한밤중이었습니다.

주인이 내가 좋아하는 먹이를 잔뜩 들고 마구간으로 들어왔습니다. 마지막으로 주인이 나에게 주는 먹이였습니다. 다른 때 같으면 정신없이 코를 쳐박고 먹을 테지만 거들떠 보기도 싫었습니다.

주인하고 헤어지다니 믿을 수가 없었습니다.

이른 아침, 아들이 내 등에 가방을 실었습니다.

저 아래에 있는 자동차 길까지 싣고 갈 짐입니다.

주인을 보내고 나 혼자 방울 소리를 내며 집까지 올라올 생각을 하니

자꾸 눈물이 나왔습니다.

떠날 준비가 다 되었습니다.

아들이 앞장을 섰습니다. 주인은 항상 그랬듯이 회초리를 손에 들었습니다. 나는 주인의 뒤를 따라 걸었습니다.

며칠 전 온 눈이 다 녹지 않아 땅이 미끄러웠습니다.

어젯밤 잠을 자지 못해서 그런지 머리가 어지러웠습니다.

나는 함부로 툭툭 걸어갔습니다. 몇 번이나 길이 미끄러워 뒤뚱거렸지만 상관하지 않았습니다. 그러다가 그만 훌러덩 넘어지고 말았습니다.

"아이쿠, 큰일 났네!"

주인이 비명을 질렀습니다.

나는 일어서려고 힘껏 버둥거렸지만 미끄러지기만 할 뿐이었습니다.

"망할 놈의 나귀!"

아들이 거칠게 다가오더니 주인 손에서 회초리를 빼앗아 사정없이 나를 때렸습니다. 맞지 않으려면 일어서야 했습니다. 하지만 일어설 수가 없었습니다.

아들이 내 등에서 짐을 내리더니 싸늘하게 말했습니다.

"그냥 가요. 아버지!"

주인이 슬픈 눈으로 내 등을 어루만졌습니다.

'가지 마세요!'

내가 눈으로 말했습니다. 하지만 주인은 몸을 돌려 아들의 뒤를 따라갔습니다.

나는 일어서려고 했습니다. 등에 짐이 없어 몸이 가벼울 줄 알았는데 그게 아니었습니다. 버둥거리면 버둥거릴수록 점점 아래로 미끄러졌습니다. 다 닳은 굽으로 붉은 피가 흘러내렸습니다.

젖은 눈으로 아래를 내려다 보았습니다.

나무 그루터기와 삐죽삐죽 솟아난 돌멩이가 제멋대로 자리를 잡고 있었습니다.

만약 저 아래로 굴러간다면,

생각만 해도 등에서 땀이 났습니다.

나는 굴러 떨어지지 않으려고 버둥거렸습니다. 그러다가 갑자기 생각이 났습니다.

'아무려면 어때? 어차피 먹이가 다 떨어지면 죽을 건데……'

온몸에 힘이 쏙 빠졌습니다. 내 몸이 서서히 미끄러져 내려가기 시작하였습니다.

그 때였습니다.

"안 돼!"

하는 소리와 함께 주인이 달려왔습니다.

주인이 있는 힘을 다해 내 고삐를 잡아 당겼습니다.

"아버지!"

아들의 화난 목소리가 들려왔습니다.

"너나 가거라! 난 이 놈하고 여기서 살란다!"

나를 간신히 세운 주인이 냅다 소리를 질렀습니다.

"아버지!"

"일 없다!"

아들이 화난 걸음으로 내려갔습니다.

주인의 이마에서 피가 흘렀습니다. 나를 일으켜 세우다가 찢긴 것입니다.

주인이 내 목을 꼭 끌어안았습니다.

나는 주인 이마에 난 상처를 연신 혀로 핥아 주었습니다.

아들은 떠나고 나와 주인만 외딴집에 남았습니다.

었을 때에는 주인집이 이렇게 아름다운 줄 몰랐습니다.

마구간에 서 있으면 산 아래가 한눈에 들어왔습니다.

아침저녁마다 밥 짓는 하얀 굴뚝 연기와 새파란 하늘 위에 한가롭게 떠다니는 구름과 너른 들판을 기웃거리며 흐르는 강물이 눈이 아프도록 아름다웠습니다. 하지만 안개가 끼거나 구름이 산 아래로 내려오면 아무 것도 보이지 않았습니다.

그래도 좋았습니다. 구름 위에 두둥실 떠 있는 것 같은 짜릿한 기분과 이 세상에 나와 주인 밖에 없는 듯한 외로움이 시간이 지날수록 편안한 마음으로 바뀌어 가기 때문입니다.

나는 하루에도 몇 번씩 하늘을 향해 머리를 쳐들고 코를 크게 벌름거렸습니다. 그리고 머리를 흔들었습니다.

달랑 달랑 다알랑 다알랑

뻴리삐노

이 영 호

점심시간이 거의 끝날 무렵, 운동장에서 축구를 끝내고 교실로 들어오고 있을 때였다. 저만치 교문 쪽에서 기식이가 '뻴리삐노!' 하고 순기의 별명을 부르는 소리가 들렸다. 화단의 키 큰 측백나무 때문에 모습은 보이지 않았지만 기식은 우리를 본 모양이었다. 같은 마을, 같은 반의 친구가 엄청 큰소리로 부르는데도 순기는 못들은 척 앞만 보고 걸음을 떼어놓고 있었다.

"야, 뻴리삐노, 기식이가 널 부르고 있잖아!"

같이 가던 내가 짓궂은 웃음을 흘리며 말했다.

"난 뻴리삐노가 아니거든. 그런 말로 날 부르지 말라고 분명히 말했는데 또 그러니까 기분이 많이 안 좋거든."

내 말에 순기는 화난 표정으로 퉁명스럽게 대꾸했다.

순기는 필리핀 출신 엄마 때문에 본명보다 '뻴리삐노' 라는 별명으로 더 유명했다. '필리핀 사람' 을 '필리피노' 라고 한다는 선생님의 설명을 들은 우리는 그 날부터 순기를 그렇게 불렀다.

진주사범 졸. 1966년 경향신문 신춘문예 동화 당선과 1967년 《현대문학》 소설 추천되어 동화작가, 소설가로 활동. 첫 창작동화집 『배냇소 누렁이』. 단편동화집 30여 권, 『거인과 추장』 등 장편 소년소설집 15권, 〈세계를 누비며〉 등. 한국아동문학인협회 회장, 한국문인협회 아동문학분과 회장, 상임이사, 국제펜클럽 한국본부 이사. 세종아동문학상, 대한민국문학상, 방정환문학상, 남명문학상 본상, 대한민국 5.5 문화상 등을 수상. 현재 어린이문화진흥회 명예회장, 방정환 기념사업위원회 집행위원장 대표, 국제펜클럽 한국본부 자문위원 등.

뻴리삐노 말고도 순기는 별명이 하나 더 있다. 한국인 아빠와 필리핀 엄마 사이에서 태어난 튀기라는 뜻의 '뺑튀기' 가 그것이다. 입학하면서부터 이름처럼 듣기 시작한 별명이라 순기는 별로 기분 나쁜 표정을 짓지도 않았는데 오늘은 별일이었다.

"그러면 뺑튀기라고 부를 지도 모를 걸. 네 별명이 뻴리삐노만 있는 게 아니니까."

"그것도 내 이름이 아니거든. 내 이름은 김 · 순 · 기 거든. 진짜 내 이름을 부르지 않는 아이는 진짜 친구가 아니라고 어제 기식에게 단단히 말했거든. 지금부터는 너희들도 마찬가지야! 오늘부터는 내 별명을 이름처럼 부르지 말기 바래! 지금부터는 별명을 부르면 친구로 생각하지 않을 것이고, 아무리 불러도 대답하지 않을 거라구."

순기는 우리들을 돌아보며 선언하듯 말했다. 좀 뜻밖이긴 하지만 순기는 왕따 당하던 때의 별명이 이제는 꽤나 지겨웠던 모양이라고 생각했다. 우리는 그의 그런 마음을 이해할 수 있었지만 너무 갑작스러운 일이어서 머쓱해 지지 않을 수 없었다. 잠시 말없이 걷다가 내가 대꾸했다.

"알았어, 김순기. 그렇지만 오래 습관이 된 것을 단번에 고치라고 하는 것은 무리지. 그러니까 어쩌다 불쑥 그렇게 불러도 너무 기분 나쁘게 생각하지 않았으면 해."

나는 그의 마음을 이해하고 그의 말에 따르겠다고 했다. 내 말에 다른 아이들도 고개를 끄덕이며 그러기로 약속했다. 4학년이 된 지금 순기는 더는 왕따 당하던 때의 순기가 아니었다. 왕따는커녕 영어를 배우기 시작한 3학년 때부터 우리 반에서 여자 아이들로부터 인기가 제일 좋은 아이로 변했다. 그런 우리 친구 순기를 그가 듣기 싫어하는 별명을 굳이 부르겠다는 짓궂은 아이는 아무도 없었다.

우리 일행이 교실 뒤편의 수돗가 세면대에서 얼굴의 땀을 씻고 있는

데 목소리의 주인공인 기식이가 씨근벌떡 세면대 쪽으로 달려왔다.

"야, 삘리삐노! 내가 부르는 소리 못 들었어?"

기식이는 가쁜 숨을 몰아쉬면서 웃는 얼굴로 소리쳤다. 우리는 순기의 기분이 좋지 않다는 것을 알기 때문에 기식이가 또 별명을 부른 것때문에 무슨 일이 벌어지지 않을까 은근히 걱정이 되었다.

아니나 다를까, 수돗가에서 얼굴을 씻기 위해 손바닥을 오무려 물을 받고 있던 순기가 홱 돌아서며 손바닥에 받은 물을 기식이 얼굴을 향해 냅다 뿌렸다. 느닷없이 당하는 물벼락에 기식이는 눈이 휘둥그래지며 소리를 질렀다.

"앗 차가워! 야, 뺑튀기, 자식, 왜 이래? 좋은 소식 전하려고 헐레벌떡 달려왔는데 물벼락이라니! 이거 너무한 거 아냐?"

기식이가 너무 어이가 없다는 듯 소리치자 순기가 화난 목소리로 되받았다.

"난 삘리삐노도 뺑튀기도 아닌 김·순·기 거든. 그렇게 부르면 대답하지 않겠다고 너한테 어제 분명히 말했거든."

순기는 여차 하면 쥐어박기라도 할 기세로 되받았다.

"자식, 오늘은 진짜 필리피노이신 너의 엄마가 우리 학교 영어 선생님이 되셨다는 기쁜 소식을 전해주려고 신나게 달려와서 널 부른 건데, 그런 고마운 친구에게 물벼락을 앵겨? 오다가 네 엄마를 만났는데 그 일로 읍내 교육청에 갔다가 오신다고 했단 말야!"

기식이는 소매 끝으로 얼굴의 물을 닦으며 저만이 아는 빅뉴스라는 듯 큰소리로 떠벌렸다. 그런데 그런 기식이 말에 진짜 놀란 사람은 순기가 아니라 옆에 서 있던 나와 덕만이, 길영이 등 우리 반 친구들이었다.

언젠가 딱 한 번 길에서 본 일이 있는 몸집이 작고 피부색이 약간 까므잡잡하고 예쁜 순기 어머니가 우리 학교의 영어 선생님으로 오신다니 너무 뜻밖의 소식이기 때문이다. 점심시간에 무슨 일로 집에 갔다가 우연히 길에서 순기 어머니를 만나 그 이야기를 들었다면 기식이로서는 당연히 놀랄만한 소식이었을 것이다.

그런데 순기의 반응은 너무도 담담했다.

"우리 엄마는 이제 필리피노가 아니거든. 아빠와 결혼해서 대한민국 사람이 된 것이 벌써 10년이나 되었거든. 엄마가 얼마 전 교육청에서 모집한 원어민 영어 선생님 시험을 보아 뽑히셨다구. 그래서 우리들에게 영어를 가르치시게 된 거라고. 네가 말하지 않아도 엄마의 아들인 내가 너보다 먼저 진작부터 다 잘 알고 있었거든."

모처럼 빅뉴스를 건졌다고 냅다 달려와서 호들갑스럽게 떠벌렸다가 괜히 창피만 당한 기식이는 은근히 부아가 치미는 모양이었다.

"흥, 엄마가 영어 선생님이 되었다고 뻥튀기 삘리삐노가 이제는 아주 눈에 뵈는 것이 없게 되었구먼. 야 임마, 삘리삐노! 왜 오늘 아침 나와 같이 학교 오면서도 그런 중대한 소식을 나한테 말하지 않았어?"

기식이는 순기의 보스나 되는 것처럼 보고를 빠뜨린 부하를 나무라는 투로 말했다. 그러자 순기의 입에서 나온 대답은 정말로 의외였다.

"내가 왜 그런 말을 떠벌이 너한테 말해야 하는데? 넌 아무리 말해도 내 말을 듣지 않는 나쁜 아이거든. 괜히 말을 하면 엉뚱하게 부풀릴 것인데, 나는 그런 아이는 친구로 생각하지도 않고 말도 하기 싫거든!"

무슨 말을 해도 고분고분하던 여느 때의 순기와는 너무 다른 대꾸에 기식이는 정말 화가 나는 모양이었다.

"뭐가 어째? 떠벌이에, 나쁜 아이라고? 이 뻥튀기, 삘리삐노 자식이 정말 눈에 뵈는 것이 없는 모양이군. 나쁜 애라니, 임마, 말 다했어?"

"다했지. 그리고 몇 번이나 충고해도 말을 듣지 않는 너하고는 아예 말도 하고 싶지 않거든!"

"이 자식이 정말!"

기식이는 느닷없이 순기를 향해 냅다 발길질을 했다. 그러나 순기는 이미 기식이가 무슨 짓을 할 것인지를 예상하고 있었던 듯 잽싸게 몸을 옆으로 돌려 기식이의 발길질을 피했다. 그러자 헛발질을 한 기식이가 비틀하며 몸의 중심을 잃었다. 그 순간을 놓치지 않고 순기가 기식이의 가슴을 왈칵 떠밀었다.

단 일격에 기식이는 어이없게도 허깨비처럼 뒤로 벌러덩 나둥그라졌다. 그러고는 시멘트 바닥에 헤딩이라도 한 듯 머리를 감싸며 비명을 지르고는 벌레처럼 몸을 웅크렸다.

"다시 말하겠어. 난 뻴리뻬노가 아니거든. 난 뺑튀기도 아니거든. 오늘부터 그런 소리를 하는 아이들과는 말을 하지 않을 거야. 나를 놀려먹으려고 듣기 싫은 별명을 부르는 사람은 누구라도 친구로 생각하지 않을 거라구."

순기는 쓰러져 끄윽 끅 울음을 터뜨리는 기식이를 노려보며 우리들 모두에게 들으라는 듯 선언하고는 혼자 뚜벅뚜벅 교실로 들어가 버렸다.

나와 친구들은 너무 갑작스럽게 변한 순기의 모습을 보고 어이가 없어 두 눈이 휘둥그래졌다. 순기의 위세가 변해도 너무 변한 것을 새삼 느끼지 않을 수 없었다.

3학년 신학기를 맞을 때까지의 2년 동안 순기는 우리 반의 불쌍한 왕따였다. 노래하듯 별명을 부르며 놀려도 바보처럼 아무 소리도 하지 못했다.

순기가 그렇게 된 것은 우리말이 서툰 필리핀에서 시집 온 엄마 탓이 제일 컸다. 아버지가 필리핀 여자와 결혼해서 태어난 순기는 우리말이 서툰 엄마와 대부분의 시간을 보내야 했기 때문에 우리말이 서툴 수밖에 없었다. 게다가 어투까지 엄마를 닮아 외국인처럼 이상해서 아이들의 놀림을 받아야 했다.

순기 아버지는 수십 마리 소를 키우느라 언제나 바빴다. 목장 일에 바쁜 아버지는 순기와 놀아주고, 말을 배워줄 틈이 없었다. 더구나 순기네 목장은 마을에서 멀찍이 떨어져 있어서 어릴 때 같이 놀아줄 친구조차 없어서 말이 없는 아이로 자라야 했다.

순기가 우리말과 글을 제대로 배우기 시작한 것은 학교에 입학해서 우리들을 만난 뒤부터였으니 학교생활이 순탄할 수가 없었다. 말이 없고, 제대로 말할 줄도 모르는 순기가 반 아이들로부터 왕따를 당하는 것은 어쩔 수 없는 일이었다. 엄마가 필리핀 사람이라는 것이 알려지면서 짓궂은 5,6학년 형들이

"애, 삘리삐노!"

"어이 뻥튀기!"

하고 놀리기 시작했고, 그게 무슨 뜻인지도 모르면서 우리도 그 말이 재미있어 삘리삐노, 뻥튀기라 부르며 놀려먹기 시작했다. 그래서 순기의 눈에서는 눈물이 마를 날이 없었고, 하루 종일 외톨이로 지내기 일수였다.

그러던 순기가 3학년이 되면서 갑자기 아이들의 부러움을 사는 아이로 바뀌게 되었다. 왕따 신세를 벗어날 수 있게 된 것도 그 때부터였다. 그렇게 된 것은 순전히 한 주일에 한 시간씩 새로 배우기 시작한 골치 아픈 영어 때문이었다. 영어를 배우게 된 첫날 선생님은 영어의 중요성을 힘주어 말했다.

"영어는 세계 모든 나라 사람들과 친해질 수 있는 문자예요. 그런 글과 말을 만국공통어라고 한답니다. 여러분도 오늘부터 한 주일에 한 시간씩 영어를 배우게 되었어요.

유엔의 사무총장이 되신 반기문 총장님의 이야기를 아시지요? 세계의 대통령이라고 부를 수 있는 분이지요. 그런 분이 우리나라 사람이라는 것은 정말로 자랑스러운 일이랍니다. 그 분이 그렇게 되신 첫걸음은 영어예요. 학교에 다닐 때 영어를 아주 잘 하셨다는 거예요. 여러분이

어른이 되었을 때는 이 세상이 더욱 발전해서 이웃 나라 사람들과 자주 만날 수 있게 될 거예요. 그러므로 영어를 모르면 생활하는 것이 몹시 불편해 질지도 모른답니다. 다른 나라 사람들과 어울려 살게 되는 국제화시대에 여러분이 살게 되었으니까요. 그러니 여러분도 오늘부터 영어를 열심히 배워야만 해요. 알았지요?"

영어를 배우게 된 첫 시간 선생님이 하신 말씀이었다. 그렇지만 우리는 모두 영어라는 새 글자를 처음 대하고 다들 넌덜머리를 냈다. 외국 사람과 만날 일도 없는 시골 아이들인 우리가 영어는 왜 배워야 하는지 모르겠다고 불평을 해대기도 했다.

그랬던 다음 영어 시간에 우리 반 왕따 뻴리뻬노가 우리 모두의 부러움을 사는 스타로 등장하는 사건이 터졌다.

"순기 너, 너 이 책을 읽을 수 있니? 이거 영어 동화책 아냐?"

우리들이 모두 A,B,C,D... 하고 삐뚤삐뚤 알파벳을 쓰는 일에 진땀을 흘리고 있는데 선생님의 놀란 목소리가 들렸다. 우리는 죄 놀라서 선생님과 순기를 바라봤다. 선생님은 알파벳을 벌써 다 써놓고는 영어로 된 그림 동화책을 책 속에 끼워 놓고 뒤적이는 순기를 발견하고 그것을 빼앗아 보다가 놀라서 소리치신 것이다. 금방 얼굴이 새빨개진 순기가 책상 위로 고개를 떨궜다.

"순기 너 이것을 읽고 무슨 말인지 이야기할 수 있겠니?"

선생님이 대답을 재촉했다. 죄지은 사람처럼 숙이고 있던 순기는 대답 대신 고개를 두어 번 끄덕였다.

"대단하구나! 어디 이 페이지를 큰 소리로 읽고 읽은 내용을 설명해 봐."

선생님이 말했지만 순기는 얼른 일어서지 않았다. 금방 울음이라도 터뜨릴 것 같은 얼굴로 어쩔 줄 모르는 표정이었다.

"괜찮아, 순기야. 순기가 엄마한테 영어를 배우고 있었다는 것을 선생님이 몰랐구나. 자, 영어의 첫걸음을 떼어놓기 시작한 친구들 앞에서 자랑스럽게 큰 소리로 읽어 봐. 그래야 친구들도 용기를 내서 열심히 영어 공부를 할 거란 말이다. ”

선생님이 다시 재촉했다. 그래도 순기는 일어서지 못했다.

“여러분, 우리 모두 순기한테 박수 한번 크게 치도록 해요!”

선생님의 말에 우리는 왁자지껄 재재거리며 손뼉을 쳤다. 순기에게 우리 반 아이들이 모두 박수를 친 것은 그 때가 아마 처음일 것이다. 그 때서야 어쩔 수 없이 일어선 순기는 선생님이 말한 페이지를 제법 큰 목소리로 또랑또랑 읽기 시작했다. 순기가 정말로 영어책을 읽는 것을 보고 우리 반 아이들의 입이 쩍 벌어졌다. 다 읽은 순기는 읽은 동화의 내용을 영어 읽기보다 더 떠듬거리며 우리말로 설명했다.

“그래, 그렇지! 대단해! 우리 순기의 영어 실력이 선생님보다도 더 나은 것 같네요. 여러분 모두 박수! 박수! 우리 순기 정말 대단해!”

우리는 선생님과 함께 감탄의 함성을 짜올리며 손뼉을 쳐댔다. 다들 너무 놀라운 일이어서 벌어진 입을 다물 줄을 몰랐다. 그것이 뻥튀기 뻴리삐노 순기가 오랜 왕따에서 벗어나 우리들의 스타가 되는 역사적인 순간이었다.

“순기 어머니의 친정인 필리핀은 약 50여 년 미국의 식민지였다가 제2차 세계대전 후에 우리나라처럼 독립한 나라랍니다. 그 때문에 필리핀의 학교에서는 영어로만 배우고, 집에서도 영어를 많이 쓰게 되었대요. 순기는 좋은 어머니를 만나게 된 것이지요.”

선생님의 필리핀에 대한 설명으로 우리는 가난한 나라에서 시집 온 불쌍한 여자로만 생각했던 순기 어머니까지 부러운 사람으로 생각하게 되었다.

그 일로 왕따에서 한 순간에 스타가 된 순기에게 우리는 언제부터 영어를 공부하게 되었는지를 물었다.

"내가 학교에 입학했을 때 우리 아버지가 약속했거든. 내가 엄마처럼 영어로 외할머니와 이야기 할 수 있고, 엄마가 나만큼 우리말을 잘 하게 되면 우리 식구 모두 필리핀 외가 집으로 다니러 간다고 말야. 그래서 엄마는 내 국어책으로 열심히 공부하면서 나에게 영어를 열심히 가르치셨어. 나도 영어를 열심히 공부했어. 외할머니가 엄마와 나를 무척 보고 싶어 하신대. 내년 여름 방학 때는 필리핀 외가에 갈 수 있을 것 같거든."

순기의 대답은 우리를 기죽게 만들었다. 우리 같은 시골 아이들이 필리핀이라는 머나 먼 나라로 여행을 간다는 것은 꿈도 꿀 수 없는 일이었기 때문이다.

잠시 얼떨떨해 있던 내가 아직도 쓰러져 울고 있는 기식이를 일으켜 세웠다. 다행히 다친 데는 없는 것 같았다.

"자식, 괜찮은데 창피하게 웬 엄살이야! 어서 씻고 들어가자. 선생님이 아시면 우리 모두 혼날 테니 서둘러."

나는 훌쩍이는 기식이 등을 두들기며 말했다.

오늘 있었던 이 사건은 지금까지 아무도 상상하지 못한, 그야말로 정신이 번쩍 들게 하는 놀라운 사건이었다.

순기는 그동안 기식에게 숫하게 괴롭힘을 당하면서도 찍 소리도 못하던 아이였다. 그런 순기에게 단 한 방으로 기식이를 벌러덩 쓰러뜨릴 힘이 있다는 것을 짐작이라도 한 사람은 아무도 없었다. 늘 순기의 대장 노릇을 하던 기식이가 쓰러져 울음을 터뜨리는 모습을 보고 우리는 정신이 얼떨떨할 지경이었다.

"앞으로 다들 순기에게 말조심 해야겠는 걸. 세상이 변했거든."

반장인 길영이가 우리를 돌아보며 말해서 모두 큭큭 웃음을 흘렸다. 왕따 당하던 삘리삐노의 놀라운 변신에 우리는 아직도 정신이 없었다.

망부가

이 숙 남

마당에서 닭들이 모이를 쪼고 있었다.

검푸르게 번들거리는 장닭의 꼬리가 엷은 미풍에 가끔씩 일렁이듯 흔들렸다.

왼쪽으로 끝이 살짝 넘어간 볏이 유난히 붉어 보이는 것이 온몸을 이글이글 다 태우는 듯 석양의 햇빛을 받고 있어서인지는 모르지만 오히려 싸아 하는 외로움이 번들거리는 것 같았다.

노인은 벌써 몇 번째 손으로 모이를 한 줌씩 집어서 던져 주었다.

고즈넉한 마당, 넘어가는 햇살, 미동도 않는 삽짝 등, 모든 것이 무료해 보였다.

그러나 닭들은 지치지 않고 쪼아대고 있었다.

그러다가 닭 한 마리가 꺼억 꺼억 소리를 지르면서 홱홱 내저었다.

진주 출생. 진주교육대학 졸업. 경남신문 신춘문예 소설부문 당선. 《월간문학》 신인상 수상 추천완료. 『어떤 귀향』, 『숲으로 가는 길』, 『흔적』, 『목소리』, 『모계 사회』 등 다수. 가향문학동인 회장역임. 강남문인협회 회원. 한국문인협회 소설 분과 회원.

아마 목에 뭔가 걸린 모양이었다.

'꺼어억, 꺼어억'

붉은 눈알을 대룩 대룩 굴리면서 자꾸만 목을 흔들어댔다.

잠시 전까지 주위를 감싸고 있던 고요함이 일시에 깨지면서 집안이 갑자기 부산해졌다.

노인은 자리에서 벌떡 일어나 마당 귀퉁이에서 뒹굴고 있던 물통을 잽싼 걸음으로 가지고 와서 암탉 앞에 놓아주었다.

지금까지 무료하게 앉아있던 노인이라고는 전혀 믿기지 않을 정도로 꼿꼿하고 빠른 동작이었다.

한동안 붉은 눈알을 굴리면서 끼룩거리다가 다시 모이를 쪼자 다시 집안은 고즈넉해지면서 무료해졌다.

서향(西向) 집인 마당은 지금 막 넘어가는 햇살이 벌겋게 익어서 닭의 등때기에 반사되면서 알 수 없는 살기가 번져 나오는 듯 했다.

그만큼 붉은 빛이 주위를 에워싸고 있었다.

아직도 잔서가 기승을 부리는지라 등이며 허벅지며 엉덩이에까지 극성스럽게 돋아난 땀띠가 온몸을 벌한테 쏘인 것처럼 따끔거리는 것조차 잊은 듯 무념의 상태로 마당을 내려다보고 있던 노인의 재빠른 행동이 놀라웠다.

여름을 남보다 배나 더 타는 노인의 살성 때문이기는 하지만 이제는 체념을 해버려도 땀띠란 놈은 그 작은 체구를 떠나주지 않고 달라붙어서 괴롭히는 폼새가 아마 노인을 닮았나 보다.

마당에서 모이를 쪼던 닭들이 앞마당을 돌아 둥지 속으로 들어가고 마당에는 어둠이 내리기 시작하는데 마루 끝에 매달린 횃대에 손을 얹은 채 노인은 건너편 신작로 전봇대 옆으로 난 샛길로 끊임없이 시선을 보내고 앉아있었다.

마치 굳어버린 돌처럼 망연히 앉아있는 것이 좌선을 하고 앉은 돌부

처의 모습이었다.

노인의 눈에는 금방이라도 '여보' 하며 남편이 팔을 헐레헐레 흔들며 삽짝을 들어설 것 같기도 하고 까마득한 세월 저편의 기억에 묻어두었던 사람들의 그림자가 한꺼번에 삽짝 안으로 들어서는 환영에 사로잡혀 있는 동안 어둠은 점점 더 짙어져서 전봇대도 신작로도 샛길도 다 감춰져 버렸다.

노인은 일어섰다.

불을 밝히면서 방을 닦아내기 시작했다.

구석구석 닦아내고 또 닦아내더니 윗목에 있는 모기향 그릇을 앞으로 잡아 당겼다.

세월의 흐름이 멈춰진 것도 아닌데 항상 이렇게 무료한 저녁나절만 되면 선명하게 머릿속을 채우는 것은 열일곱 동짓달에 혼례 올린 일이다.

조막만한 가슴이 하도 뛰어서 어쩌면 혼례식이 채 끝나기도 전에 숨이 멎어버릴 것 같았던 아슬아슬함이며 혼례식마당이 떠나가라고 왁자하던 초례청 앞마당의 기억이며, 첫날밤 하도 고개를 폭 숙이고 있어서 며칠 동안 목이 뻣뻣해서 혼난 일이며, 익숙하지 않은 비녀 꽂는 솜씨 때문에 어머니에게 빙충맞은 일이며 어쩌면 한 자락도 잊혀지지 않고 무시로 떠오르는지 모르겠다.

잊기는커녕 그런 상상을 하면 자신도 모르게 귓바퀴가 발갛게 달아오른다.

혹독한 시집살이의 기억들은 그리고 세월의 잔인한 형벌은 기억에서 점점 잊혀져서 더러는 없어지고 더러는 희미한데 왜 영감에 대한 기억만은 바로 어제의 일로 선명하게 떠오르는지 모를 일이다.

노인은 방으로 들어섰다.

윗목 벽에 걸려있는 사진틀로 눈길을 보냈다.

하나같이 누렇게 바랜 사진들이 항상 자기와 같이 숨을 쉬고 자기와 같이 교감하고 자기와 같은 공간을 차지하고 있다는 사실을 확신하고 산다.

역마살 낀 남편이 만주로 떠나기 전 읍내 사진관에 가서 찍은 노인은 아래쪽 의자에 앉고 영감은 태산 같은 자세로 노인의 뒤에 떡 버티고 선 모습이며 첫 아들 돓날 집에 들렀다가 진호란 놈 안고 찍은 사진이며 육 년 전 한달 간격으로 저 세상으로 가신 시부모님의 사진과도 노인은 늘 교감을 하며 생활한다.

남편이 만주를 드나들면서 기별 없이 불쑥불쑥 나타날 땐 가슴이 무너지는 듯한 위태로움과 세상을 다 준다고 해도 맞바꿀 수 없는 기쁨으로 뒤범벅이 되는 시간이었다.

'참 꿈같은 시절이었지.'

당신의 아들이 며느리를 잘못 얻은 까닭으로 역마살이 끼었다고 단정하신 시부모님의 혹독한 구박을 견디기 어려웠지만, 웬걸 남편을 기다리면서 산다는 것 그것만으로 꿈같은 세월이었다.

"단지 그 놈의 해방만 아니었어도……"

타인들은 노인이 그런 생각을 하면 도저히 용서할 수 없을 것이라 말할지 모르지만 노인에게는 해방이 불행을 가져다주고 쌩하니 떠나버린 물건이었다.

세상의 모든 이들이 해방이 되었으니 새 세상이라고 흥분하고 있었지만 노인은 그날로 모든 불행이 밀려왔다.

하마나. 하마나 하면서 기다리던 남편은 소식조차 끊긴 채 기다림의 세월은 흘러서 이젠 저승길이 저만큼이건만 아무런 소식도 없다.

해방이 되던 그 해 동짓달 즈음 인편으로 남편의 편지 한 장이 날아들고는 그것으로 남편의 소식은 끝이었다.

'여보 진호 엄마 받아보오.

그리운 집 생각과 당신 생각이 간절하구려.

그러나 지금 당장은 갈 수가 없소.

조금만 더 기다려주오 여보.

오늘도 왜놈 사냥에 나갔다 왔소.

그래도 경우가 발랐던 사람인데 그 사람은 단지 일본 사람이라는 이유 때문에 생매장 당했소.

서너 길은 넘게 구덩이를 파놓고 여자고 아이고 노인이고 남자고 가리지 않고 일본 사람을 사냥 해다가 생매장을 했소.

나는 뭐가 뭔지 모르고 따라갔소.

그런데 중국 사람들은 우리 조선 사람한테만 일본 사람들 생매장하는 일에 꼭 앞장을 세우는 이유가 뭔지 모르겠소.

중국 사람들은 눈에 핏발이 섰소.

살기가 도는 것이 무섭소.

나는 일본사람을 무서워하진 않았소.

하지만 중국 사람들이 무서워 견딜 수가 없소.

일본사람이 아무리 잘못이 많다고는 하나 그들은 아무 잘못도 없는 선량한 사람들이오.

그런데 말이오……

오늘 기무라 상을 생매장하고는 영, 헛것이 내 머리맡을 맴돌아서 정신을 차릴 수가 없소.

구덩이에다 그들을 쳐 넣고는 질퍽질퍽한 진흙을 퍼 넣었소.

살려달라고 두 손을 비비면서 애원하는데도 들은 체도 않고 진흙을 퍼 넣었소.

나는 삽 끝에만 눈길을 박은 채 정신없이 삽질만 했소.

그런데, 그런데 말이오. 사람의 목숨이 질기긴 질긴가 보오.

그렇게 흙 속에 묻혀서도 숨이 끊어지지 않고 마냥 꿈틀거리며 몸부림치는 모습이 역력했소.

그런데 중국 놈들은 그걸 종당에는 발로 밟아서 다지라고 했소.

나는 내 정신이 아니었소.

그게 어디 사람이 할 일이겠소.

나는 지금도 무섭소. 무서울 뿐이오.

발바닥에 닿는 그들의 몸부림치는 꿈틀거리는

내가 꾹꾹 밟고 있는 땅 아래에 사람이, 그것도 기무라 상이 꿈틀거린다고 생각하니 내 정신이 아니었소.

그렇지만 어쩌겠소. 내 목숨이 더 소중한 것을……

집으로 돌아와서 오한 때문에 헛것에 시달림을 받았소.

여보 진호 엄마.

당신 곁으로 돌아가고 싶소.

그러나 지금은 갈 수가 없소.

만리타국에서 당신의 남편 씀'

삼팔선을 겨우겨우 넘었다는 사람 편에 그 편지를 전해 받은 것으로 남편의 소식은 끝이었다.

"더무실 아지매 주무시오?"

삽짝 앞에서 인기척이 나면서 아랫담에 사는 종질부가 집안으로 들어섰다.

"진지는 드셨어요?"

"응 먹었네"

"그냥 또 굶으신 것은 아닙니까?"

"아니다."

“서방님한테서 전화가 왔습니다. 아지매 별 일 없으시냐고요.”

“별 일은 무슨. 애들은 충실하다고 그러던가?”

“예. 일간에 한 번 오시려고 했는데 많이 바쁜 모양입니다.”

“저들 잘 있으면 됐지. 걱정은 무슨……”

“아이구 참 아지매도 걱정이 안되겠어요. 그러게 아들 따라 가시라니까 고집을 부리시고.”

“내가 내 집을 두고 가긴 어딜 가. 괜한 걱정 마소.”

노인은 이 다현골을 떠나는 것은 꿈에도 생각해 본 적이 없었다.

“아지매 서방님 전화 전했으니까 저는 가볼랍니다. 저도 바빠서……”

“그래 고맙네.”

질부는 건성으로 몇 마디 거들다가 휭 하니 나가버렸다.

가는 귀가 먹어버렸는지 어미에게 전화하는 것조차 부담이 되는지 집에는 전화도 잘 하지 않는다.

고요했다.

동네도 고요하고 노인의 집안도 고요하고.

노인은 소처럼 일했다.

시부모님은 당신의 아들이 떠난 것도 돌아오지 못하는 것도 모두 며느리의 탓으로 돌렸다.

“사람 하나 잘못 들어오면 3대가 망한다고 하더니 옛말 한마디도 그른 말 없구나.”

그런 시어머니의 타박이 아니어도 노인은 남편이 돌아오지 못하는 게 자기 탓인 것만 같았다.

진호 돌잔치를 치르고 이틀인가 뒤에 떠나면서 노인의 귀에 대고 속삭였다.

“임자, 다음에는 꼭 당신도 데려 가리다.”

“다음 번 에는 당신과 진호도 데리고 가도록 아버님 어머님 허락을 받으리다. 조금만 참으오.”

언감생심 생각조차도 못해 본 남편따라 타국으로 가는 것조차 남편은 감히 노인의 귓속에 속삭여 놓고 떠나서는 그리고 그만이었다.

시부모님께는 죄스런 일이었지만 그때 노인은 정말로 남편 따라 가서 아들과 셋이서 오붓이 살 꿈에 부풀어 저절로 힘이 나고 신명이 나서 더 열심히 일을 했다.

농사일부터 진호 키우는 일 그리고 시부모를 극진하게 모시는 일 등.

‘내 복에 무슨 그런 과남한 꿈을…… 외며느리가 살림 날 꿈을 꾸었으니 천벌을 받을 게지…… 천벌을’

아들의 소식이 없고 돌아오지도 않자 시어머니의 악에 받힌 잔소리를 묵묵히 받아넘기며 소처럼 일했다.

남편의 몫을 다 할 수는 없지만 조금이라도 할 수 있다면 하고 싶었다.

그런데 시어머니는 진호를 아예 어미 곁에 얼씬거리지 못하도록 했다.

잠깐씩이라도 어미 치맛자락에 얼씬거릴라치면 무슨 큰일이라도 난 듯이 야단이었다.

노인은 그것을 탓하지는 않았다.

노인은 꿈에도 생각지 않았던 젊은 며느리의 개가를 염두에 둔 사전 단속이었던 것을 오랜 세월이 흐른 후 알게 되었지만 자신의 속으로 품고 배 아파 낳은 진호가 할머니의 말에 고분고분 순종하는 것이 너무나 노인의 마음을 아프게 했다.

그래도 진호 젖 물리고 남편 기다리던 때는 안 그랬는데 방안이 너무 허전했다. 밤에는 길쌈에 매달렸다.

여름에는 삼베, 겨울에는 무명베, 잠자는 시간만 빼고는 허리가 휘어지도록 일을 했다.

길쌈도 동네 아낙들과 품앗이라도 하게 했으면 좋으련만 시어머니는 해만 떨어지면 삽짝을 나서지 못하게 했다.

"저러다가 더무실 댁 제 명에 못 죽지."

"해도 너무 한다. 저러고도 어떻게 살아."

우물가에 모인 아낙들의 수군대는 말을 등 뒤로 흘렸다.

진호가 점점 커서 학교에 들어가면서 그놈은 노인의 아들이 아니고 시어머니의 아들로 변모해갔다.

입학식이니 학예회니 운동회니 하나부터 열까지 모두 시어머니가 간섭하고 챙기고 나섰다.

시어머니는 그렇다 치고 진호가 어미를 소가 닭 보듯이 하는 것이 더 서운했다.

자식이 지 어미를 우습게 안다는 것은 남편이 돌아오지 않는 사실보다도 훨씬 더 비참했다.

진호가 시골 중학교를 졸업하고 부산에서도 첫손가락 안에 드는 A고등학교에 당당히 합격했을 때 노인은 자기 방에서 이불을 뒤집어쓰고 실컷 울었다.

지금까지 참고 있었던 울음을 한꺼번에 다 토해놔야만 속이 후련할 것 같이 꺼억꺼억 소리 내어 울었다.

남편에 대한 원망도, 진호가 자기의 가슴에 박아준 못질의 야속함도 다 잊어버리고 그저 감격해서 울었다.

그런데 진호란 놈이 방문을 덜컥 열고 한다는 소리가 노인의 울음을 걷어가 버렸다.

"경사스런 날에 웬 울음이세요. 어머니는 아들이 잘되는 게 그렇게 억울하세요?”

노인에게 ‘그렇게 어머니란 말을 아끼던 놈이 아무래도 저 놈은 내 속으로 난 자식이 아니어’

노인은 울음을 그쳐 버렸다.

일시에 노인의 가슴 속의 피가 서늘하게 식어버리는 것 같았다.

노인은 고물 텔레비전을 켰다.

진호가 이태 전에 사다준 텔레비전보다는 10년도 넘은 손 때 묻은 텔레비전으로 먼저 손이 갔다.

화면은 한참동안 ‘치지직‘ 거리다가 희미하게 화면이 나타났다.

노인의 눈앞은 한참동안 어질어질 하다가 제자리로 돌아와서 화면이 똑바로 보이기까지는 한참 동안 시간이 걸렸다.

젊은 여자가 요란하게 엉덩이를 흔들고 있는 모습이 어지러워 노인은 텔레비전을 끄고 자리에 누웠다.

모기가 귀찮게 달라붙었다.

노인은 일어서서 밝게 빛나는 백열등을 꺼버리고 다시 자리에 누웠다.

고방 앞 감나무 가지사이에서 초열흘 달이 수줍은 듯이 나뭇잎 사이에서 빠끔하게 얼굴을 내밀고 노인을 향해 배시시 웃고 있었다.

노인도 슬며시 웃음이 나왔다.

잊고 있던 사이에도 달은 예나 지금이나 그 자리에서 한 뼘도 어긋남이 없이 노인만을 지켜봐 주고 있다는 데까지 생각이 미치자 안도의 한숨이 나왔다.

진호가 부산에서 학교를 다니면서 시어머니가 집을 비우는 일이 잦아졌다.

손자가 자취를 시작하자 거의 부산에서 살다시피 하면서 정성을 쏟았다.

노인은 아들이 외지에 나가서 공부를 하는 동안에도 대처 구경은 한 번도 해볼 기회가 오지 않았다.

그 대신 시어머니의 눈길에서 조금씩 놓여나기 시작하면서 자기 시간이 늘어날수록 노인의 가슴속은 더욱더 허허로워지기 시작했다.

무논에서 모를 심다가도 오뉴월 뙤약 볕 아래서 밭을 매다가도 허리를 펴려고 일어서기만 하면 버릇처럼 동구 밖 신작로로 눈이 갔다.

그러다 혹 낯선 사람의 그림자라도 얼씬거리면 알 수 없는 설렘에 가슴이 두근거리며 얼굴이 닳아 올랐다.

빤하게 뚫린 신작로 저쪽 너머가 궁금해지기 시작한 것이다.

그러나 그것은 마음 만이었을 뿐 노인은 결코 그 신작로 저편까지 아니 단재 너머까지 가보지 않았다.

나갈 수가 없었다.

천지개벽이 오지 않는 한 남편이 돌아올 리가 없다는 확신이 깊어질수록 노인에게는 그 고개를 넘어갈 용기를 잃어갔는지도 모른다.

그것이 아니고 어쩌면 남편이 구부정한 자세로 헐레 헐레 팔을 앞뒤로 흔들며 고갯마루에서 넘어오는 환영을 지울 수 없어서였다는 편이 훨씬 정확할는지 모른다.

시어머니의 임종 때였다.

괴팍스럽고 의심 많은 노인네였지만 미움의 세월을 같이한 것이 어언 40년이었다. 한 줌 손에 움켜쥐면 금방 파삭 사그라 들 것 같은 마른 삭정이보다도 더 가벼운 체구인데 한 열흘 동안 자리보전에서 끝내 짚불처럼 깜박깜박 깜박 사그러지려는 순간이었다.

"애야, 진호 에미야, 손 좀 다오."

"예 어머님 정신 차리세요. 어머님이 이러시면 저는 어떻게 하라고 이러십니까? 기운 차리세요."

아닌 게 아니라 노인은 시어머니가 이 세상에 존재하지 않는 세월은 미처 상상을 해보지 않았다.

홀로 남은 시아버지 공경이며, 심지어는 진호를 어떻게 다뤄야 할지에 대해서도 미처 판단이 서지 않는 당혹감이고 두려움이었다.

"네게 내가 죄를 많이 지었다. 죽는 것이 두려울 만큼 착한 네게 죄를 짓고 말았구나……"

"……"

"내가 잘못했구나. 에미야."

"어머니, 어머니."

시어머니의 이마에서는 땀이 송골송골 맺히면서 숨결이 거칠어졌다.

서서히 사그라져 가는 불씨와 같았다.

서산에 해 떨어지듯이 삽시간에 사그라져 들었다.

그리고 정확하게 한 달 뒤 시아버지도 돌아가셨다.

아무리 '노인 건강은 밤새 잘 주무셨습니까?' 라지만 거짓말처럼 저녁 잘 잡수시고 자리에 드셨는데 조용히 세상을 당신 혼자서 하직 하셨다.

동네 사람들은 두 분이 천생연분이어서 그렇다고들 했지만 노인은 허망했고 앞날이 참담하게 여겨졌다.

오늘따라 잠을 이룰 수가 없었다.

'왜였을까?',

'열 일곱살에 시집와서 50년 세월을 지키고 살면서도 이렇게 허한 적은 없었는데, 나도 늙긴 늙었구나'.

오만가지 생각이 머릿속을 어지럽혔다.

노인은 다시 일어나서 더듬거리며 텔레비전을 켰다.

시어른들이 계실 때부터도 집에 사람 드나드는 것을 싫어한 탓도 있지만 혼자 있는 것에 길들어버린 까닭이지 하루 종일 사람 그림자가 얼씬 않아도 외롭다든지 사람이 그립다든지 한 것은 별로 모르고 지내 왔으나 기다림에 대하 기대만은 젊은 시절이나 지금이나 조금도 줄어들지 않았다.

텔레비전 화면에서는 애절한 유행가 가락이 흐르고 있었다.

화면에 비치는 가수의 얼굴에 눈물이 흘러내리고 있는 것이 예사롭게 보이지가 않았다.

"두고 온 고향, 두고 온 산하, 어언 40년을 고향을 그리며 살고 있는 우리 연변의 동포들……"

사회자의 애절한 말에 노인은 벌떡 일러나 앉았다.

'저기가 중국 땅?'

노인은 숨소리를 죽이고 화면을 응시했다.

고국에서 영감을 만나러 간 할머니와 그 곳에 있는 할아버지가 만나는 장면이 나왔다.

그 쪽에 살고 있는 영감은 울고 있는데 여기서 갔다는 할머니는 영감에게 원망만 퍼붓고 있었다.

피차 너무 늙어서 거동도 불편해 보이는 모습이었으나 노인은 숨조차 제대로 쉬지 못하고 지켜보았다.

'우리 영감도 저렇게 늙었을까?'

처음에는 영감에게 원망을 퍼붓던 할머니도 끝내 울음을 터뜨리며 영감의 가슴팍을 주먹으로 두드리고 있었다.

노인의 눈에서도 눈물이 흘러내렸다.

부러움과 애틋함의 눈물이었다.

비록 늙어서 힘이 다 빠져버려 자기의 몸도 가누기 힘든 모습이지만 영감의 가슴팍을 두드리며 넋두리를 할 수 있다는 것이 부러웠다.

아내의 입장에서 보면 남편의 가슴팍은 바다와도 같이 드넓은 여인의 피난처와도 같은 것이라는 생각이 들었다.

'저렇게라도 영감의 가슴팍에 얼굴이라도 묻어볼 기회라도 한 번 있다면……'

노인은 텔레비전이 저 혼자서 치지직 거리는 줄도 모르고 허공을 향해 주먹질을 해대고 있었다.

어느새 달도 모습을 감춰버리고 사위는 어둠만 가득한데 노인의 헛손질은 서서히 힘을 잃어갔다.

마음의 소리 찾기에 관한 자전적인 말
-외할머니의 약손-

정 원 구

　노트 북 화면에 뜨는 아이콘처럼 초가을의 청량한 산자락 기운이 산뜻하게 떠오른다. 지나간 시간에 묻어둔 마음의 소리 한 자락이 즐비한 고층 성냥 곽 아파트 넓은 유리창 틀 사이를 비집고 유유히 꼬리를 흔들며 지나간다. 그러다간 결국은 메아리가 되어 멀리 산의 능선을 따라 저 먼 하늘 서쪽으로 사라진다.

　신시가지의 아파트 단지는 제법 잘 정리되어 있다. 하늘 높이 삐쭉 치솟아 있는 고만고만한 아파트 유리벽에 갈 곳 없는 햇살 한 아름이 화사하게 반사되면서 꼬리를 감춘다. 순간 아찔한 느낌을 남기면서 어쩔 수 없는 가을 서늘한 기분이 단지 내 오솔길을 느리고 낮게 포복으로 기어오고 있다. 단지 밖에는 가끔씩 오가는 사람들의 걸음걸이가 금방이라도 기우뚱 넘어질 듯이 불안하다. 좁은 위압적인 고층 건물들 사이를 불안스럽게 좀 잰걸음으로 벗어나려고 안간힘을 쓰고 있다.

진주사범, 중등교사자격검정고시 합격('64 문교부). 한국방송통신대학 영어과, 부산대교육대학원 졸업. 〈남부 문학〉 동인, 소설작품 발표(70년대). 시조문학 〈볍씨〉 동인. 겨레시조백일장 입상. 교육신문 소설 당선. 전국 공무원 문인협회지 《옥로문학》 소설 당선 등단, 《푸른문예》 소설 당선. 소설집 『마음의 소리 찾기』 등. (前)부산교육과학연구원 연구관. 부산시 국공립 중등교장협의회 회장. 충렬, 금정고등학교 교장 역임.

　바닷가 신시가지의 봄은 멀리서부터 휠체어를 타고 아장아장 느리게 살짝 다가선다 싶은 느낌이지만, 가을은 전혀 다르다. 스멀스멀 포복으로 기어서 오다가 어느 순간에 갑자기 나무 위로까지 기어올라 잎사귀 끝자락부터 당당하게 햇빛을 받으며 청량한 소리 흔적들을 남기려고 안간힘을 쓰고 있다. 오히려 황량한 기분이 살며시 다가선다. 다음 순간 굽이 닳아빠진 여자구두 한 짝이 화들짝 눈 안으로 뛰어들면서 나뒹군다. 햇빛은 여전히 눈이 부시도록 반짝이면서 부서지고 있다. 딱딱한 콘크리트 벽면들이 텅 빈 공간 구석진 곳 틈 사이에서 대칭을 이루며 수평의 모순을 뿜어내고 있다. 뭔가 앞뒤가 안 맞는 신시가지 아파트 단지 내의 수화가 가지런히 놓인다. 소리 없는 마음의 소리가 서글프게 여운을 남기면서 가슴을 저리게 한다.

　불현듯 기억의 늪에서 나를 건져 올린다. 나는 어디론지 달려 나가서 낯이 전혀 익지 않은 간이역에 내려 퇴색한 여인숙 방에라도 찾아들고 싶어진다. 혼자서 가만히 가슴을 쓸어내린다. 어디에선가 무수한 소리들이 바람 끝을 따라 무더기로 휘몰아친다. 아련한 소리 하나하나에 마음을 실어본다. 나의 귀 밝음이 다음 순간 저 먼 삶의 뒤안길을 헤매면서 마음의 소리 늪으로 빠져들게 된다. 소리의 늪에서 무수한 소리들이 무겁게 나를 얽어맨다. 마음의 소리들이 여러 가지의 나를 앙상한 몰골을 그려낸다. 어쩐지 나 같지가 않아서 어색해진다. 우연히 아득한 세월 전의 어두운 골목을 혼자 거닐고 있는 나를 발견하고는 화들짝 놀란다. 후회스러움을 머금은 마음의 소리들은 느닷없이 나를 사로잡아 슬픈 과거의 올가미를 씌운다. 나는 더 이상 햇빛 쏟아지는 신시가지 거리를 걸어 나갈 수 없어진다. 어쩌면 마음의 소리가 잃어버린 시간을 여행 중이었던 것일까. 그러다가 다음 순간 나는 골목을 무조건 벗어나고 싶은 생각으로 다급해진다. 우선 빤히 건너다보이는 생맥주를 파는 호프집으로 눈을 빼앗긴다. 호프집 건물 모서리 짬에서 무참히도 늙어버린 사내 하나가 무너져 무릎을 꿇고 손을 마구 비비면서 동전 한 푼을 애걸하고 있다. 그는 벌써 오래 전부터 그 자리를 차지하고 제법 익숙해질 법도 한 사람들의 얼굴을 곁눈질하면서 눈치를 본다. 나는 그가 나와는 완벽하게 무관한 세계의 화두를 몸짓으로 보이고 있다고 여긴다. 허지만 왜일까. 나와는 철저하게 무관해지고 싶은 마음과는 다르게 그를 볼 적마다 지극히 무관심하던 일들을 관심의 세계로 끌어들이게 되는 것은. 아무래도 마음의 소리의 늪에서 동그라미를 그리는 파장의 둘레에서 나의 뒤안길 그림자들에 무관심할 수 없음을 고백하지 않을 수 없다.

나는 언젠가부터 마음의 소리 늪에서 건져 올린 어두운 골목에 관하여 내 운명을 접속시키고 있었던 것이다. 가끔씩 텅 빈 주변의 허탈과 나 혼자뿐이라는 고독의 의미를 씹어보는 재미를 즐기고 있다고나 할까. 하염없이 비라도 내리는 날에는 나는 나의 몸무게 중심을 마구 흔들어 놓는 어두운 그림자를 발견하게 된다. 처음부터 걸어 지나기가 싫었던, 그래서 나는 골목의 형체가 그려내는 앙상한 몰골의 그림자를 따라 도망치고는 하던 기억이 되살아난다.

불현듯 나는 나의 출생에 관하여 그리고 별 보잘것없는 삶의 그늘에 관하여 궁금해진다. 그것은 어쩌면 나의 원초적인 고독과 방황의 늪이라고 해도 좋을 것이다. 결국 나의 고독과 방황의 늪은 마음의 소리들로 가득 차면서 여기저기에 참으로 많은 여울을 만들기도 한다. 좁은 모자라면서도 가끔씩은 나를 하얗게 만드는 세월의 질곡을 가슴으로 어루만지는 때도 있다. 이쯤에서 아무래도 나는 사람들이 많이 오가는 도시의 거리를 도망치고 싶은 마음의 소리를 외면할 수 없다. 가끔씩 나의 마음의 소리들이 이명으로 나를 괴롭히는 경우가 있다. 그런 경우 나를 건져 올리기 위해 딴은 많은 아픔의 시간을 견디면서 마음의 소리 늪을 헤엄치기도 한다.

나는 우선 이런 세월에 어울리지 않는 생각을 하게 되는 근거를 나의 신체구조에서 찾아 합리화 해보고 싶어진다. 그것은 내가 부모로부터 유전적으로 타고난 신체 구조에서 어릴 적부터 뭔가 남의 무관심 속에서 잠시나마 관심을 가지게 하는 것이 있었을까? 하는 의구심에서 비롯된다. 우선 나의 작은 체구에 비하여 머리의 둘레가 크고 정수리 위가 완만한, 말하자면 전형적인 짱구머리를 몸통 위에 얹고 다니는 과분수형 못난이 모습이었을 것이다. 그래서 주변으로부터 조롱거리가 되거나 좀은 외면을 당하면서 친구들을 쉽게 사귀지 못하는 형편이었다. 결국 나만의 고독의 아픔을 가슴에 묻어둔 채 그냥 외톨이 신세를 숙명처럼 익숙하게 즐기고 있었다고 한다면 과히 틀린 말이 아닐 것이다. 그러다가 나의 그 과분수형 짱구머리는 철이 들고 학교에 입학을 하고부터 꽤 특출한 머리를 가졌다는 평을 듣게 된다. 말하자면 나의 과분수형 머리통이 수재 형으로 주변의 좋은 평을 듣게 된 것이다. 그것은 아마 초등학교에 입학하고부터 받아쓰기 글씨가 또록또록했고, 특히 산수 시험에서는 언제든지 만점을 받고 담임선생님의 칭찬을 자주 들으면서부터일 것으로 생각된다. 좀 더 구체적인 기억을 하나 들라면, 초등학교 육 학년 때 중학교 입학시험을 준비하느라고 밤늦도록 열심히 공부를 하였는데, 어느 날 예고도 없이 치른 범위 없는 무제한 학력 경시대회에서 내가 전 학년의 최고 점수를 받은 적이 있었다는 사실이다. 이어서 J사범병설중학교 특차 입학시험에서 상당히 좋은 성적으로 합격하고 나서부터 주변에서 들은 나의 짱구머리에 대하여 꽤 기분 좋은 평을 하기에 인색하지 않았던 것이다. 또 한 가지 더 보태고 싶은 장면이 있다. 천 구백 오십 년대 말부터 육십 년대 초 무렵 KBS 라디오 방송국에서든가. 〈퀴즈열차〉라는 프로그램이 있었는데 당시 주변 여러 동료들이거나 친구들이 둘러앉아 즐겨 들었다. 그런 상황에서 나는 열 문제 중 여덟 개 정도를 맞춤으로써 나를 다른 사람들에게 부각시키는 경우가 있었다. 가령 아나운서가 다음 숫자, 1.4 2. 2.8. 4. 5.8. 8. 11. 16.…… 등을 나열

하면서 관련 있는 물건이 무엇인가 하고 물었을 때 나는 제일 먼저 〈스톱〉 하고 답할 수 있는 기회를 잡고는, 〈카메라〉 하고 답을 한다. 그러면 〈퀴즈열차〉 참가자 중에서 한참 있다가 〈카메라〉라는 정답이 나왔고 나는 주변으로부터 주목의 대상이 되는 즐거움을 맛본다. 누군가가 왜 〈카메라〉인가? 하고 물으면 자신 있게 〈카메라〉 렌즈의 빛 조리개의 단위라고 말하면서 은근히 자긍심을 키우곤 했던 것이다.

그러나 나의 천성은 여전히 소심했고 결국은 내성적이고 도피증세의 나약한 성격을 형성하게 되었던 것이다. 그리하여 그냥 혼자 있는 시간이 오히려 마음 편하게 느껴지던 것이다. 말하자면 나만의 고독의 병을 꽤 오랫동안 앓아온 셈이다.

이쯤에서 나는 어릴 적 동심의 여울목을 꽉 부여잡고 있는 마음의 소리 그늘에서 벗어나고 싶어진다. 결국은 나의 못난 약점을 합리화 할 수 있는 근거를 찾을 수 있을 것 같은 느낌이다. 좀 더 부연을 달면 나의 약점이 많은 신체구조 중에서 짱구머리는 오히려 평가절상으로 반전됨으로써 약간의 자존심을 건질 수 있었다는 이야기가 된다. 그러고부터 나는 은연중에 나의 신체구조 중에서 그런 대로 좀 특출하다싶은 기능을 가진 부위도 있구나싶은 생각을 가져본다. 나의 신체구조 중에서 가장 쓸 만한 장기를 하나 더 들라면 여태껏 치과병원 신세를 한 번도 지지 않은 이빨이 될 것이고, 가장 특출한 기능을 들라면 유난히도 귀가 밝아서 주변의 소리들을 잘 분간할 수 있는 귀 밝음이라고 해도 될 것 같은 생각에 근거를 둔 것이다. 내가 열 세 살쯤 되었을 무렵이었던가. 한여름 초승달이 서쪽 하늘 중간쯤에 걸려 있는 캄캄한 밤중이었을 것이다. 나는 아주 가늘면서도 소름이 끼칠 정도의 기분 나쁜 소리에 화들짝 놀라 잠을 깼다. 싸르락 싸르락 싸르락. 연이어 방문 창호지를 스치는 기분 나쁜 소리에 나는 무섬증을 느끼면서 아버지를 깨웠다. 아버지가 전등을 켜고 방문을 열었을 때 방문 창호지를 타고 오르는 커다란 지네 한

마리를 발견했다. 아버지가 침착하게 지네의 앞머리와 꼬리 부분에 가는 대 창살을 활처럼 구부리어 꽂아 감나무 가지에 매달고 나서야 안심하고 다시 잠을 잘 수 있었지만. 그러나 검붉은 지네의 등 빛깔과 독이 올라 짙붉은 지네의 발들이 바둥거리는 모양새를 나는 참 오랫동안 꿈속에서 만나면서 몸서리치는 무서움을 떨쳐버릴 수가 없었던 것이다.

그런데 나의 어리던 시절 아주 특출하기까지 한 그 귀 밝음이 가끔씩 귀 멍멍 함으로 이어지면서 나를 괴롭히던 것은 또 무슨 운명의 장난이던가? 귀 안이 멍멍 해지면서 수많은 소리들이 와글거리다가 가끔씩은 나를 바깥으로 끌어내어 산야를 몽유병자처럼 헤매고 다니게 했다. 그러고 보면 나는 일찍부터 소리를 찾아 마음의 소리의 늪을 헤엄치고 있었다고 해도 될는지?

이건 요즘 와서 생각인데, 세상에 살아 있는 모든 것은 살아 있음의 소리를 내려고 애를 쓰고 있는 것 같다는 느낌이다. 아니 살아 있지 않은 모든 것도 존재를 외치며 무한한 소리를 내고 있음을 우연히 발견하고는 혼자만의 소리 세계에 남다른 관심을 가지게 되었다는 이야기다. 그러고 보면 온 누리에는 수많은 다양한 존재들이 만들어내는 소리들로 가득 차 있으면서 제마다 자기 생명의 빛을 쏟아내고 있는 지도 모를 일이다. 그리고 소리를 내고 있는 모든 것들은 자기 스스로 무의미해지지 않으려고, 아니 오히려 하루라도 더 빨리 무의미해지려고 기를 쓰면서 소리들을 만들어 내는 건지도 모를 일이라고 생각해 본다.

나는 애써 소리의 신비로운 세계를 거닐다가 매우 아름답고, 어쩌면 화려하면서, 감동스런 소리를 발견한 적이 있다. 또 가끔씩은 무한의 신비스러운 소리들을 만들어 내어 많은 사람들을 감동시키는 사람들을 숱하게 보면서 참으로 부러워 한 적이 여러 번 있었다. 그러면서 이왕이면 나도 마음으로 좀 뜻이 깊이 숨어있는 소리들을 발견하거나 아니면 나의 소리에 진솔하고 아름다운 마음을 잠시나마 담아낼 수 있기를 꿈꾸어 온, 말하자면 마음의 소리 찾기를 해 온 지가 꽤 오래 되었다고 다시 한 번 더 고백하고픈 심정이다.

그런데 나의 경우 마음의 소리 찾기는 참으로 애매하고, 어쩌면 뜬구름 잡기처럼 허무맹랑한 노릇으로 결말을 내지 못하는, 말하자면 마음 쓰기의 낭비가 되기 일쑤이던 것이다. 그것은 마음이 소리를 찾는 것인지? 아니면 소리에다 내 마음을 실어 담고는 나름대로의 의미를 얽어매어 보려는 것인지? 뭔가 분별되어지지가 않은 채 좀은 혼란스러운 자가당착에 빠져버리는 기분이 되기 마련이던 것이다. 그러다가 참으로 주제넘은 마음이긴 하겠지만 내가 발견하고, 이왕이면 만들어 내는 소리들에 좀 더 재미있는 의미를 부여하고 색다르게 엮어서 이야기를 만들어 낼 수 있기를 염원하기 시작했던 것이다. 말하자면 푼수를 모르고 감히 마음의 소리들이 잠겨 있는 늪을 자유롭게 헤엄쳐 다니면서 어쩌다가 반짝 빛을 반사하는 소리들을 건져 올려 좀 더 의미 있는 화두로 엮을 수 있지 않을까? 하는 꿈을 막연히 가슴에 담기 시작했던 것이다. 어쩌면 막연하고 하찮은 푸념이 될는지도 모르겠지만, 나의 마음의 소리 찾기에 관한 진솔한 고백은 처음부터 이렇게 어설프게 시작된다.

우선 나는 외할머니의 약손에 관련하여 나의 끈질긴 생명력과 함께 참으로 귀중한 동화들의 기억을 소리의 늪에서 건져 올리고 싶어진다. 그것은 지금 이 시간까지 나를 있게 한 가장 큰 공로는 당연히 외할머니 약손 덕분이기 때문이다.

나는 두류산 최고봉인 천왕봉 자락이 남쪽으로 한참 내리 뻗다가 살짝 서쪽 방향 얕은 산자락으로 갈라지는 능선의 한 끝에서 잠시 기를 모아 솟은 청수 옥산의 작은 연봉 고시랑봉을 등에 짊어지고 이룬, 동남쪽 좀은 큰 마을 한골에서 태어났다. 천생 약질로 태어난 나는 외할머니 등에 업혀서 자라다시피 했다고 한다. 어머니의 말대로라면 내가 첫아이로 태어나자부터 한 돌이 되기까지 일곱 번을 죽은 아이로 가마니에 둘둘 말려서 방안 윗목에 팽개쳐졌다고 한다. 자식을 잃은, 그것도 첫아들을 잃어버린 슬픔에 젖어 한동안 울다가 아버지가 이제 내다 버리려고 가마니 자락을 다잡아 매려 하면 손가락이거나 발가락이 꼼질대면서 숨을 발락발락 쉬더라는 것이다. 그러기를 일곱 번이나 했다니? 참으로 끈질긴 생명이기도 한 느낌이 든다.

나의 선천적인 허약체질은 무던히도 부모의 애를 태우면서 명줄을 이어왔다는 것은 쉽게 짐작된다. 그런데 어머니가 가끔씩 하는 푸념의 틈새를 되새김질 해 보면 나의 허약체질에는 그만한 사연이 있었던 걸로 느껴진다. 그 사연은 먼 훗날 내가 제법 철이 들어서 유추를 해본 적이 있었는데, 대강 이런 내용의 우리 집 가족사 줄거리로 정리된다.

어머니의 성품은 서부 경남 황매산 남쪽 자락에 기반을 둔, 제법 알려진 의성 김 씨 문중 몇 대 종손 쯤 되는 양반 가문의 둘째 딸로 태어나서 전통적인 엄한 가풍 속에서 성장했다. 좀 더 구체적으로 말하면 외가는 선비 집안의 좀 깔끔하고 자존심이 내면에 깔려있는, 그러면서도 지방 향교 출입을 하던 유림 학자 풍류객들이 사랑방에 자주 드나들던, 말하자면 집안 풍도가 좀 있는 분위기에서 성장했다는 이야기다. 그리고 왜정시대에는 외할아버지가 한참 젊은 나이로 서당에서 뛰쳐나와 의기투합되는 몇몇 우인들과 함께 뭉쳐서 왕성한 혈기로 3·1운동 이후 삼천리 방방곡곡에서 일어났던 독립만세 운동의 선봉에 있었다고 한다. 당시 면 소재지 장터에 많은 사람들을 모이게 하여 독립만세를 앞장서다가 마침내 일본 순사에게 체포되어 심한 고문을 당하고는 고질병을 얻게 된다. 결국은 오랫동안 시달리다가 병 치료에 가산을 거의 탕진하고 돌아가신 외할아버지와 인정 많고 문자 속이 꽤 깊으면서 다정다감한 성품의 외할머니 슬하에서 올곧게 자란 규수로 짐작된다.

그에 비하여 나의 아버지는 조부님이 가문을 대표하여 향리 서당에서 한문 공부를 좀 했던 관계로 향교 출입을 했을 뿐, 가풍이나 경제적인 여유도 별로 없었던 집안의 별 볼일 없는 셋째 아들로 태어나서 순전히 농사일에만 매달려야 했던 무지한 농군이었다. 그러나 마침 백부가 대를 이어 서당 공부를 좀 했던 관계로 융통성이 꽤 있어서 읍내 면사무소에 다녔고, 중부는 소학교를 졸업하자마자 활달한 성품대로 세상 보는 눈이 있어서 일찍부터 서울인 경성으로 나아가 당시 제법 규모가 큰 일본인 소유의 물산회사에서 신임을 받고 관리인 책임을 맡아 있다가 해방을 맞게 되었는데, 일본인 사장이 귀국하면서 물산회사를 고스란히 물려받는 행운을 얻게 되었고, 꽤 큰 재산을 모아 고향 마을의 농토를 사들이게 함으로써 그 지방의 부자로 좀 괜찮은 호평을 듣는 가문이긴 했던 것 같다.

어쨌든 그런 사이에서 아버지와 어머니의 부부 인연은 서부 경남 지방 유림들의 모임에서 자리를 같이 했던 나의 조부와 외조부가 우연히 통성명을 하게 되었고, 그 자리에서 어떤 연고인지는 모르지만 가문끼리 결혼 약속을 해버림으로써 지역적으로 꽤 먼 거리에 있는 두 집안의 혼사가 이루어진 것으로 짐작된다.

그러고 보니 외할머니의 깔끔하고 예쁘장한 모습을 닮은, 그리고 올곧은 선비 기질의 외조부 성품을 유전적으로 이어받은, 그리하여 사리 분별이 분명하면서도 약간 고집도 있어 보이는 당찬 성품이던 어머니의 경우 청청시하의 시집살이가 좀 고되었을 것이고, 게다가 좀은 투박하고 무지스러운 농토 군이던 아버지의 처지가 마음에 미흡한 채로 마뜩찮게 생각되기는 쉬운 일이었을 것이다.

그런데 문제의 발단은 같은 동네이기는 하지만 시가에서 마련해 준 별채로 분가하여 살게 된 신혼부부를 두고 주변 사람들의 입방아에서 시작된 것으로 짐작된다. 말하자면 맵시 고운 신부인 어머니가 신접살이 살림을 깔끔하게 잘하고 웃어른들에게 예의범절도 분명하여 칭송을 받는 것은 당연했을 것이다. 그에 비하여 새신랑인 아버지는 농토군 본성대로 무디고 성격도 흐리멍덩하여 주변으로부터 무시를 당하는 경우가 있었을 것이다. 그것은 일찍부터 서모(아버지의 나이 아홉 살 때 나의 친할머니께서 돌아가시고 새 할머니가 들어왔다고 한다)와 큰형수의 눈치를 살피면서 살아 온 아버지의 경우 어머니의 따뜻한 사랑에 굶주려 있었을 것이고, 그로 인하여 성격이 밝지 못하고 내성적이며 특히 아내와의 관계가 원만하지 못했을 가능성도 쉽게 짐작되는 일이다. 이러한 상황을 두고 주변 사람들이 쉽게 하는 말로 신랑보다 신부가 훨씬 낫다는 둥, 갑수(아버지의 아명)가 장가를 잘 갔다는 둥, 심지어 신랑에 비하여 신부가 아깝다는 둥, 신랑의 자존심을 흠집 내는 말들이 오가는 와중에서 아마 짐작하건대 아버지의 심기가 어지러웠을 것이고, 더 나아가 의처증? 까지로 발전된 것이 아닌가 싶은 생각을 해 본다.

어쨌든 신접살이를 하던 부부의 금실에 갈등이 있었고, 마침내는 임신 중이었던 어머니가 집을 뛰쳐나와 친정집으로 가 있는 동안 골병으로 앓아누워 자리보전을 겨우 하시는 외할아버지를 대신하여 외삼촌과 아버지가 교차로 오가기도 했다고 한다. 그러나 어머니는 뱃속에 든 아이마저 의처증의 도마에 오르자 마침내 독초를 삶아 먹기까지 이르는 상황이 벌어지고 만 것이다. 다행히도 일찍이 이웃 사람들에게 발견되어 어머니는 목숨을 구하기는 했지만 뱃속의 아이가 위태로운 지경에 이르렀을 것이다. 그런데 그 아이의 명줄이 질겼든지 마을 앞을 지나던 스님 한 분이 우연히 들러서 어머니의 위급한 상황을 보고 약제를 내어 주어서 급하게 달여 먹이고부터 점점 회복이 되어 세상 빛을 보게 된 것이 바로 나의 출생이라는 것이다.

내가 허약한 체질로 태어나서 일곱 번을 죽었다가 깨어나고도 명줄을 이은 것은 그 스님이 달여 먹인 약효가 참으로 영험했던 덕분이라고 어머니가 자주 들먹이는 것을 여러 번 들었던 적이 있다. 뱃속에 있을 적부터 독초 약물에 시달리거나 어머니의 정신적인 고통의 시련을 함께 겪은 나의 경우 태어나서도 처음 한동안 죽고 사는 기로에서 어머니의 간장을 몹시 태우게 했지만, 그러나 그런 끈질긴 생명력이 나의 평생 건강을 유지하는데 잠재력이 되었을 것이라는 생각을 요즘 가끔씩 해 본다.

나는 선천적인 나의 허약체질이 그 후로 지금까지 별다른 큰 병 없이 살아오게 된 것은 순전히 내 어리던 시절 외할머니의 민간요법 치료 덕분이라는 생각에 더 큰 비중을 두고 있다. 그것은 나의 소생이 아버지의 불안하던 마음을 안정시켰고, 그 후로 연속되는 집안의 풍파를 겪는 동안 어머니와 아버지 사이의 갈등도 해결이 되었다. 그리고 아들 하나 더 보기 위해서 아래로 줄줄이 딸 넷을 낳고 보니 나의 존재가 장남 외동아들로서 저절로 좀 무거워지게 되고부터 외할머니의 약손에서 묻어나는 사랑을 듬뿍 받으면서 별다른 고통을 모르고 자랐기 때문이다.

집안의 풍파라는 것은 외가 쪽으로는 독립만세 운동에 선봉을 섰던 외할아버지께서 모진 고문으로 얻은 병마에 오래 시달리다가 해방 직전에 돌아가신 일이라든지, 육이오를 전후하여 대한청년회?라든가 하는 애국청년단체에 관여하던 큰외삼촌이 황매산 빨치산들에게 끌려가서 반죽음이 되어 돌아와서 시름시름 앓다가 많은 아쉬움을 남기고 죽은 것이라든지 하는 죽음들과 관련된 집안의 몰락 과정이 될 것이다.

또 친가 쪽으로는 해방 전 천연두에 걸려 죽을 고비에서 오로지 어머니의 정성어린 병간호로 회생한 아버지가 마음의 눈을 뜨고 솔가하여 진주시내로 이사를 한 것이라든지, 집안의 우상이던 중부가 육이오 전후하여 남로당 사건에 연류 되면서 체포 직전에 일본으로 건너가고부터 당시 지독한 올가미였던 연좌제와 관련하여 집안 젊은이들이 전혀 자기 잘못이 아닌 일로 하여 절망의 늪으로 곤두박질 당하면서 갑자기 집안 형편이 몰락해지기 시작한 것 등의 얽히고설킨 이런저런 사연들이 될 것이다.

어쨌든 나를 살려내려고 무진 애를 쓰던 어머니는 아이 키우는 일에 경험이 많으셨던 외할머니를 우리 집으로 자주 오게 했고, 그래서 나는 거의 외할머니 품에 안기거나 등에 업혀서 키워졌다고 해도 과언이 아니라고 한다. 그리고 외할머니의 예부터 내려오는 민간요법에 관한 풍부한 경험들은 약손으로 알려져서 나의 어린 시절 주치의가 되었을 뿐만 아니라 내가 철이 들어서까지 이웃동네 많은 사람들에게도 초청을 받아 치료를 해주곤 하던 것이다. 그리고 외할머니의 약손에 관한 나의 기억들은 대개의 경우 나의 선천적인 허약체질과 관련 된 것이기 때문에 지금도 생생한 것으로 남아 마음의 소리 늪에서 배를 띄우고 있다.

가령 머리 위 부스럼과 피부의 곪아터진 곳에는 말린 약쑥으로 뜸을 뜨거나 누룩 섞은 밀가루 반죽을 두껍게 덮어 바른다든지, 살갗이 상처를 입고 터져서 피가 멈추지 않을 때는 담배 잎을 꼭꼭 찧어서 바르면 지혈이 되면서 얼마지 않아 치료가 된다. 음식이 급체한 경우에는 손가락 마디에 무명실을 총총 감아 매고는 바늘을 콧김으로 씌우거나 머리카락에 쓱쓱 문지른 후 마디 바깥쪽 피부를 따면은 신통하게도 검붉은 피가 솟아오르면서 속이 확 트이는 효험이 있었다.

나의 선천적인 허약체질과 관련하여 외할머니의 약손 처방의 기억은 내가 평생을 두고 고만고만한 정도의, 그러면서도 모질고 끈질긴 생명력을 이어갈 정도의 건강 유지에 큰 효험을 주었다는 점에서 어쩌면 생명의 은인이라는 생각을 가지게 한다. 가령 어릴 적부터 나는 햇빛에 눈을 바로 뜨지 못했고 가끔씩 눈에 핏발이 선 채 눈물을 흘리거나 눈곱이 덕지덕지 끼는 눈병에 자주 시달렸는데, 그럴 때마다 외할머니는 나를 업고 나가서 풀밭에 새빨갛게 열려 있는 뱀 딸기를 따서 즙을 내어 내 눈 속에다 흘려 넣어주었다. 그리고 위가 약하고 아래로 처지는 위하수 증세 때문에 소화불량으로 자주 배앓이 고통을 호소할 때마다 외할머니는 손을 비벼 따뜻해진 손바닥을 나의 배 위에 얹어서 문지르기도 하고 주무르기도 하면서 내 손은 약손이다라고 주문을 몇 번이고 외우시면 신통하게도 효험이 있어서 배앓이 고통이 사라지던 것이다. 또 어머니 말대로 거미처럼 허약한 나를 두고 외할머니는 지렁이를 잡아다가 고아서 먹이기도 하고, 개구리를 잡아다가 고아 먹이기도 했다는 것이다. 또 때로는 쥐를 잡아 구워서 먹이기도 했다. 그밖에도 곪아터진 상처에는 느릅나무 껍질을 가루로 처방하여 발라주거나, 목구멍이 붓고 코 안이 헐어서 숨길이 고르지 못할 때는 사마귀나 두꺼비를 잡아 말려서 볶아 만든 가루를 대롱으로 불어 넣어주면 신통하게도 잘 낫던 것이다.

외할머니의 약손 기억은 아직도 나의 뇌리에 고스란히 집을 짓고 살면서 신통하다는 느낌마저 들곤 했다. 가령 벌레가 귀에 들어가서 진물이 나면서 간지러울 때는 살구 씨 기름이거나 소풀(부추) 즙을 내어 솜에 묻혀 닦아내면 참 잘 치료가 된다. 특히 외할머니의 약손에서는 쑥의 처방이 많이 쓰였는데, 가령 토혈 하혈이 자주 발병하는 마을 아녀자들에게는 계란 크기만 한 쑥 뭉치 두서너 개를 좀 오래 삶아서 하루 세 차례씩 복용한다든지, 코피가 자주 나는 아이에게 마른 쑥을 태워 재 가루를 내어 콧구멍에 불어넣는다든지, 감기로 인한 오한 몸살에 쑥과 생강을 달여 먹이면 곧장 효험이 나타나곤 했다. 그밖에도 몸에 종기나 진물 고름이 그치지 않을 때는 쑥 한 묶음에 식초, 탁주, 약간의 소금을 넣고 진하게 달여서 창호지에 약을 발라 부치면 참 잘 나았다. 마을 아이들 중에 아랫배가 불룩하면서 늘 소화불량으로 배앓이를 심하게 앓아 고통스러워하는 아이들이 있었다. 외할머니의 약손은 그런 아이들에게 마른 쑥을 찧어서 배 꼭지 위쪽에 서너 군데에다 침을 발라 붙여놓고 불을 붙였다. 그리고는 주변 어른들에게 아이의 사지를 꽉 붙잡도록 했다. 그러면 아이는 온 전신을 움츠리면서 고통스러워했지만 그러고 나면 아이의 얼굴에 화색 끼가 돌면서 신통하게 나았다. 아마 외할머니의 그런 약손 처방이 옛날 가난한 집 아이들에게 만연되어 있던 위하수를 치료하는 민간요법이 아니었을까? 하고 요즘에 와서야 짐작해 본다.

　외할머니의 약손 처방은 세상의 하찮은 물상들을 다양하게 활용하였는데, 그 처방들이 좀은 비위생적이더라도 치료효과는 신기할 정도였던 걸 기억한다. 가령 손발이 저리면 침을 코끝에다 찍어 바른다든지, 뼈를 다치거나 관절이 부어 고생하는 이에게는 어린아이의 노란 똥 덩이를 새까맣게 태워 술에 타서 마시게 한다든지, 마음고생을 하다가 화기가 가슴을 꽉 채워 기색혼절한 젊은 사람에게 돼지 똥을 뜨거운 물에 걸러 마시게 한다든지 등등 참으로 무지스러운 처방도 마다하지 않았던 것이다. 그밖에도 마늘, 파, 녹두, 미나리, 배, 은행, 귤껍질, 생강, 뽕잎과 뿌리, 보리, 삼씨, 옥수수수염, 검은콩, 도라지, 냉이 등등 우리의 생활 주변에서 흔히 볼 수 있는 나무와 풀, 채소와 열매 과일들이 외할머니의 약손을 거치면 모든 게 약효를 나타내던 것이다.

　나는 가끔씩 나의 유년시절을 마음의 소리 늪에서 건져 올리면서 참으로 고마운 정으로 외할머니의 약손을 그려내곤 한다. 그리고 한참 후의 일이지만 사람은 먹지 않을 수 없으며, 또한 병마에 시달리는 괴로움을 전혀 외면할 수 없다는 사실을 은연중에 느끼곤 한다. 음식과 질병은 사람의 건강과 생존에 대하여 불가분의 관계에 있다는 것을 쉽게 알 수 있는 일이다. 사람의 일생을 생로병사로 마감한다고 말하지 않는가. 아무리 발달한 현대의학으로도 결국 생로병사의 테두리를 벗어날 수 없다는 생각이 들기도 한다. 그리고 사람의 병마를 자연의 섭리에 따라 치료할 수 있지 않을까? 하고 생각해본다. 말하자면 좀은 과학스럽지 못하더라도 전래되어 오는 민간요법은 참으로 신비스럽다는 느낌을 가져본다. 다음 순간 외할머니의 약손 처방은 천생 허약체질로 태어나 일찍부터 생사의 기로에서 헤매던 나를 아직 이 세상에 있게 한 가장 위대한 은혜이자 고마움의 마음소리 울림이라고 새삼스럽게 되뇌어 본다.

　어쨌든 외할머니의 약손은 내가 살아온 지난날들과 관련하여 참으로 자상하고, 어쩌면 위대한 손으로까지 기억되면서, 나의 동양의학 상식의 원천이 되기도 했다. 그리고 외할머니의 약손 기억이 그대로 살아서 훗날 나는 한때 한의사가 되는 꿈을 키우면서 당시 동양한의 방송통신대학에 적을 두고 열심히 공부한 적이 있다. 두 학기를 지나는 동안 성적은 올A를 받았고, 상당히 가능성과 소질을 인정받는, 그래서 나만의 자존심을 간추리기도 했던 적이 있다. 훗날 우연한 기회에 침술을 배웠고, 또 한약재상을 하던 먼 친척 형님과 자주 만나면서는 한약재의 특성과 민간요법, 몇 가지 보약 처방과 조제까지 할 수 있게 되면서 나의 운명에 대하여 생각해 본 적이 있었다.

　그러나 나의 팔자소관은 아무래도 교단을 지키는 일에 적성이었던 것으로 체념하는 수밖에 없을 것 같다. 그것은 육이오 이후 갑자기 가정 형편이 옹색하여 관비를 받으면서 공부할 수 있는 사범학교를 다녔고, 어쩔 수 없이 아이들을 가르치는 일에 재미를 붙이면서 그럭저럭 살아갈 수밖에 없었다는, 뭔가 숙명적인 것을 지금 이 순간에도 느끼면서 그러나 그렇게 많이 후회스럽지는 않다는 생각을 해본다.

황혼결혼

조 진 태

그는 머물어야 할 밤도, 시작해야 할 아침도 따로 없었다. 온갖 영욕과 애환을 함께 짊어지고 떠돌다 보면 머무르고, 머무르다 보면 만날 수 있고, 얻을 수 있는 게 있으리라 여겼다. 그래서 나두수는 심심찮게 음성장터에 나타나곤 했다. 그러다 보면 붉은 농무 속에 장엄히도 떠오르는 일출에 하루를 점치며 육거리 실개천 가 〈석류집〉을 들어서기 전 아침 햇살을 싣고 흐르는 실개천에 얼굴을 담가 헹군다.

정신이 말끔해 지고 상쾌하다.

거제서야 〈석류집〉을 들어선다. 아담하고 정갈하게 꾸며진 식당이다. 주인의 성품이 드러나 뵈는 〈석류집〉은 그저 올만한 손님들이 드나들었고, 조용조용한 사람들이 식사 한 끼에 막걸리 한 잔으로 끝나면 잠시 쉬고 이야기하다가 돌아가는 그런 음식점이었다.

진주사범 졸. '72년 "石花"로 《아동문학》 등단. '73년 단편 "雨滴"으로 《월간문학》 소설 등단. 서울 〈주간시민〉 신문 현상문예 당선(70년), 한국아동문학상 등 수상. 소설집 『석화』, 『옥상의 정원』, 『못다 부른 노래(장편)』, 『초원에 잠든별(장편)』 등. 동화집 『덕구와 소쩍새』, 『제비와 망원경』 등. 수필집 『세월의 소리』, 『오동잎 잎새마다…』 외 다수. 『오늘의 충효교육』, 『내마음의 글밭』과 『방정환』, 『박정희』, 『소크라테스』 외 책 다수. 국정교과서집필위원, 음성문협회장 등 역임. 현재 음성신문논설위원. 作家苑과 웰빙농원 운영.

 "어서 오셔유우. 내 은잰가는 오실 줄로 지리 짐작했시유우."
 언제나 반갑게 대하고 인정 넘친 말 쏨씨의 반영자다.
 "고맙소. 그 동안 잘 계셨수? 장사는 좀 어떻구……"
 "그저 그렇게 지내지유우. 벌이야 항상 그 모양 아니 겠시유우. 뭘로 드시겠는 겝이유?"
 "해장국 한 뚝배기 허구, 설성막걸리 한 사발 주시구려."
 말을 터놓고 지내기로 누가 흉보거나 시비 걸 사람 없겠거니와 또한 만만하게 지낼만도 한데 두 사람은 언제나 서로 존대어를 쓰는데 익숙해 있었다. 그 만큼이나 내면에 간직한 진한 사랑 때문이리라.
 나두수는 손때 묻은 가죽가방을 상 밑에 밀어 넣고 깔고 앉을 방석 하나를 끌어 당겨 앉았다. 언제 보아도 단정한 옷차림과 신선해 뵈는 얼굴 표정은 예나 다를 바 아닌 영락없는 젊은날의 반영자였다. 이마에 진 주름이야 부실공사로 패인 길바닥 같지만 그것은 지나온 세월 탓 일 테니 누구 탓하며 원망하랴. 나두수는 반영자가 음식을 차려 내올 때까지 잠시 기다리 노라니 문득문득 떠오르는 반영자의 소싯적 모습이 지금도 눈에 삼삼하다.
 나두수의 집 돌담 너머 앵두나무 우물가에 물 기르던 반영자는 그 때만 해도 삼단 같은 머리채에 붉은 댕기를 드리웠던 처녀였다.
 그 처녀를 나두수는 혼자 좋아 했었다. 뒷집에 사는 반영자가 물 기르러 나오기만 하면 발꿈치를 곧추세우고 담 너머로 보이는 물 깃는 반영자를 훔쳐 보며 연정을 품곤 했었다.
 그러던 어느 날 반영자는 소리 소문 없이 맞선을 보고는 산 너머 무너미 마을로 시집을 가 버린 것이었다.
 나두수는 지지리도 못난 자신을 원망하며 가슴을 쳤다. 가족들 몰래 집을 나섰다. 고등학교를 졸업하고 부모 밑에서 부모님의 농사를 돌보던 나두수는 가출을 한 것이었다.

그는 벌건 대낮은 접어 두고 밤이슬 내릴 무렵부터 시집 간 반영자네 집 담을 끼고 돌았다. 반영자가 보고 싶어서 미칠 지경이었다.

그렇게 한 사나흘을 돌다가 어스름 달밤에 마실가는 반영자를 돌담길 골목에서 단 둘이 만났다.

"영자야, 앞집에 살던 나두수……"

"알아, 너 여기 웬일이야?"

둘은 돌담길 골목을 얼른 빗겨 나와 어스름 달빛을 가려주는 물방앗간 처마 밑에 서서 이야길 나누었다.

"너무너무 그립고 보고 싶어서 이렇게 왔어."

나두수는 반영자의 얼굴을 빤히 드려다 보며 낯을 붉힌 채로 말했다.

"나도 두수를 좋아했는데, 두수가 나를 이렇게 까지 좋아하는지는 몰랐었지."

"그래서 이렇게 찾아왔잖아."

"이젠 안돼. 너무 늦었어. 나는 한 남자의 아내야."

"그래, 알아. 이렇게 한 번이라도 만나 보는 게 소원이었어."

" 두수도 좋은 여자 만나서 행복하게 살아."

"응, 그래. 그러마."

나두수는 반짝이는 눈동자를 반영자의 얼굴에 못이라도 박는 듯이 한참이나 고정 시키다가 분연히 돌아섰다. 서로가 마음 같아서는 끌어안고 싶었지만, 서로 손 한 번 잡지 않았다.

"잘 있어. 언젠가 인연 있으면 또 만나게 되겠지."

구름에 가렸던 어스름 달빛은 어느 새 열이렛 달이 밝은 빛으로 변하여 동구 앞길 신작로를 환히 비치고 있었다. 나두수는 몇 걸음을 옮기다 말고 돌아서서 반영자의 뒷모습을 바라보았다.

그녀의 삼단 같던 머리채는 이제 낭자머리가 되어 달빛에 반짝이는 은비녀가 꽂혀있었다.

그로부터 많은 세월이 흘렀다.

나두수는 해장국과 막걸리 한 사발이 나올 때까지 잠시 옛 추억을 더듬고 있었다.

신록 우거진 유월 아침 첫손님을 맞은 〈석류집〉 반영자는 밤새껏 끓인 사골국에 삶은 배추잎과 선지를 덤뿍 넣어 끓인 바글거리는 뚝배기를 나두수 앞에 놓고 막걸리 한 사발을 내놓으며 말을 이었다.

"동동구리무 장사는 영영 집어 치운 겝인 게유우?"

"그것 고만 둔 건 오래라오."

"그럼, 골동품 장사로 영영 전업했는 겝여?"

"전업한 게 아니구, 그저 살아온 것이 그저 그렇구 그래서 구리무 장사할 때부터 취미삼아 수집하다 보니 이젠 거기에 푹 빠지고 말았지요."

나두수가 동동구리무 장사로 팔도를 돌아다닐 무렵 우연히 〈석류집〉에 들른 것이 뜻밖에도 꿈에 그리던 반영자를 만나게 되어 오늘까지 십여 년 세월. 음성 장에 들릴 때마다 〈석류집〉 반영자를 찾았다.

나두수는 시집간 반영자를 못 잊어 동동 구리무 장사로 세상을 떠돌다가 어느 식당에서 일하던 청상과부(靑孀寡婦)와 정분을 맺어 한 때 살았었다. 그랬지만 가난에 지쳤던 여자는 떠나갔고, 그래서 나두수는 홀아비 신세로 세상을 주유해 왔거니와 반영자 역시 시집간 3년만에 암에 시달리던 남편을 잃고 홀몸으로 떠돌다가 이곳에 터잡은지 30년이 넘었다. 이래서 두 사람 사이는 이심전심, 다 같은 풀뿌리 삶의 인생에 남다른 공감대가 형성되었다고나 할까? 뭐, 그런 것 뿐이었다.

첫 만남 이후 10여 년의 세월을 흘러 보냈지만 정은 주고 받아도 몸 대고 살붙이는 일은 없었다. 험난한 세상 살아오면서 서로가 두 번 다시 상처 입는 일 없애자는데 동의했고, 그럼으로써 무지개 같은 아름다운 추억만을 되씹고 살자했다. 영원한 연인으로 살자는 다짐도 잊지 않았던 것이다.

아무튼 그래서 남다른 사연으로 그저 그렇게 지내오는 터였다.

사고무친의 두 사람은 흉허물 없이 만나고 헤어지는 연인이다.

연전에 나두수도 반영자의 주선으로 충주로 가는 길 국도변에다 건물 한 채를 구입해 민속광장이라 이름하고 주워 모은 골동품을 진렬해 놓고 있다.

어림짐작으로도 일만 점은 넘으리란 추산이다.

"자식 새끼 하나 있나, 나 혼자 사는 몸 먹고 살만 하기에 생각나는 것이라고는 역마살 끼어 떠돌던 날의 추억 새록새록 되살아나고, 우리 사이 옛 추억 주억거림만으로 또한 행복하다오."

"팔자 좋으신 분 팔자타령 고만 허시래유우."

"어차피 인생 불안 싣고 흐르는 강일뿐인 데, 살 날 보다 살아온 날 기니 돌아보고 되새겨 보는 삶도 괜찮지 않겠소."

"골동품이나 민속품도 거기 밴 문화가 곧 그것을 만든 사람들의 삶이 겠으니 부가 가치 높겠시유우."

해방도 한참 전 일제하에서 소학교를 나왔던 반영자도 민속품, 골동품에 깊은 안목은 없어도 들은 풍월로 관심은 있어 하는 말이다.

"어디 그 동안 모아 놓은 것 있으면 내놓아 보구려."

"그러지유우. 모아 둔 게 몇 점 있시유우."

반영자가 안방에서 들고 나온 물건에는 요강단지 만한 항아리, 기름종지, 토기 몇 점에, 문양 화려한 옥돌 베개 하나, 당초문양 겯든 자기 술병 둘, 놋쇠 화로에 해주자기가 나란히 나왔다.

"꽤나 모으셨구료."

나두수는 의외의 소득에 기쁨을 감추지 못했다.

"이것두 구해 두긴 했지만 소용 있겠는지유우?"

반영자가 내민 두루마리 한 뭉치를 펼쳐 든 나두수는 눈이 휘둥그레

졌다.

"아,, 이건 추사 글씨가 아닌가!"

"추사글씬지 춘사글씬지 내 식견으로는 짐작도 안 가 거니와, 불쏘시개로 살라 버리기에는 너무 아깝다 싶어 몇 만원 투자해서 갖고 온 거래유우."

"불쏘시개라니요?"

"글쎄, 내 이야기 좀 들어 보시래유우."

지난 가을 찬바람이 사르르 일 무렵이었다.

반영자가 한 이틀 가게 일을 접고 종고모 댁이 있는 서산의 해미에서도 한참 들어가는 운봉골에 다니려 간 적이 있었다.

운봉골은 이름 그대로 구름이 산봉우리에 걸려 있는 첩첩 산중이었다. 그야말로 후미지고 적적한 구석지로는 그만인 촌락으로 문명도 문화도 다 함께 척지고 살기 어렵잖은 곳이었다.

그런 곳에서 평생 뼈를 굵혀온 종고모는 '가갸거겨' 조차 모르는 까막눈인지라 추사(秋史)니 노과(老果)니 하는 명인(名人)김정희의 호(?)를 알기는 커녕 듣지도 못했을 터인즉 그 글씨의 가치를 짐작이나 했을 리 만무였다.

점심 때가 되자 종고모는 국수 한 그릇을 해 주겠다며 가마솥에 불을 지피기 시작했다. 장작을 몇 토막 넣더니 한지 두루마리를 꺼내 와 그것을 몇 장 걷어 불쏘시개로 삼는 것이었다.

반영자가 그것을 유심히 보고 있노라니 나두수 생각이 떠올라 종고모가 잡고 있는 글씨 두루마리를 끌어 당겨서 펼쳐 보았다. 잘은 모르지만 제법 글씨깨나 써 본 선비의 글씨구나 하는 생각이 들었다. 나두수에게 갖다 주고 싶었다.

"고모, 이건 태우지 말고 나를 주면 안 되겠시유우?"

"그걸 워디다 쓰겠대유우? 선비 행세라두 헬긴갑유우."

종고모는 별것 다 챙긴다며 방 안에 놔두었던 종이 뭉치 하나를 더 보태서 안기는 것이었다. 글씨로 메꾸어진 두루마리를 받아 두고 종고모가 끓여 주는 국수 한 대접을 게눈 감추 듯하고 돌아올 때 쯤 해서 돈 2만 원을 쥐어 주었던 것이 지금 생각하니 추산지 춘산지 하는 글씨 값으로 치룬 셈이었다.

"허허, 세상엔 무지(無知) 보다 더 무서운 것은 없다더니만 종고모가 국보급 예술품을 불사르러 들었다니 끔직도 해라."

나두수는 속내를 드러내어 횡재를 한 듯 기쁨을 감추지 않았다.

감정을 해 보아 만약 진품이기라도 한다면 반영자의 팔자도 펼 것이라며 다른 물건과 함께 준비했던 라면 상자에 함께 넣고, 글씨 외의 것은 평소 보다 후한 값을 치러 주었다.

나두수는 며칠 후 인사동에 나가 두루마리를 내보였다.

붓글씨 뭉치는 분명 진품이었다. 문인이자 서화가인 추사 김정희의 독특한 글씨체. 추사의 글씨는 청고(淸高),고아(古雅)한 정신 없이는 쓸 수 없고, 문자향(文字香), 서권기(書卷氣)가 없이는 능히 붓놀림이 불가능 하다는 그 유명한 추사의 작품이었다. 상하(上下), 천고(千古)에 그의 독특한 글씨를 추종할 수 없다는 추사의 글씨가 확실했다. 그것도 10여 점.

수억 원의 돈다발과 바꾼 나두수는 그날로 〈석류집〉 반영자를 찾아가는 길이었다.

뜻밖의 횡재로 〈석류집〉 반영자의 찌던 삶을 펴 줄 돈뭉치를 전해 주기 위해서였다.

동서울 터미널에서 음성행 고속버스에 오른지 두 시간이 채 못 되어 음성읍에 닿았다. 돈보따리를 옆에 둔 채 깜박 잠이 들었던 나두수는 종착역에 닿아서야 겨우 잠에서 깨어났다.

그런데 옆에 두었던 돈보따리가 없었다. 남아 있는 것이라고는 비슷

한 보따리 하나가 남아 있었다. 비집어 보니 옷가지에다 자질구레한 물건들이었다.

나두수는 그것을 들고 황급히 버스를 내려 먼저 내린 사람을 둘려 보았다. 승객들이라야 대여섯 명 뿐이어서 금새 내린 사람들을 훑어보았을 때 한 할머니가 들고 있는 보자기가 눈에 띄었다.

"할머니, 그 보자기 이것과 바뀐 게 아닌가요?"

"뭐라구?"

나두수는 손에 든 보자기를 건네주며 얼른 할머니 손에 들린 보자기를 빼앗다 시피 했다. 할머니는 바꿔 받은 보자기를 열어 보다가 말했다.

"워쩐지 무겁더란 겝이유우. 까딱 했더라문 내 귀한 선물보따리 잃어 버릴 뿐 했겠시유우. 고마워유우."

나두수는 그제서야 정신을 차렸다. 황망하기 짝이 없었던 순간에 온 몸은 땀으로 젖어 있었다. 고마운 것은 할머니 쪽이 아니라 나두수 쪽이었다.

나두수는 발그레 물드는 저녁노을을 등지고 〈석류집〉엘 들렸다.

반영자는 오늘 따라 분비는 저녁 손님을 받아 음식 장만하느라 분주했다.

나두수가 들어서자 반영자가 반기며 말했다.

"벌써 서울 댕겨오는 겝유우?"

"그렇소. 나도 사골 국물 한 그릇하고 막걸리 한 사발 주소."

나두수는 돈보따리를 상다리 밑으로 밀어 넣고 물컵에 물 한 잔을 따라 먼저 목을 축였다.

"웬 땀을 그렇게 흘리시유우? 허기사 초여름 날씨 치고는 꽤 더운 날씨긴 허지만서두."

"말두 마슈. 하마트면 간 떨어질 뻔 했소. 그 놈의 할망구땜시루."

"그건 뭔 소리라유우?"

"내 온 참……"

말을 꺼내려다 말고 반영자가 금시 들고 나온 사골국물을 몇 숟갈 떠넘기고는 막걸리 사발을 들었다. 목젖이 요동치도록 단숨에 한 사발을 들이킨 나두수는 입 갓을 문지르고 이마의 땀을 씻었다.

나두수가 두 번째로 막걸리 한 사발을 다 마시자 반영자가 다가와 말했다.

"저 쪽 방에 들어가서 좀 쉬었다 가셔유우. 많이도 피곤한 기색인데."

"그렇잖아두 좀 있다 가겠소. 할 이야기도 좀 있고……"

그 길로 나두수가 안방에 들어가 비위 넓게 다리 뻗고 한 숨 자고 깼을 때는 자정 무렵이었고 반영자는 가게문을 닫고 설거지까지 끝낸 뒤라 손 닦고 방문을 열고 들어서는 참이었다.

"이제야 끝났나 보구료?"

"야, 좀 더 주무시잖고."

"나야, 아무렴 어떻겠소만, 고된 일 그리하고도 어찌 배겨난다오?"

"타고난 팔자 어찌 하겠대유우. 이렇게 해서라두 살아야지."

"자, 이 거문 그 고생 않구두 살 거요. 일할 사람 한 두 명 데리구서리."

나두수는 일전에 반영자가 준 추사 글씨 판 돈 보따리를 몽땅 밀어 놓으며 말했다.

"아니, 이건?"

"놀랄 일이 뭐겠소. 추억 쫓아 살다 보면 무지개만 있는 게 아니고 횡재도 굴러들어오지 말라는 법 있겠소. 모두가 영자씨 한데 주어진 복이 아니겠소."

나두수와 반영자는 그 날 밤 오순도순 살아온 긴 이야기로 밤을 지새

웠다.

"우린 이제 합가해요!"

반영자가 먼저 말을 꺼냈다.

"그럴까?"

나두수가 반영자를 가만히 끌안으며 소리 없이 동의했다.

그러다가 새벽닭이 울 쯤 해서야 한 이불을 덮고 나란히 누웠다.

창 너머로 성근 별이 두 사람의 눈빛으로 젖어들고 있었다.

"요즈음 세상에는 '황혼이혼'이 더러 있다는데, 우리는 '황혼결혼'을 하는 셈이겠시유우."

반영자가 나두수의 가슴을 파고들며 말했다.

그러고 보니 벌써 저무는 인생길에 접어든 황혼녘이었다.

두 사람은 이제사 흐르는 세월의 강에 거룻배 한 척을 띄우고 거기 몸을 담은 채 어디론가 흘러가고 있다는 생각이 들었다. 남은 삶 역시 살아온 거와 같이 그렇게 살아갈 것이겠것만 마치 신혼 초야 같은 설레임으로 동트는 새벽꿈을 함께 꾸는 것이었다.

그렇다. 인생은 아름답다. 그러므로 우리의 '황혼결혼'도 아름답다. 언젠가 가 보았던 온타리오 호수에서 대서양에 이르는 로렌스강에 깃든 낙조처럼 아름다울런 지도 모를 일이라고 나두수는 혼자 중얼거렸다. 그리고는 반영자를 포근하게 감싸 안았다.

그날로 부터 꼭 보름이 지난 어느 날 가섭산 중허리에 있는 자그마한 절간에서 주지스님을 모시고 두 사람만의 결혼식을 올렸다.

저녁노을처럼 아름다운 '황혼결혼식'이었다(끝).

수 필

자기를 잊어버린 사람들

강 금 희

사람에게는 배설욕, 수면욕, 식욕, 성욕과 같은 본능이 있다. 이것들은 짐승도 똑같이 갖고 있다. 물질에 대한 소유욕, 힘을 과시하려는 동물적 욕심도 대부분의 짐승들이 가지고 있으나 영적인 본능인 신앙심과 마음, 생각은 오직 사람에게만 있다.

짐승 중에서 가장 지능이 높은 침팬지의 경우 대뇌의 무게가 350g이다.

사람의 대뇌 무게는 침팬지보다 1000g이 많은 1350g이다. 먹고 자식 낳고 살아가는 데는 350g의 대뇌만 가지고도 충분하다. 일반 짐승보다 사람에게 1000g 이상의 대뇌가 더 있는 것은 창조주가 영적인 부분에 쓰라고 만든 것일 것이다.

회의론자요 초자연적인 현상에 대하여 반대하던 철학자 흄(Hume)

경남 진주 출생. 진주여고, 이화여자 대학교 약학과 졸업. 《현대수필》로 등단. 한국문인협회, 수필문학회, 현대수필 문인회, 분당수필 문학회 회원. 수필집『함께 걸어요』 등

도 다음과 같은 말을 남겼다. "종교가 전혀 없는 사람을 찾아보라. 만일 찾는다면 분명히 그들은 어느 정도 짐승에서 멀지 않음을 알게 될 것이다."

밤늦은 시간 TV에서 어느 치매 전문 병원의 실상을 보고 충격을 받은 적이 있다. 8,90대의 노인들이 먹을 것, 이불 등 하찮은 물건을 서로 가지려고 싸우고, 어떤 할머니는 하루 종일 손만 씻는 행동을 반복하고 있는가 하면 자기 방을 못 찾아 빙빙 돌며 헤매는 모습, 대소변을 가리지 못하는 이들에게 목욕을 시키고 옷을 갈아입히는 자원 봉사자들의 모습도 보인다.

짐승 같은 본능만 남아 사람이라고는 볼 수 없는 몰골을 보고 인간이 저렇게까지 비참해 질수 있구나 싶어 마음이 아팠다. 인간이기를 거부하는 치매에 걸려 자식이나 주위 사람들에게 귀찮은 존재로 살아가는 것은 암에 걸려 죽는 것보다 나을 게 없다. 치매 치료제가 나올 것이라는 말도 있으나 누구든지 치매만은 걸리지 않기를 바란다.

치매는 왜 걸리며 어떤 사람이 잘 걸리는가.

치매의 원인과 치료법에 대해서는 최근까지도 뚜렷하게 밝혀진 것이 없다. 초기에는 알루미늄이 원인이라는 설이 있었지만 사실이 아닌 것으로 드러났다. 최근 과학자들의 연구 결과 치매의 원인은 뇌신경 세포가 죽기 때문이라고 한다. 자가 면역성에 의해 T-임파구가 뇌신경 세포를 공격하거나, 뇌혈관이 막히거나, 터져 죽기도 하지만 가장 큰 원인은 뇌신경 세포가 살아야 할 의미를 잃어버렸기 때문이다.

뇌신경 세포가 느끼는 의미는 사람이 느끼는 의미와 똑 같다. 사람이 더 이상 살아야 할 의미를 느끼지 못할 때 뇌신경 세포도 의미를 잃고 죽기시작 한다. 사람이 삶의 의미를 가장 쉽게 잃는 것은 일이 없어졌을 때다. 직장에서 물러나거나 자식들을 다 떠나보내고 갑자기 할 일이 없어지면 삶의 의미를 잃기 쉽다. 현대사회는 건강한 다리로 걷는 대신 차를 타고, 책을 보는 대신 TV나 컴퓨터 앞에서 주는 정보만 받아들일 뿐 뇌신경세포를 자극하는 일을 하지 않는 쪽으로 발달해 간다.

어떤 부류에 치매가 잘 걸리는지 미국의 스노우던 박사가 연구한 결과가 있다.

수녀원의 수녀들을 대상으로 관찰했는데 70이 넘은 고령에서도 맑은 정신, 건강한 모습으로 사는 사람이 있는가 하면 50대에 이미 치매 현상을 나타내는 부류가 있음을 보았다.

이들의 생활상은 외부적으로는 똑같다. 같은 환경에서 같은 음식을 먹고 하는 일도 같다. 그런데 어떤 이는 치매에 걸리고 어떤 이는 건강한가. 그들의 내면세계, 정신 상태를 보기 위해 일기장을 검토했다고 한다. 치매가 일찍부터 잘 걸리는 사람들의 일기 내용은 공통적으로 부정적이고 간단하고 성의 없는 기록 이었다.

'오늘도 무의미하게 하루가 지나갔다.'

'피곤하고 짜증난다. 왜 내가 이 길을 택했을까.'

'어떤 사람이 보기 싫다.'

이런 식으로 한탄하고 불평하는 글을 간단하게 적어 놓았을 뿐이다.

반면에 고령에서도 건강한 사람들의 일기장은 빽빽하게 노트를 메우고 있는데 한결같이 그날의 생활에 감사하며 즐거웠다는 얘기다.

자연의 아름다움, 인간 사이의 사랑과 교제, 살아 있다는 것 자체를 감사 하는 글이 많았다. 매사에 적극적이고 긍정적인 사고의 사람들이다.

요즈음 척추 디스크 수술을 했다. 평생 힘들게 일하다가 좀 편히 쉴 만하니까 여기 저기 고장이 나서 짜증나고 한심한 생각이 든다. 그러나 열심히 일해서 자식들과 먹고 살아야 할 때 아프지 않고, 지금처럼 아파도 괜찮은 때에 병이 난 것이 감사하다. 건강에 자신 있다고 쌩쌩하게 살 때는 몰랐지만 주위의 아픈 사람들을 폭 넓게 이해하게 되었다. 시련을 통하여 남의 고통을 진정 내 고통으로 느끼며 도와주고 위로해 줄 수 있는 마음이 생긴 것은 축복이요 감사할 일이다.

긍정의 힘은 엄청난 것이다. 긍정적인 사고는 뇌신경 세포를 활성화시키고 삶의 의미를 부여한다.

누구를 미워하며, 잔뜩 쌓아 놓고도 더 가지지 못해 전전긍긍하는 불만족증이나 현실에 불평하는 부정적인 삶은 자기 자신을 서서히 병들게 하는 독약이나 마찬가지다. 극단적인 이기심으로 부모 자식끼리도 싫어하고 밀어내는 현대인들은 어쩌면 치매 초기인지도 모른다.

부정적인 삶을 일부러 자초하는 사람은 없다. 인격수양이나 자기성숙을 위한 부단한 성찰과 노력이 없을 때 이것들은 연기처럼 우리 내부에 스며들기 마련이다.

선하지 못한 생각은 몰아내고 절제된 삶을 살며 늘 기쁜 마음으로 열심히 육체를 움직여 뇌세포에게 삶의 의미를 부여해 주는 것이 건강하게 살 수 있는 길이다.

다시 지리산을 오르며

강 남 구

지난 9월 하순, 6년 만에 지리산을 찾았다. 노고단에서 반야봉, 삼도봉, 장터목, 제석봉을 거쳐 천왕봉을 올라 백무동으로 하산하는 종주산행이었다. 지리산 종주는 대개 1박 2일 일정이지만 고물 나이라 하루를 더하여 2박 3일을 잡았다.

지리산(1,915미터)은 백두산에서 시작하는 우리 국토의 등뼈 산줄기가 마지막으로 대미(大尾)를 장식하며 솟은 남한 쪽 육지부의 가장 높은 곳으로 크기가 제주도를 약간 웃도는 면적이다. 천왕봉(1,915미터)에서 서쪽 반야봉, 노고단을 잇는 주능선에만 하늘을 찌르는 높은 봉우리 열넷이 솟고 가장 낮은 화개재의 표고가 1,360미터 이상인데 노고단 이후의 서북능선과 천왕봉 남쪽 능선에 각각 1,000미터 이상 봉우리 예닐곱, 세석평전(細石平田) 남쪽 삼신산, 삼각봉 북쪽 삼정산을 거느린 웅

본명 강종홍. 진주사범 졸업. 《청천》 동인('58). 1957년 부산국제신보 학생문예 소설 당선 〈할머니〉, 《영문(嶺文)》에 소설〈장터 사람들〉 추천('59년), '09년 2월 《수필문학》 〈다시 지리산을 오르며〉 추천 등단. 저서 『하늘소들의 백두대간 답사기 ('02년)』, 『삼국의 역모('03년)』, 『호남정맥 답사기(준비 중)』

장한 산이다.

　신라 때 남악(南岳)이란 이름을 시작으로 지리산(智異山), 두류산(頭流山), 방장산(方丈山)으로 불리어 오며 3도, 17개 시 군 12동천을 품에 거느려 많은 마을과 사찰, 기도처가 자리하고 800여 종의 식물, 400여 종의 동물들이 서식하여 1967년 우리나라 국립공원 제1호로 지정된 곳이다.

　산줄기 북쪽을 흐른 경호강과 낙남정맥 삼신산 동쪽을 흐른 덕천강이 남강으로 들고, 남쪽 화엄사 계곡, 연곡천, 화개천을 흐른 물이 멀리 마이산에서 흘러온 섬진강으로 들어 남해바다로 향하고 있다.

　지리산 종주는 지금도 산악인들의 최고급 메뉴라 서울에 직장을 둔 젊은이들은 밤 열차를 이용하여 종주에 나서고 있는데 왕복을 밤 열차를 이용하다 보니 속절없는 무박(無泊)으로 첫날 종일을 걷고 벽소령산장이나 세석산장에서 잠을 설치면 내리 3일 무박이 된다. 대개는 산에서 하룻밤을 보내고 다음날 천왕봉을 올라 산행을 마치게 되는데, 중에는 다음날 천왕봉 일출까지를 한 쾌에 이루려는 사람들도 있는데 이 경우 지극히 공평하신 신(神)은 이들에게 세석(細石)과 촛대봉, 연하봉의 아름다운 경치를 허락하지 않는다. 날이 꼬박 저문 시각 세석에 도착하여 다음날 새벽 4시 이전 손전등을 들고 천왕봉 해맞이를 나서기 때문이다. 하지만 세석 일대의 펀펀한 평원, 촛대 연하봉 선경은 해맞이 못지않은 감동을 선사하는 것이다.

　구례 버스터미널에서 성삼재 행 군내버스로 바꾸어 오르면 화엄사 앞에서 한 차례 멈추어 손님들을 내린 버스가 가을걷이를 끝낸 풍경 속을 달려 천은사 입구에 닿는다. 이곳에서 사람마다 1,500원씩의 거두는 입장료 문제로 구경도 않는 절 관람료를 왜 내야 하느냐, 가벼운 실랑이를 벌이고 차는 다시 산등성이를 감돌며 표고를 높이는데 한 구비를 돌 때마다 휘청거리는 차가 흡사 놀이기구 바이킹을 탄 기분이다. 이런 과정을 거쳐 성삼재에 내린 사람들은 우화(羽化)한 신선이 되어 가득한 운해 위에 세게 된다.

그런데 산도 생명이 있는 모양이다. 세월 따라 변하여 6년 만에 찾은 오늘 등산로가 너무 고급스럽게 달라져 황송스러울 정도다. 중간 중간 쉬어갈 수 있게 마련한 평상 등에서 미상불 탄탄한 국력을 피부로 느끼지 않을 수 없는데 문제는 요즘처럼 어려운 세상에 이러고도 나라가 제대로 굴러갈 수 있을 것이지 하는 것이다.

옛날 통행을 막았던 노고단 정상으로 오르는 능선도 엄청나게 변하여 죄다 판자마루를 판판하게 깔아 흙 한 점을 밟을 수 없고 정상에 새로운 명물로 돌탑과 표석을 올려놓았다. 유구한 세월을 거치며 자연스레 이루어져야 할 문화를 하루아침에 급조한 독선이요 폭거가 분명한데 무심한 나그네들은 여기저기 방향을 잡으며 사진 찍기에만 바쁘다. 이 모두가 1박 2일 종주산행으로는 볼 수 없는 풍경이다. 서양 선교사들이 이곳에 별장을 세우고, 그 10년 뒤 여순 반란사건을 일으킨 김지회가 한 달 이상 별장을 차지하고, 토벌대가 이들을 몰아내고 다시는 공비들의 거점이 되지 않게 하려고 불을 질러 별장이 남쪽 왕시루봉 자락으로 옮겨간 역사를 어둠 속에 묻어두고 지날 수밖에 없는 것이다.

노고단 북동쪽 건너에 솟은 반야봉은 낙조(落照)가 좋아 지리산 2경으로 꼽는 곳이다. 하지만 산장만 이용해야 하는 지금, 낙조를 보고 노고단으로 내려서기에 너무 늦고 반대쪽 뱀사골산장까지 폐쇄되어 허황한 이야기가 되어버렸다. 행여 지척 묘향암(卯向庵)에서 하룻밤 묵을 수 있다면 좋겠지만 연이 닿지 않으면 결코 바랄 수 없는 일이다.

반야봉 아래 경남, 전북, 전남의 경계 삼도봉 암봉에 지역화합을 다짐하여 세운 표지가 나온다. 삼도봉에서 동쪽 화재재로 내려서는 구간이 가파른 비탈인데 국립공원에서 이곳에 길고 긴 나무계단을 설치하여 놓았다. 그런데 그 솜씨가 도무지 마음에 들지 않는다. 서울 지하철의 경우, 14칸 정도 오르면 반드시 한 번 쉬어 오르도록 하였지만 이곳은 연속으로 이어놓아 현기증이 일어나는 것이다. 해산의 엄청난 고통도 한 박자씩 쉬는 주기가 있어 참을 수 있듯, 이런 시설은 인체 생리를 맞추어 설치해야 하는 것이다.

지금 국립공원은 어디나 등산로에 돌을 깔고, 철 난간, 나무계단 등을 설치하고 있는데 그것도 같은 맥락이다. 더러는 사람 몸과 직각으로 깔아야 할 길바닥 돌을 비스듬하게 깔아 오히려 미끄러지기 좋게 하여 놓았는데 이런 시설은 차라리 아니하는 편이 좋은 것이다.

형제봉-덕평봉 사이 벽소령산장부터 시작되는 4킬로미터 구간의 수평에 가깝도록 반반한 등산로는 1950년대 공병대가 빨치산 토벌을 위하여 하동군 화개면 의신계곡에서 북쪽 마천면 삼정리 사이 놓은 작전도로의 한 부분인데 지금은 방치하여 다시 자연으로 돌아가고 있는 중이다.

이곳 남쪽 하동군 화개면 대성골, 거림골, 빗점골, 의신부락 일대는 1952년 대대적인 빨치산 토벌작전이 전개된 곳이라 지금도 당시 희생된 사람들의 뼈가 발견되곤 한다. 그런데 이들이 모두 공비의 유골은 아니고 보도연맹, 공비라는 이름으로 억울하게 글려가 죽은 양민들도 부지기수다. 그리고도 산은 60년 세월 내내 아무 말도 없었다.

칠선봉, 영신봉을 넘어 세석평전에 이를 무렵이면 날이 완전히 저물어 세석산장을 찾아들 수밖에 없다. 세석 부근 일대는 물이 넉넉하여 철쭉을 비롯한 온갖 약초와 독초, 야생화가 황홀한 꽃방석을 만들고 겨울이면 넓고 편편한 설원을 펼쳐놓는다. 하지만 어둠 속에 왔다가 이른 새벽에 떠나는 사람들은 세석과 촛대봉, 연하봉(煙霞峰) 선경을 전혀 알지 못한다. 따라서 빨리 걷는 당일 지리산 종주를 부러워 할 일이 아니다.

장터목산장 위쪽, 듬성듬성 하얀 고사목 등걸이 들어선 제석봉 초원 위를 하늘 바람이 무시로 풀잎을 어루만지며 지난다. 토벌 흔적을 없애기 위한 방화로 탄생한 이곳의 슬픈 역사를 아는지, 모르는지….

　제석봉에서 통천문을 빠져나가 암벽에 걸린 직벽 계단을 오르면 바로 천왕봉이다.

　1959년 10월, 스무 살 나이로 처음 올랐던 천왕봉은 당시까지 얼마간 푸른 수목이 덮고 있었는데 정상을 오른 등산객들이 신대륙을 정복한 서양사람 마냥 닥치는 대로 나무를 잘라 화광이 중천하게 모닥불을 놓았고, 그 50년 후 천왕봉은 지금의 차디찬 바위 세상이 되었다. 6년 만에 모처럼 오른 하늘 아래에서 또 다시 언제 이곳을 오를지 궁리해 본다.

아타카마(Atacama) 사막에서

강 중 구

'가도 가도 끝없는 모래벌판을 낙타 등에 몸을 싣고 정처 없이 가다가 샘물이 솟아나는 오아시스를 만나면 나그네는 야자나무 그늘에서 행복을 즐긴다.' 내가 그리던 사막풍경이다.

평생 동안 지리학을 공부하다가 퇴직을 한 나는 이 지구상에서 가장 멀고 건조하다는 아타카마사막을 종주해보고 싶었다. 직장에서 물러났으니 여정에 구애될 것 없고 학문도 인생길도 거의 종착점에 다달았으니 내가 걸어온 길을 한 번쯤 확인해보고 싶은 것이다.

이번 여정은 우리나라 대척점에 가까운 칠레의 산티아고에서 버스로 30여 시간을 가야한다는 산 페트로 데 아타카마(San pedro de Atacama)에서 지프차로 볼리비아의 우유니(Uyuni)까지 450km나 되는 사막을 종주해보려는 것이다.

경남 합천 출생. 진주사범 졸업. 부산 부흥중학교 교장 역임. 《수필공원》(현 에세이문학) 추천 완료. 한국문인협회, 부산문인협회, 한국수필문학진흥회, 에세이문학회, 에세이부산문학회 회원, 수필부산문학회 회장. 국제문화예술상 수필 본상 수상. 수필집『가을에 그린 초상화』,『징검다리가 있는 마을』등.

　　남아메리카의 아타카마사막은 해발 4,000m 지점에 위치하고 있어서 세계에서 가장 높고 건조한 곳으로 알려져 있다. 이 사막은 말라붙은 소금이 하얗게 뒤덮여있고 황량한 협곡과 화산이 많아서 달 표면과 흡사하여 우주인들이 마지막 훈련을 하는 곳이기도 하다.

　　그런데 비행기와 버스를 몇 번이나 갈아타며 그 먼 길을 찾아갔더니 아타카마사막은 지평선만 아련할 뿐 끝이 없다. 대지가 태양의 폭염에 이글이글 불타는 모습은 보기만 해도 숨이 막히는데 내가 마치 화석이라도 된 것처럼 머리만 띵할 뿐 아무런 생각이 없다. 사막의 열기는 이처럼 사람의 마음까지도 말라버리게 한다.

　　4,900m 지점에 있는 지열지대(地熱地帶)는 땅속에 불이라도 났는지 수많은 온천이 부글부글 끓어오른다. 팥죽처럼 끓는 온천도 있고 분수처럼 솟아나는 온천도 있으며 증기기관차처럼 하얀 증기를 내뿜으면서 엄청난 폭음을 내는 온천도 있다. 형형색색의 온천이 솟아나는 이곳은 온천의 박물관 같아서 좋기는 하지만 지금당장이라도 폭발할 것 같아서 겁이 난다.

　　황야를 무법자처럼 달리던 지프차가 고개 마루에 올라서더니 걸음을 멈춘다. 여기가 이번 여행길에 가장 높은 5,200m 지점이란다. 그렇다면 백두산의 거의 두 배나 되는 높이가 아닌가.

　　숨쉬기가 힘이 들고 머리가 아파오더니 입술과 손가락이 갈라져서 피가 난다. 고산지대와 건조한 사막의 무서움을 피부로 느끼지만 어떻게 할 방법이 없다. 열사의 사막에 사는 사람들이 왜 전신을 감싸는 옷을 입고 머리에 수건을 쓰는지 이제야 알 것도 같다.

　　사막에는 사람이 살지 못하니 식사는 지프차에 싣고 다니면서 할 수밖에 없다. 하지만 작열하는 태양 아래서 마른 빵과 주스 한 잔으로 때우는 식사는 동물적인 본능이 아니고서는 먹기가 불가능하다.

　　지프차는 다시 황량한 사막을 달려가는데 저만치 신기루처럼 나타나는 콜로라다(Colorada) 호수는 철분이 산화해서 물은 붉고 주위에는 염분이 하얗게 쌓여있어서 아름답기 그지없다. 거기에다 수만 마리의 홍학들이 노닐고 있으니, 이런 장관이 세상에 또 어디 있겠는가.

안내자는 이번 여정이 어렵기는 하지만 이 호수는 지구상에서 가장 아름답고 황홀하다면서 입에 침이 마르도록 칭찬을 한다. 그러고 보니 여행은 여정이 멀고 또 고난이 많을수록 아름답고 황홀한 경관을 볼 수가 있다.

가도 가도 끝없는 사막의 하루해가 저물어 갈 무렵 인디언 마을 하나가 거짓말처럼 나타난다. 빌라 데 마르(Villa de Mar) 즉 '바다의 마을'이란다. 참으로 이상한 일이다. 바다라고는 수만 리나 떨어진 사막 속에 있는 이 작은 마을을 왜 바다의 마을이라 했을까. 그것은 아마도 이곳 사람들이 멀고 먼 바다가 하도 그리워서이리라.

조그마한 이 마을에도 광장이 있고 토담집 작은 교회도 있다. 칠판과 책상뿐이기는 하지만 허름한 교실도 있고 바위를 다듬어서 땅에 깔아놓은 농구장도 있다. 그런데 가로수를 가꾸는 그들의 노력은 보는 이를 눈물겹게 한다. 길가에 작은 나무를 심고 주위에다 4각형으로 담을 쌓아서 그 위에 철망으로 덮어놓고 날마다 물을 주면서 기르고 있으니 말이다.

도랑 가에서 라마들이 풀을 뜯고 있는 모습을 보면 한숨부터 나온다. 말이 풀밭이지 풀이 난 곳은 손바닥만하고 거기서 자라는 풀이래야 잔디보다 키가 작은데 날마다 라마들이 풀을 뜯고 있으니 어디 풀이 남아나겠는가.

모래밭을 갈고 작물을 심기는 하지만 메마른 땅이니 수확량은 보나마나이고, 모래땅에 겨우 뿌리를 내리고 있는 풀뿌리를 캐서 불을 지펴 음식물을 만드는 모습은 처절하기까지 하다.

그들은 삶의 보금자리가 오아시스라고는 하지만 용수도 식량도 연료도 부족하여 보는 이를 안타깝게 한다. 그런데도 그들의 조상이 그렇게 살아왔듯이 그들은 오늘도 숙명처럼 그렇게 살아가고 있다.

영광스런 잉카문명을 이룩한 인디언들은 스페인의 피사로에게 점령당한 후 그들의 압박을 피해서 사막 속으로 숨어들어 3,800m나 되는 이 높은 곳에다가 보금자리를 마련하여 살아가고 있는 것이다.

흙벽돌로 지은 토굴 같은 집에서 빵과 카레로 저녁식사를 하는데 보잘것없는 음식이 그렇게 맛이 있고 고마울 수가 없다. 인간의 생존 한계를 넘어선 열사의 사막에서 사는 그들의 삶을 본 나는 세상을 얼마나 쉽고 거만하게 살아왔는가를 뼈저리게 반성한다.

마당가에 나서니 초록별이 하늘에 가득하다. 이곳은 사막인데다가 고도가 높아서인가, 별들이 유난히 크고 밝다. 얼마나 오랜만에 보는 별인가. 생활에 쫓겨서 하늘마저 쳐다볼 틈도 없이 평생을 직장에 매달려 살아왔건만 정년에 이르고 보니 아무것도 없는 것을, 왜 그렇게 허둥대며 살아왔던가. 인생은 서로 도우며 살아야 한다고 했는데 옆도, 뒤도 돌아보지 않고 앞만 보고 달려온 내 삶이 참으로 후회스럽다.

그런데 지구상에서 가장 먼 이곳 아타카마사막에 와보니 꿈같은 초록별이 하늘 가득히 빛나고 있다. 어릴 때 누나랑 마당에 누워서 밤하늘의 별을 헤던 그때처럼. 그것은 지금이라도 초심으로 돌아가 인생을 겸허하게 살아가라는 뜻일까. 처음 보는 남십자성이 내 삶의 등댓불처럼 빛나고 있다.

모천을 찾아서

김 덕 남

수많은 남강유등이 넘실거리고 있다. 인파가 흐르는 대로 무심히 흘러가고 있다. 가슴 한 구석에서 소용돌이치는 울렁거림을 느끼며 사방을 두리번거린다.

촉석루 아래 유등은 진주남강을 찾아온 실향민들을 반겨주고 연꽃등 불빛은 온화한 환대를 한다. 출렁거리는 가설다리 옆으로 많은 장군 유등에서는 막 출전할 듯 그 기상이 등등하다. 강 저 편에는 동화 속 옛날이야기들이 아롱다롱 동심으로 끌고 간다. 나도 오늘밤 흥부유등 같이 대박을 터뜨리고 싶다. 가슴속 쌓인 향수를 실컷 풀어놓고 싶다.

"넓은 벌 동쪽 끝으로 옛이야기 지줄대는 실개천이 휘돌아 나가고

얼룩 백이 황소가 해설피 금빛 게으른 울음을 우는 곳, – 그곳이 차마 꿈엔들 잊을 리야~." 시인 정지용의 향수가락이 귓전에 흐른다.

수천 개의 소원 등이 달려있는 터널을 지나고 있다. 하나하나 유심히 읽어 본다. 이미 내 속에서도 소원 등 하나를 달고 있다. 가족들 건강하고 작은 일들이 이루어지게 해 주소서. 소박한 소원등불 문구를 보며 예나 지금이나 순박한 고향인심을 보는 것 같아 마음이 따뜻해 온다.

진주사범 졸업. 동아대학교 수료, 한국방송통신대학교 졸업. 2005년 《에세이문학》 가을호 〈화엄길〉로 등단. 한국수필문학진흥회 기획위원, 부산문인협회 회원. 〈에세이 부산〉동인. 수필집 『강물처럼 흐르고 싶다』 등.

　　강물을 더 가까이 만지고 싶어 강가 축대에 앉아본다. 시원한 한 줄기 강바람이 스쳐 지나간다. 오십 여년 만에 맡아보는 강물 냄새가 눈물겹게 반가웠다. 고향을 떠나 살면서 남강이 그리워지면 무심결에 바닷가에 서 있곤 하였다. 부모님이 그리울 때도 바닷가 갯바위에 앉아 비릿한 바다 냄새를 맡으며 마음을 달랬다. 긴 세월동안 잊은 줄 알았던 이 부드럽고 생긋한 강물 냄새가 오래도 폐부에 남아있었구나. 물장구치던 유년시절의 그 냄새가 가슴을 적신다. 소꿉동무들과 별을 헤아리며 강둑에 오래오래 앉아 놀았던 그 밤들이 스쳐지나간다.

　　서장대 아래 모래밭 민속주점에서는 흥청망청 잔칫날 흥을 돋우고 있다. 어찌 여인들이라 막걸리 한 잔이 없을 수 있겠는가. 진주 생막걸리 한 주전자에 사이다를 타서 우린 한 대접씩 단숨에 비웠다. 한 잔 술에 눈과 마음은 몽롱해지고 울긋불긋 원색의 유등은 황홀한 별밭 같이 아름다웠다. 강물도 유등도 고향도 낯설기만 하다. 아롱아롱한 불빛아래서 서장대위의 별을 찾고 있다. 그 별빛 속에서 부모님을 만나고 싶다. 그리운 얼굴들이 아물거린다. 풍물소리는 꿈속같이 멀어져 간다. 서장대 너머 별빛도 사라지고 캄캄한 허공만이 떠 있다. 말없는 진주성은 깊어만 간다.

　　남강문우들은 개천예술제의 창시자인 파성 설창수 선생님의 집을 찾아 나섰다. 호형호제하던 박용수 선생님의 안내로 청수헌(廳水軒)으로 찾아 갔다. 풋풋한 이십대의 문학도들은 고희의 백발을 휘날리며 진주문학의 산실을 찾은 것이다. 박용수 선생님의 지난세월회고담을 들으면서 돌아올 수 없는 그 옛날을 그리워하며 모두 숙연하여 말이 없다.

　　파성 선생님의 부인이신 김보성선생님께 문안을 드린다. 아흔이란 나이를 어디로 잡수셨을까. 세월은 고이 접어 집안 어딘가에 쟁여둔 듯 열아홉 소녀처럼 수줍음이 온 몸으로 풍겨온다. 손으로 입을 가리고 웃으시는 모습은 정녕 이조 여인 같으시다. 아름다운 노년의 모습에 나는 옷깃을 여민다.

파성 선생님께서는 꼭 50년 전 진주 동산 예식장에서 나의 주례를 맡아주셨다. 사모님께 큰 절을 올리고 손을 잡아보았다. 나이가 들어 아름다운 노년으로 살기가 쉬운 일인가. 모습에서 아름다움을 잃어가고 정신에서 맑은 영혼이 쇠락해지면 몸과 마음이 흐트러짐은 말 할 것 없고, 한 몸 가누는데도 힘이 부처 흐트러진 모습대로 살아가게 될 뿐이다. 그런데 지금도 손에서 책을 놓으시지 않고 독서를 하신다고 한다. 단정하시고 청정한 모습에서 전세대의 신여성다운 모습을 엿본다. 아름다운 기품에 머리가 숙여진다.

평탄하기만 하였으랴. 문학을 하던 둘째 아들을 가슴에 묻고 정원 한편에 수목과 큰 바위로 함께 살아가고 있었다. 긴 세월동안 인고의 아픔을 속으로 감추고 청초하게 사시는 모습은 어떤 부유함보다 숭고하고 아름다웠다. 문학의 향기에 젖어 세월을 보내신다. 좀처럼 만나기 어려운 귀한 만남의 인연을 아쉬워하며 물러났다.

갈래머리 소녀는 하교 길에 시를 외우고 소설의 한 대목을 읊조리면서 꿈을 키우던 그 강둑길! 코스모스 한들거리던 가을 둑길을 걸어 보고 싶다. 10년, 20년 후의 내 모습을 그려보며 성장 통을 앓았던 그 때의 나는 어디로 가고 오늘에 안주한 한 노년이 남강 물을 만지고 있다.

실개천 같은 우리 마을 앞 샛강 나불천은 넓은 세상으로 통하는 출구였지 싶다. 정월이면 그 개천가에서 어머니는 가족들의 안녕을 위해 비손을 빌었다. 그 때 나는 호롱불을 들고 어머니를 따라 가며 물길 따라 멀리 흘러가고 싶다고 빌었다.

그 물길은 남강으로, 남강은 흘러 낙동강으로, 그 낙동강은 바다에 이르렀어야 흘러감을 멈추었다. 그 바닷가에서 내 삶은 안주하였고 그리고 늘 모천을 그리워한다. 일상이 힘들 때면 모천에 가서 나의 근원을 돌아보며 삶의 생기를 받아 오리라.

미륵산 정상에서

김 상 환

　미륵산 정상에 오르기 위해서 케이블카를 이용했는데 케이블카 안에서　아름다운 통영의 모습을 보고 있다가 손에 낀 반지를 인연으로 반갑게 만나는 장면이 눈길을 끈다.

　일행 중 한 분이 "지금도 그 반지 끼고 다니네요."하며 미소 짓는다. 그에 대한 반응은 컸다. 그 반지는 ROTC 장교 반지였기에 선후배를 찾고 반가워하며 거수경례를 하는 감동적인 만남이 부러웠다. 누구나 저런 증표가 있었으면 좋겠다는 생각이 들었다.

　케이블카에서 내려 약 15분간 정상을 향해 올랐다 정상엔 통영시청 소년수련관에서 '수필문학' 하계세미나에 참석했던 회원들로 가득하다. 발 디딜 틈이 없을 정도다. 깊은 숨을 내시며 산과 바다가 어우러진 한 폭의 그림 같은 한려수도를 보느라 사방을 살피고 있을 때다.

진주사범학교. 방송통신대학 초등교육학과 졸업. 94년 《수필문학》으로 등단. 한국 문인협회 함안지부장, 한국예총 함안지부회장 역임, 한국수필문학가협회 이사.

바로 앞에 정면으로 옷깃이 닿게 선 사람이 명찰을 보고 어렴풋이 알고 말을 걸어왔다. 조금 전 일행의 반가운 만남을 부러워하고 있던 차에 나에게도 행운이 왔기에 감동적인 순간이었다. 뜻밖에 그분들은 부산에서 소설, 시조, 동시를 쓰는 소로마, 수필을 쓰는 생경으로 사범학교 후배였으니 참 반가운 인연이다. 해발 461미터의 미륵산 정상에서 빼어난 절경을 서로 손잡고 감상을 했다. '남강문우회' 소식도 들려주셨다.

전국 회원들 속에서 어떻게 옷이 닿을 정도로 가깝게 서게 되었을까 참 좋은 만남이요,

참 좋은 인연이다. 감사할 일이다. 돌아올 때는 소로마의 일행이 탄 버스에 편승을 해 이야기 나누며 왔다.

시청에서 나온 해설사가 복잡한 틈을 비집고 가까이 다가온다.

"이곳까지 올라와 적의 동정을 살피고 급히 하산해 이순신 장군에게 정보를 제공한 병사가 있었기에 작전에 성공하여 한산대첩을 이룬 것입니다"라고 하며 알아듣고 있는지 내 눈과 마주치며 확인을 한다.

이 자리서 적선의 동향을 살펴 급히 하산해 보고 한 병사, 그 병사가 내 맘을 흔들어 댄다. 그 병사의 부릅뜬 눈과 땀방울이 보이는 듯하다.

미륵산 정상에서 그 병사와 같이 바다를 내려다보며 눈동자를 굴리니 적선의 동정을 충분히 살필 수 있겠다. 마치 정찰기를 이용해 상황 파악을 하듯이, 이 산이 정찰기 역할을 했구나. 그 무명의 병사가 조종사였구나.

푸른 바다, 푸른 섬, 흰 구름, 푸른 물결, 아름다운 이 해역은 세계 해전 사에 찬란히 빛나는 한산대첩을 이룬 역사의 현장이 아닌가. 무명 용사들의 호국 혼이 살아 숨 쉬고 있는 듯하다.

미륵산 정상에 지금 서 있다. 가슴이 설렌다. 이곳까지 올라와 정찰을 한 우리 수군용사들을 불러보며 고개 숙여 감사한다. 그대들이여. 그

대들의 애국충정 덕분으로 우린 지금 자부심을 갖고 살고 있노라. 감사하오. 그대들이여. 빛나는 용사들이여.

푸른 바다 물결은 그날의 감격을 알고 있겠지, '난중일기' 기록정신, 위대한 지도력, 탁월한 전략, 필승의 신념을, 그 대담한 도전력을 어찌 잊을 손가.

선조 29년 반대파 무고와 일본의 전술적 이간책으로 수군통제사는 파직되고, 죄인으로 취급되어 서울로 압송된다. 어찌 이런 일이 벌어졌나. 요즘도 당원끼리 당익을 위해 처신하는 짓을 보아왔기에 알만도 하다. 그땐 더했을 테니까. 사형을 받게 된 것을 판중추부사 정탁의 반대로 사형을 면제 받게 된다. 정탁은 1558년 문과에 급제했으며 퇴계. 남명선생에게 사사하여 경사, 천문, 지리, 병가에 정통한 인물이다.

이순신 장군은 권율 장군 휘하에 4개월간 '백의종군' 하게 된다. 어찌한 인간으로서 울분이 없었을까? 그런 중에 어머니의 부음을 받는다. 그러나 돌볼 겨를이 없었다. 그 모습과 그 마음을 우리는 지금도 생생하게 헤아릴 수 있다.

후임자가 정유재란의 칠천량 전투에서 그의 전멸 상태로 피해를 입게 된다. 후임자도 전사하고 만다. 군대의 사기는 완전히 떨어져버렸다. 조정에서는 사태의 위급성을 인식하고 파직되어 백의종군하고 있는 이순신을 수군통제사로 재임명했으나 15일 후에 수군을 해체하고 육군에 합치라는 명을 받는다. 그러나 편지 마지막에 '아직 12척의 배가 있고 신의 몸이 살아있는(尙有十二微臣不死)한 죽을 힘을 다해 싸우면 방법이 있습니다' 라고 부당함을 선조에게 아뢴다. 여기서도 상황판단이 얼마나 중요한 일인가. 반대파들은 어떻게 나왔을까. 오늘의 정치풍토에서 미루어 충분히 이해가된다. 판중추부사 정탁의 바른 상황판단과 이순신 장군 사형반대 의견을 주장하지 않았으면 어찌되었을까. 저 파란 바닷물을 바라볼 수 있는 면목이 있을까.

국가의 위기 상황에서 선택을 잘했다. 반대파들은 그들의 주장이 실패로 돌아갔으니 입을 닫고 있었을까? 조정에서는 이 병력으로서는 적을 대항하기는 어려우니 수군을 폐할 뜻이었지만 비장한 결의로 반대의견을 진술해 수군을 살렸다. 수군을 지키고 다가 올 전투에 대비해 1597년 9월 명량(鳴梁))해전에서 12척으로 왜군 133척과 싸워 적선 31척을 격파해 패주시켰다. 한량없는 인적 물적 피해를 입고 남아있는 것은 오직 배 12척뿐이었지만, 그래도 승리할 수 있다는 '상유십이미신불사(尚有十二微臣不死)' 정신, 그의 위대한 정신력으로 대승을 한 것이다.

조정에서 이순신 장군을 반대하고 사형까지 요구한 세력들이 있었다. 선조는 측근 중신들의 주장을 받아들여 이순신 장군을 미워하고 제거할 마음까지 있었다. 이런 상황을 미루어 볼 때 지도자는 오로지 국익과 국민의 편에서, 소신을 펴고 주장해야지 자기와 당의 이해에 얽혀 정도에 어긋난 주의 주장을 해서는 안 될 것이다. 오늘 날 정치지도자들도 국민의 신뢰를 받을 수 있도록 정정당당히 역사의식을 갖고 소신을 펼쳐야 할 것이다. 무조건 반대를 위한 반대가 아니라, 국민을 먼저 생각하는 기본정신으로 바른 상황판단 능력이 필요하다.

승리하고 말겠다는 불굴의 도전력, 지극한 충성심, 숭고한 인격, 23전23승의 찬란한 깃발이 지금도 변함없이 푸른 바다, 푸른 섬 위에서 펄럭이는 것 같다.(2008. 8)

봄봄봄

김 영 숙

　봄이 오려나 보다. 창문을 여니 삽상한 바람에 따스함이 묻어난다. 나는 창가에 앉아 바람결에 실려 오는 봄을 기다린다. 나의 삶에 잔잔한 물결을 일으키는 봄은 다가오고 있다. 각자 다른 마음으로 새 해를 열고 봄을 맞이하고 계절의 순환을 느끼겠지만 나는 이맘 때쯤이면 언제나 설레이는 마음으로 봄을 맞는다.

　우리나라엔 사계절이 있다는 것 얼마나 좋은가.

　가난한 시절이던 1960년대에 지금은 돌아가신 어느 저명인사가 송구영신 좌담방송에서 하시는 말씀이 가난한 나라에 사계절이 있어 폐단이 많다고, 철마다 옷 갈아입어야 하고 갈무리에 힘만 든다고 하셨다. 그러나 나는 좋은 점이 더 많다고 우기고 싶었다.

　사계절이 변하는 모습은 얼마나 아름다운가, 색깔로도 말하지 않는

진주 출생. 진주여고 졸업. 은행 근무. 남강문우회, mbc문우회 회원. 《수필춘추》로 등단. 한국수필가협회 회원.

가.

겨우내 얼었던 땅이 풀리기 무섭게 연두빛 새 잎과 화려한 색깔의 꽃으로 봄을 알리고 여름이면 짙은 푸르름으로 싱그러운 녹음을, 가을이면 울긋불긋 오색물결로 산을 수놓고 겨울이면 세상의 온갖 더러움도 다 덮어주며 순백색 산야를 만들어 주는, 이 아름다운 사계절을 누리는 우리나라는 진정 좋은 나라라고 말하고 싶다. 누가 명명했는지 이름도 예쁜 봄, 여름, 가을, 겨울, 사계절이 다 좋지만 나는 특히 봄을 좋아한다. 그런데 만물이 소생한다는 이 활기찬 봄에 꽃샘추위라는 손님이 곧잘 심술을 부린다.

엄동설한 잘 견뎌내고 봄을 맞아 파릇파릇 새싹들이 인사를 하고 어여쁜 아가씨 같은 갖가지 꽃들이 한껏 자태를 뽐내고 있는데 심술 손님은 올해도 잊지 않고 찾아왔다. 봄이 오면 새로운 꿈이 피어날 것 같은 기대감에 가슴이 설레고 나물 캐는 봄 처녀가 되어 꽃바구니 들고 들로 나가고 싶은 환상에 사로 잡혀 있는데 꽃샘이라는 불청객은 얄밉기만 하다.

삼월도 하순인데 강원도 쪽에는 철을 잊었는지 눈이 많이 내려 비닐하우스도 무너지고 폐해가 많다고 오늘밤 뉴스가 전한다. 그러한 꽃샘추위가 아무리 심술을 부려도 이를 참고 이겨내고 봄은 오고 있다. 어머니 품속 같은 따스한 봄, 향기 무르녹는 치마폭으로 치장한 여인 같은 봄이, 추억 담은 그 봄이 오고 있다.

봄은 우리 집에선 특별한 계절이기도 하다.

삼월엔 우리식구 중 네 사람의 생일이 연달아 있다. 큰 아들, 막내, 나, 큰 손녀의 생일이 8일부터 14일까지 꼭 하루 걸러씩 들어 있다. 게다가 시아버님 기일(忌日)까지, 돌아가실 당시에는 3월8일이었으나 음력으로 제사를 모시기 때문에 네 사람 생일의 앞 뒤로 끼어 있을 때가 많다. 사월 초에는 우리 부부의 결혼기념일도 있다. 그러니 우리 집의 봄은 특별할 수밖에……

봄이 오면 습관처럼 20여 년 전에 살았던 옛집이 그리워진다.

중랑교 밖 봉화산 바로 밑에 있는 아담한 이층 주택으로 봄이면 경치가 너무나 아름다웠다. 제법 넓은 뜰에는 개나리, 철쭉, 백목련이 노랑 빨강 하양으로 흐드러지게 피어 꽃대궐을 이루고 대문 밖에는 벚꽃나무들이 여러 그루 줄지어 있어 화사한 꽃잎들이 바람에 흩날려 꽃길을 만들어 주고 우리 집 정원 같은 산은 연초록 잎들이 봄이 왔다고 소곤거리고 청아한 산새들의 지저귐도 귀를 즐겁게 했다. 앞서 핀 꽃들이 지고나면 담을 넘어 바깥구경을 즐기던 빠알간 넝쿨장미가 지나다니는 이웃들에게 어여쁨을 뽐내고 라일락 향기로 코를 간지르던 우리 집, 봄을 만끽할 수 있던 그런 집이었다. 혼자 보기가 너무 아까워 친구에게 전화를 걸어

"도시락 싸가지고 우리 집에 소풍 와"

"너네집 가는데 도시락은 왜 싸가노"

"도시락을 싸가지고 와야 소풍 온 기분도 나고 이 멋진 경치 구경하는 보람이 있지 공짜로 구경 할래?"

친구와 깔깔거리며 수다를 떨기도 했었다.

그런 경치 끝내주는 집을 팔고 아파트로 이사 와서 얼마나 후회했는지 모른다.

봄만 되면 언제나 생각나는 집이다.

창가에 머무는 눈부신 햇살에서, 봄은 술래잡기 하듯 들락거린다.

내 앞에 서 있는 봄의 숨결을 느낀다. 시시각각 다가오는 봄.

나는 창문을 닫고 내 책상머리로 돌아왔다. 그리고 자판기를 연다.

또 다른 나의 봄을 위하여……

눈 雪 二題

김 창 현

눈이 내리면

눈이 내리면 도시는 궁전이 된다. 소녀는 더욱 우아해지고, 가로등은 더욱 운치 있다. 종소리는 더욱 맑고, 성당의 불빛은 더욱 성스럽다. 나무는 雪花가 되고, 차는 은마차가 된다. 빌딩은 하얀 외투 걸치고 어딘가로 나서고, 네온은 이국처럼 신비롭다. 아이들은 눈사람을 뭉치고, 연인은 서로에게 전화를 건다. 눈은 커피를 더욱 향기롭게 하고, 약속을 더욱 아름답게 한다. 사람들 얼굴에 엷은 미소 띠게 하고, 타인에게 부드러운 시선 보내게 한다. 눈은 가난한 家長이 호주머니를 뒤져 군밤을 사게 하고, 자선냄비에 지폐를 던지게 한다.

눈이 내리면 시골은 설국이 된다. 호수는 더욱 깔끔하고, 산은 더욱

진주고, 고려대 철학과 졸업. 《문학시대》 수필로 등단. 불교신문 내외경제 기자. 아남그룹 비서실장. 아남프라자백화점(속초) 대표이사 역임. 동우대학교 겸임교수. 저서 『재미있는 고전여행』(김영사), 『한 잎 조각배에 실은 것은』(소소리), 『작은 열쇠가 큰 문을 연다』(아남그룹 창업주 자서전), 『나의 인생 여정』(장재걸 선생 자서전)

신비롭다. 떠나는 기차는 더욱 아름답고, 기적소리는 더욱 맑다. 산촌의 아침은 더욱 고요하고, 광야의 등불은 더욱 아련하다. 산사의 풍경소리는 더욱 은은하고, 눈 쌓인 탑은 더욱 운치 있다. 솔은 더욱 청량하고, 대는 더욱 싱싱하다. 폭포는 더욱 푸르고, 암봉은 더욱 기괴하다. 눈은 한낮을 더욱 고요하게 하고 한밤을 더욱 적막하게 한다. 눈은 바다를 더욱 외롭게 하고, 섬을 더욱 그립게 한다.

눈이 내리면 편지를 쓰고 싶다. 먼 남쪽 목로주점에 홀로 가고 싶다. 애수 어린 영화를 보러 가거나, 서재에서 묵향을 즐기고 싶다. 교회의 캐롤이 그립고, 법당의 목탁소리가 그립다. 호숫가 찻집에서 음악을 듣고 싶고, 古家에서 거문고 소릴 듣고 싶다. 눈이 내리면 雪中梅처럼 향기롭고 싶다. 눈 내리는 산이 되고 싶고, 호수가 되고 싶다. 눈 내리는 산촌 오솔길이 되고 싶고, 강촌 섶다리가 되고 싶다. 눈 내리는 나목이 되고 싶고, 나목에 앉은 한 마리 새가 되고싶다. 아! 눈이 내리는 밤은 기적소리 되어 먼 광야를 헤매고 싶고, 종소리 타고 하늘로 올라가고 싶다. (2009년 2월)

눈 온 아침

아침 6시에 밖을 보니 눈이 내리고 있다. 눈은 사철나무 울타리 푸른 잎에, 텅 빈 어린이 놀이터 빈 그네 위에 내리고 있다.

혼자 눈 내리는 뜰 한참 보다가 문득 거실 베란다 매화 한 송이가 핀 것을 발견했다. 연초에 직장 후배한테 받은 매화다. 하얀 향기가 주변 공간에 가냘프게 퍼지고 있다. 한 송이만 홀로 피었고, 가지엔 또 다른 여나믄 개 꽃몽오리가 맺혀있다. 그가 나에게 붉은 紅梅가 아닌 푸른 靑梅를 준 뜻 알만하다.

푸른 빛 도는 白梅를 靑梅라 부른다. 청매 그 맑고 푸른 빛 보라는 것이다. 정도전은 매화를 이리 읊었다.〈옥을 쪼아 만든 듯 깨끗한 모습과 얼음처럼 찬 기운이 눈 속에서 핌은, 선비가 누속에 물들지 않고 청정한 자세로 살아가는 모습과 같다〉고.

나는 그에게 내 수필집과 통도사서 사온 무명베 한 조각을 주었다. 베에 반야심경이 찍혀 있으니, 그가 비자나무 차탁에 오지 찻잔 올려놓기 좋을 것이다. 색즉시공 공즉시색의 마음으로 차 마시라는 뜻이다.

하필이면 눈 오는 아침에 청매가 꽃 피울게 뭐람. 코를 대니 매화 향기 맑고 달콤하다. 그 가냘픈 향기는 오래 이어온 그와의 인연 같다. 보통 인연이면 은퇴 후 10년이면 끝나는데 그는 다르다.

눈 오는 아침을 그냥 보낼소냐. 맹호연은 나귀를 타고 破橋를 건너 설산에 들어가 매화를 찾았다고 한다. 친구와 법륜사 옆으로 광교산엘 올랐다. 여름에 푸르던 계곡물 꽁꽁 얼어붙었고, 옷 벗은 신갈나무 숲에 싸락눈이 내린다. 눈 내린 산길은 고요한데 아무도 밟지 않은 눈길 숲속으로 뻗어있다. 581미터 시루봉 정상은 은빛 세계다. 빤짝빤짝 눈가루는 천지에 흩날리고, 눈으로 은회색이 된 솔잎 하늘을 덮었고, 기암괴석에 쌓인 눈은 참 소담스럽다. 암봉 하나하나가 태산처럼 신비롭다. 그 중 은가루 덮어쓴 키 작은 철쭉이 가장 아름답다. 은반 위 하얀 발레리나처럼 바람에 춤추고 있다. 환상의 백설 궁전에 초대된 느낌이다. 올 겨울 가장 아름다운 풍경에서 놀다가 조심스레 지팡이 짚고 천천히 광교산 내려왔다.

빈 호주머니 탓 할 것 없다. 검소함을 준다. 고물손 전화 탓 할 것 없다. 속세와 단절시켜 준다. 한파 탓 할 것 없다. 백설향으로 초대한다. 매화 향기 맛본 후 설향을 거닐었으면 그로 족하지 않은가. (2009년 1월)

그 젊은 모습

김 한 석

10개월 동안의 대장정 끝에 막을 내린 미 대통령 선거전. 미국인들은 47세의 흑인 초선 상원의원에게 압도적 지지를 보냄으로써 미국을 거듭나게 하는 선거 혁명을 이뤄 냈다. 그 승리의 한가운데는 오바마의 명연설이 자리하고 있었다.

온갖 역경을 딛고 꿈을 키워온 오바마는, 연설에서도 언제나 꿈으로 가득 차 있었다. 서민의 꿈, 이민자의 꿈, 유색인종의 꿈. 한마디로 '아메리칸 드림'에 대한 한없는 믿음을 바탕으로 한 그의 열정은 연설이라기보다는 차라리 웅변이었다. 유세가 거듭될수록 많은 사람들은 이미 그에게서 미국의 대통령 모습을 보았다고 했다.

오바마의 열변을 화면을 통해 지켜보며, 학창시절 웅변에 골몰했던 나의 모습을 떠올렸다. 50여 년의 긴 세월 속에서도 그 기억은 조금도

진주 출생, 진주사범학교, 부산대학교 법과대학 졸, 서울대학교 행정대학원 행정학 석사. 명지대학교 법학박사. 《에세이21》 2005년 봄호 등단. 진주 부시장 역임, 삼천포시장 역임. 현 서울신문사 자문위원.

지워지지 않은 채 너무나도 선명하게 살아났다.

내가 중고등학교에 다니던 시절에는 사흘이 멀다 하고 궐기 대회나 반공 강연회가 열렸고, 학생들은 영락없이 이에 동원되었다. 다른 아이들은 이런 행사들을 지겨워했지만 나는 정치인들의 연설이 왜 그리 재미있었던지 한마디라도 놓칠세라 귀를 쫑긋 세우며 듣곤 했다.

그 당시 내 고향 진주에는 설창수라는 어른이 있었는데, 그분은 본래 시인이지만 언변도 뛰어나 그의 웅변에는 사람의 영혼을 뒤흔들어 놓는 카리스마가 있었다. 그에 감동되어 나도 장차 그런 웅변가가 되어 난국을 이끄는 민족의 지도자가 되리라 꿈꾸곤 했다.

웅변대회 요강이 발표되면 나는 시사 잡지나 신문 칼럼을 뒤적이며 원고를 썼다. 어떤 때는 무슨 뜻인지 정확히 이해도 하지 못하면서 좋은 문구나, 호소력이 있다고 생각되는 글이면 일단 옮겨 썼다. 그러고는 내 스타일의 웅변 논조에 맞게 재구성했다. 이제 겨우 중학생인 주제에 치세(治世)와 경륜을 담은 웅변 원고를 혼자서 작성한다는 것은 지금 생각해 보아도 세상 무서운 줄 모르고 날뛴 만용이었다. 그러나 만용도 용기라고 믿는 것이야말로 젊은이를 젊은이답게 하는 힘이지 않던가.

그때는 시대적 혼란기여서 그런지 웅변대회가 자주 열렸다. 별다른 구경거리가 없던 때라 대회장에는 언제나 시민과 학생들의 열기로 가득했다. 웅변대회 단상에 자주 서다 보면, 열변을 토하면서도 친구들이 어디에 앉아 있고, 누가 박수를 치며, 어떤 여학생이 미소를 짓고 있는지, 청중의 동작하나 얼굴의 표정까지도 낱낱이 눈에 들어온다. 제대로 연설하기에도 급급한 상황에서 그런 여유가 도대체 어디에서 생기는 것인지, 그런 묘미 때문에 더욱 웅변에 빠져 들지 않았나 싶다.

어느 해 시내 중고등학교 대항 웅변대회 때였다. "친애하는 국민여러분!"하고 시작한 연설에 한참 열을 올리다가 가장 중요한 대목에서 갑자기 말이 막히고 말았다. 당황하여 급히 원고를 뒤적여도 찾는 대목이 좀처럼 눈에 띄지 않았다. 그러는 동안 이곳저곳에서 쑥덕거리는 소리가 들리기 시작하더니 급기야 "집어치워!" 하는 거친 야유가 귀청을 때렸다. 그럴수록 할 말은 더 멀리 달아나 버려 참으로 난감했다.

간신히 잃어버린 대목을 찾아 고개를 들었을 때는 눈앞이 깜깜했다. 그 많던 청중의 얼굴이 어디로 다 숨었는지 하나도 보이지 않고, 찾아낸 원고마저 제대로 말이 되어 나오지 않아 등줄기로 식은땀만 흘러내렸다. 이제는 이 곤경에서 벗어나야 한다는 절박한 소망뿐이었다. 겨우 연설을 끝내고 단상에서 내려올 때에는 까닭 모를 서러움이 복받쳐 눈물이 핑 돌았다.

그러고 난 몇 달 뒤, 진주에서는 개천예술제(開天藝術祭)와 함께 전국웅변대회가 열렸다. 한동안 깊은 시름에 빠져 있던 나는 두 번 다시 실패는 없다며 전쟁터로 나서는 전사처럼 비장한 각오로 준비에 임했다. 동이 트기 전, 새벽 공기를 가르며 남강 변으로 달려가 도도히 흐르는 강물을 군중으로 가상(假想)하여 목청을 틔우며 담력을 키웠다. 집 안에서는 거울 앞에서 제스처와 표정까지 세세히 살피며 실전을 방불케 하는 연습을 거듭했다.

드디어 벼르던 전국웅변대회 날이 왔다. 호흡을 가다듬고 연단에 섰을 때는 시종 자신감에 충만해 있었다. 다행히 웅변하는 내내 어느 누구보다 뜨거운 박수를 받았다. 결과는 2등이었다. 일등을 놓친 것은 애석했지만 내로라하는 전국의 연사들을 제쳤으니, 이제 과거의 아픔에서 온전히 벗어나 정상에 도전하는 데 자신감을 얻게 되었다. 이렇게 굴곡을 겪으며 다져온 나의 웅변, 앞으로 학교를 졸업하고 사회에 나가면 멋진 웅변가가 되어 대중 앞에서 사자후(獅子吼)를 토하게 될 것이라는 꿈을 더욱 굳건히 했다.

하지만 사회인이 되어서는 옛날에 했던 그런 열정과 자신감 넘치는 웅변을 한 번도 펼쳐 보지 못했다. 당시에는 웅변이라면 주로 정치인들의 독무대였다. 나는 그토록 열망했던 꿈의 무대에 한 번 서 보지 못하고 말았으니, 결국 내 인생은 성공하지 못한 삶이 되어버렸다.

그나마 내가 공무원으로 봉직하는 동안 직책상 연설할 기회가 많았다. 하지만 일방적으로 호소하고 선동하는 웅변형(型)보다는 논리에 맞는 차분한 어조로 설득하는 것이 행정에 더 효과적이어서 그 옛날 내가 그리던 열정 넘치는 사자후는 끝내 토해 내지를 못했다.

웅변을 통하여 국가의 지도자를 꿈꾸던 학창 시절의 추억들은 긴 세월에도 내 맥박 속에 고스란히 살아 있다. 세상을 향해 호령이라도 하듯 패기 넘쳤던 그 젊은 모습을 나는 오래도록 간직하고 싶다.

720만불 아이스박스

김 형 도

　알라스카 크루즈를 하면서 연안을 따라 울창한 산림과 아름다운 빙하와 그 풍광에 매료되면서 어떻게 해서 미국 영토가 되었는지 내내 뇌리에서 떠나지 아니한다.

　면적이 153만㎢에 인구는 68만인 알라스카는 서쪽으로 베링해협을 88km 사이에 두고 러시아의 시베리아와 마주한다. 러시아 황제의 의뢰로 덴마크 탐험가 베링이 이끄는 러시아 선단이 베링해협을 탐험하고는 1741년 알라스카 본토를 발견했다.

　1867년 미국이 미화 720만 불에 러시아로부터 알래스카를 매입할 당시, 많은 미국인들은 알라스카를 쓸모없는 동토의 땅으로 간주했기에 낭비한 것으로 생각하여 구매를 주도했던 당시 국무장관 스워드를 맹비난했다. 스워드의 무용지물이라며, 720만불에 〈아이스박스〉를 구입했다는 풍자까지 하였다.

　매입을 주도했던 국무장관 스워드는 반대가 심했던 의회를 이렇게

경남 진주 출생. 진주고, 서울대 공대 자원공학과 졸업. 대한석탄공사 생산 개발 본부장, 광해사업단 사업본부장, 창세물산회장. 2006년 《창작수필》 등단. 저서 『길음동, 어평재』, 『하우스 불꽃』, 『아리수와 함께하는 여정』 외.

설득했다. "눈 덮인 알래스카를 사자는 것이 아닙니다. 감추어진 무한한 가치를 사자는 것입니다. 지금 세대를 위해 그 땅을 사자는 것이 아닙니다. 다음 세대를 위해서 사자는 것입니다."라며 열변을 토했다. 그의 설득의 결과 미국의회는 단 한 표 차이로 알라스카를 미국의 영토로 편입하기로 결정했다.

그 후유증은 오래 계속되었다. "얼음이 필요하다면 미시시피강 얼음도 있는데 무슨 이유로 얼음 땅을 사들였느냐."는 것이었다. 국무장관 스워드를 비꼬아 '스워드의 어리석음(Seward's Folly)'이라는 신조어가 생겨났다. 당시 대통령 존슨도 비난의 대상으로 '존슨의 북극곰 정원'이란 별명을 붙여 조롱했다.

반면 알래스카를 미국에 넘겼던 러시아 대표단은 정부로부터 쓸모없는 땅을 비싼 값에 팔았다고 포상까지 받았으니 비난만 받은 미국 대표단과는 너무 대조적이다.

그런데 그 얼음의 땅이 자원의 보고가 되었다. 금광이 발견되자 골드러시를 맞으며 금싸라기 땅으로 변해갔다. 더구나 1941년 일본이 미국에 선전포고를 하면서 알라스카는 군사적으로 전략 요충이 되었고 군수물자 공급지 역할을 했다. 냉전시대에는 아시아와 유럽으로 북극권을 이용하는 항공교통의 요지가 되었다. 결국 러시아에 의해 버려졌고, 사들였던 미국에서도 논란거리이던 얼음의 땅이 1959년 미국의 49번째 주가 되었다.

놀라운 것은 1968년에 북극에 면한 알래스카 푸르도 만(Prudhoe Bay)에서 발견된 석유다. 막대한 양의 석유를 수송하기 위해 1,300Km 송유관이 건설되었다. 직경이 1.2m 송유관을 통해 시속 9km로 원유는 6일 걸려서 푸르도 만에서 태평양 연안 발데즈 항으로 보내진 다음 유조선에 실려 미국 본토로 간다. 지금 알래스카는 석유뿐 아니라 천연가스, 석탄, 목재, 연어에 이르기까지 자원의 보고 그 자체이다.

북극권에서도 난류의 영향으로 태평양 연안은 울창한 산림을 이루었다. 빙하와 아름다운 풍광, 때묻지 않는 자연, 곰을 비롯한 야생동물과 고래 등으로 수준 높은 관광객을 끌어 들인다. 미국에서 가장 많은 개인 항공기와 조종사를 갖고 있는 주(州)이다. 최근에는 풍부한 석유로 산업이 급속으로 발전되는 풍요의 땅이 되고 있다.

비전은 보이지 않는 것을 보는 힘이라고 한다. 지도자들의 비전의 차이로 국운이 달라질 수 있음을 알래스카의 역사적 거래는 증명한다. 720만 불은 우리 돈으로 72억 원이다. 1000평당 20원으로 그 동안 인플레이션을 감안하더라도 거저 얻은 것이나 마찬가지다.

민주주의 본산인 미국에서 여론의 강한 반대를 무릅쓰고 알라스카 매입을 주도한 국무장관과 대통령은 정말 용기있고, 미래를 내다보는 지도자다. 국가에 이익이 될지라도, 국민적 저항과 정권의 위기까지 맞이하면 포기를 했을텐데, 그들은 어려움을 무릅쓰고 과감하게 추진했다. 대국의 지도자다운 자세다.

알래스카의 스워드 항구는 알라스카를 러시아로부터 매입한 국무장관 스워드의 이름을 딴 것이고, 키나이 국립공원에 있는 스워드 홀게이트 빙하도 그의 이름을 딴 것으로 처음에는 많은 비난을 받았지만, 미국인들은 스워드의 비전과 불굴의 정신을 기리고 있다. 국가의 장래를 생각하고 다음 세대를 위해서 미래의 땅을 사야겠다는 그의 열변은 미국인들의 심금을 울린다.

알라스카를 여행하면서 빙하와 설원으로 뒤덮인 아름다운 풍광에 매료되면서도 앞을 내다보는 대국의 지도자다운 비전이 내내 뇌리에 맴돌았다.

짧은 역사를 가진 미국이지만 수천 년의 역사를 지닌 국가들을 앞질러 세계 최강국이요 부국(富國)이 될 수 있었던 것은 지도자나 전문가들의 소신과 비전의 덕분으로 그런 풍토가 조성되었기 때문이 아닐까?

인간에게 자살할 권리는 있는 것인가

이 병 수

우리 사회에 자살사건이 잇따라 발생하고 있다. 인기 연예인 최진실의 죽음은 사회에 큰 충격을 주었는데, 그 후에도 자살사건이 줄을 잇는다. 죽음의 공포를 덜기 위해 동반자살 사이트로까지 변천되더니, 장안동 안마 시술소에서 두 여성이 성매매를 하지 못하게 하는데 항의해 자살했다는 보도가 우리를 갸우뚱하게 만든다.

우리나라 자살자가 OECD 국가 중 가장 높아 하루 평균 33.4명이나 되고, 전체 사망 원인 중 자살이 네 번째라니 심각한 상황이다.

자살은 왜 하게 되는 것일까? 20대 젊은이 K는 제가 하고 싶은 일을 부모가 들어주지 않는다고 비관 자살하였으며, 70대 아버지 B는 아들이 자신을 돕지 않아 괘씸하다고 자살하였다. 또 자기만이 사회에서 소외되었다고 착각, 철로에 몸을 던진 이도 있다. 자살의 원인을 따져보

호 현봉(玄峰). 진주사범, 건국대 졸업(고교 교원검정고시 합격). 부산 개금고교 교장 정년 퇴임(92). 월간≪수필문학≫천료 등단. 한국문인협회 및 부산문인협회 회원, 국제펜클럽 한국본부 회원, 수필문학추천작가회 회장 및 영호남수필문학회 부산 회장, 부산수필문학협회 회장, 부산불교문인협회. ≪실상문학≫ 편집주간. 한국수필문학가협회 부회장(현), 제12회 한국수필문학회 수필문학상 수상(2002) 제18회 허균문학상 수상(2007) 등. 저서 수필집 『초상화그리기』, 『느티나무처럼』, 『생존신고』 등 다수.

면 욕구불만과 한풀이에 있다. 부모 자식 간의 불만을 비롯하여 직장 사회에서의 불만을 이유로, 만사가 귀찮고 포기 상태에서 사회를 등지는 행위로 발전한다.

사람에게 자살할 권리가 있는 것일까? 인간은 조물주의 신묘한 섭리에 따라 부모로부터 탄생한다. 그러므로 자신을 낳아준 부모에 대해 감사하며 평생토록 그 은혜를 잊지 않고 생명을 보존해 나가야 할 의무가 있다. 뿐만 아니라, 부여받은 수명 기한이 만료될 때까지 자신의 생명보존은 물론, 또 다른 생명체를 탄생시켜 차세대를 계승케 할 의무까지 부여받고 있다 할 것이다.

그런 막중한 의무를 지닌 인간이 개인적 불만, 고통이 있다고 스스로 목숨을 끊는 행위는 용납 받을 수 없을 것이다. 인생에서 최대 과업 두 가지를 들라고 하면, 나는 첫째는 자기 자신이 가정과 사회를 위해 봉사하는 일이요, 둘째는 후대를 이을 자식을 낳아 이 사회의 발전에 공헌을 하게 하는 일이라 하고 싶다.

사람 목숨을 개인 소유물로 착각해서는 안 될 것이다. 자연의 섭리에 따라 부여받은 생명은 한없이 존귀한 것이므로 감사하면서 이 사회를 위해 무한한 봉사심을 발휘하여야 할 것이다.

지하철을 타보면 창문에서 "엄마 아빠, 힘내세요. 우리가 있잖아요."라는 표어를 만나게 된다. 철로에 다이빙하는 자살자를 예방하기 위한 배려이다. 자살은 장기간 심사숙고 끝에 감행하는 경우도 있지마는, 보다 많은 자살자는 심한 빚 독촉을 받는다거나 강한 죄책감이나 울분으로 인해 순간적인 고통을 참지 못해 울컥 하는 충격으로 자살하는 경우가 많다. 일본 도쿄 근교의 닛꼬(日光) 관광 코스에 유명한 〈게곤 폭포〉가 있다. 이 폭포에는 자살자가 하도 많아 예방을 위해 말목에 써 붙일 표어 모집을 하였는데, 1등으로 당선된 표어가 '죠또마떼(조금만 참아)'였다고 한다. 이는 순간적인 충격을 이기지 못하는 자살자의 공통 심리를 잘 찍어낸 아이디어이다.

　탤런트 최진실의 경우를 보자. 그는 친구에 대한 우정이 왜곡되고 사채업자로 매도된 데 대해 무척 고통스러워했던 모양이다. 죽기 직전에는 모친에게 "사채와는 상관도 없는데 나를 왜 괴롭히는지? 세상 사람들에게 섭섭하다."는 심정을 토로했다고 전해진다. 물론 그의 죽음은 이혼 후의 우울증과도 관계가 있었다고 하겠으나, 극단적인 선택을 촉발한 것은 악성 루머에 대한 고통을 참지 못한 데 결정적 원인이 있었다고 하겠다.

　그렇게 볼 때 자살의 원인은 인생에서의 고통을 이겨내지 못하는 데서 감행되는 경우가 많다고 하겠다. 따라서 교육적으로 볼 적엔 성장과정에서 인내심을 길러주는 일이 자살률을 낮추는 예방책이 된다.

　우리나라가 세계에서 자살률 1위라는 불명예를 어떻게 씻어야 할꼬? 자살자의 대다수 원인이 인내력 부족에 있다고 한다면 우리는 이 점에 착안하여 그 대책을 강구해 나가야 하겠다.

　자살 행위 가운데는 일제 말기 가미가제(神風) 비행기로 조국을 위해 몸을 날린 소년병이나, 독립투사 중 항거의 뜻으로 감행하는 것과 같은, '명분 있는 자살'도 있기는 하다. 그러나 대부분의 자살은 그 명분을 찾기 어려운 비인간적 행위라 해도 되지 않을까? 아니, 대부분의 자살 행위는 '죄악'으로 규정하여도 괜찮지 않을까 싶다.

　혹 '자살행위도 용기가 있어야 할 수 있다'는 말을 할지도 모르지만, 그것은 변명으로밖에 볼 수 없다. 진짜 용기가 있으면 자신 앞에 닥친 고통을 이겨낼 수 있어야 하지 않겠는가?

　자살은 자기만을 생각하는 이기주의적 범죄 행위로도 볼 수 있다. 더욱이 자식을 두고 자살함은 이중의 범죄행위이다. 조물주가 제정해 놓은 룰(rule)을 어기는 반칙행위요, 부모의 은덕조차 배반하는 행위이다. 예능인이나 명사들의 자살행위는 자칫 청소년들의 모방 자살을 불러올

위험 소지조차 있다. 인간 생명은 고귀한 것이라 할진대, 죽음에 있어서도 만물의 영장답게 품위를 유지하고 만인의 축복을 받으면서 최후를 맞는 당당함이 있어야 하겠다. 존엄사는 용납될 수 있어도 자살행위는 용서받을 수 없는 행위가 아닐까?

자살하는 자여! 그대 이름은 아무리 동정을 해서도 '만용자' 요, 반칙자' 로 밖에는 불러줄 수 없느니라.

 작가 노트
자살 행위는 아무리 생각해도 용납될 수 없다고 본다. 일제 치하에서 독립운동을 하다가 붙들려 감옥에서 사형선고를 받고, 너희들 손에 죽임을 당하기보다 차라리 내 손으로 죽겠다 하고 자살하는 경우를 제외하고는 범죄행위로 보아야 하지 않을까?

귀뚜라미

이 진 표

빈 수레가 요란하다는 속담이 있다. 그러나 요즘은 헌 수레가 더 요란하다 고 느낀다. 나 역시 헌 수레다. 그렇기에 헌 수레의 요란한 소리를 많이 듣기 마련이다.

입으로 양기가 올랐다는 말은 늙어가면서 흔히 듣는 소리다. 걸을 힘도 없으면서 말은 한번 꺼내놓으면 끝도 없이 떠들어대는 것이 늙은이들의 속성 중의 하나이다.

어느 식당에 갔더니 이리 오시라며 친절히 안내를 했다. 조용하고 자그마한 뒷방이었다. 노인들이라 조용한 곳으로 모시는구나. 노인을 위하는 주인의 마음씨가 고마웠다. 식사를 마치고 나오면서 조용한 곳으로 모시는 마음이 고맙다고 했더니 의아한 눈빛으로 바라보았다. 주차장을 정리하는 사람에게 들어보니 노인들이 하도 떠들기 때문에 따로 뒷방에 모신다는 것이다. 마음껏 떠들도록 헌 수레를 한 곳에 모아 놓은

1940년 경남 합천출생. 진주사범. 동아대학교 교육대학원 교육학석사. 부산낙동초등학교 교감. 부산광역시교육청 장학사. 부산남부교육청 초등과장. 부산서부교육청 학무국장. 부산해강초등학교 교장. 2003년 정년퇴임. 2005 《창작수필》 수필등단.

것이다. 얼마나 시끄러웠으면 방을 따로 했겠나.

어찌했던 고마웠다. 그러나 한편으로는 섭섭한 생각이 들었다. 몇 년 전 해외여행을 할 때 흡연자와 비 흡연자를 분리하는 것을 보았다. 흡연자가 비행기 맨 뒷좌석에 모여 연기 속에 앉아있는 초라한 모습이 생각났다. 젊은이들은 뒷방에서 떠들어대는 노인들의 모습을 보고 어떻게 생각했을까.

귀뚜라미는 가을 저녁에 많이 운다. 낮에는 귀뚜라미 소리를 듣기가 어렵다. 하루일과를 끝내고 가을바람 시원한 창가에 앉으면 어느새 귀뚜라미가 울어댄다. 싫지 않다. 하루 종일 지친 몸과 흐트러진 마음을 가다듬어 준다.

여름이 장년이라면 낙엽 지는 가을은 노년이다. 나 또한 늦가을이기에 귀뚜라미 소리가 그립다. 귀뚜라미 소리는 애절하면서 처량하다. 어린 시절의 추억을 반추하게 한다.

그런데 여러 마리의 귀뚜라미가 함께 우는 소리를 들어본 적이 없다. 귀뚜라미는 자기가 울지 않을 땐 청각신경을 곤두세워 다른 소리를 잘 듣는다는 것이다. 다른 귀뚜라미 소리가 들리면 울지 않다가 소리가 들리지 않으면 자기가 운다. 창틈에서 울어대다가 저쪽 천장에서 귀뚜라미 소리가 나면 창틈 귀뚜라미는 뚝 그친다. 그러다가 다른 쪽이 그치면 기다렸다는 듯 처량하게 울어댄다. 귀뚜라미는 체면이 있다. 양보할 줄 안다. 얼마나 남의 이야기를 잘 듣는가.

그저께는 경로당에서 말싸움이 벌어졌다. 김 노인이 이야기판을 독점했다. 사위가 어제 왔는데 선물은 무엇이고, 그놈이 인사성이 있다니, 앞날이 촉망된다면서 떠들어댄다. 그래, 너 사위 잘 보았다며 강 노인이 나도 요즘 사위 덕을 톡톡히 본다면서 강하게 이야기를 시작한다. 두 노인 이야기가 뒤얽혀 난장판이 되었다. 듣고 있던 서 노인이 어디 사위 없는 사람 있나. 듣자 듣자하니 너무한다며 언성을 높인다. 잠깐 멈추더니 다시 쌍 나팔이 계속됐다.

늙었다는 증거이다. 늙으면 눈이 어두워지고 귀가 어두워진다고 한다. 귀가 어두우니 남의 소리는 듣지 않고 자기소리만 외치는 것 같다. 그러면 귀뚜라미처럼 귀를 곤두세워야할 것 아닌가. 그리고 헌 수레는 방향을 바꾸기가 어렵다. 바퀴의 베어링이 닳아서 말을 듣지 않는다. 마찬가지다. 늙은이는 의식이 굳어져 유연성을 잃은 지 오래다. 그뿐이 아니다. 말을 자제하려해도 되지 않는다. 언어제어기능이 떨어져 브레이커가 듣지 않는다. 그래서 남의 이야기는 듣지 않고 자기생각대로 고집을 부리니 요란할 수밖에 없다.

말 많은 노인은 만나기를 꺼린다. 상종할 사람이 못된다며 왕따를 당한다. 고대 이집트에서는 상대의 말을 잘 듣는 것을 지혜와 같은 의미로 사용했다한다. 이야기가 끝나기 전에 톡 튀어나와 이야기에 티를 넣는 사람은 교양이 없는 사람이다. 더구나 남의 이야기 중에 다른 이야기를 꺼내어 이야기의 초점을 흐리게 하는 사람은 무례한 사람이다. 말을 잘하기보다 잘 듣기가 어렵다고 했다.

그러면 나는 어떠한가. 듣기보다 말하기를 좋아한다. 오늘도 산에 갔다가 내려오면서 주막에 들렸다. 하산주로 목을 적시고 하루의 피로를 풀기 위해서다. 몇 순배 술잔이 돌고나면 말이 많아진다. 목소리가 점점 높아진다. 옆자리 사람들도 의식하지 않는다. 한번 이야기를 시작하면 다른 사람에게 말할 기회를 주지 않는다. 듣지도 않는 이야기를 혼자서 열을 낸다. 그러면 헌 수레 굴러가는 소리가 방을 가득 채운다. 자리에서 일어나 돌아올 때는 무슨 이야기를 했는지 나도 모른다. 이쯤 되면 '노인성언어통제무력증' 상태가 아닌가.

이런 나이지만 남과 이야기를 할 땐 귀뚜라미를 생각한다. 다른 귀뚜라미 소리가 그치도록 기다리는 귀뚜라미의 지혜가 오늘 따라 더 부럽다.

행복을 권하는 사람

이 창 규

책을 권하는 사람은 행복을 권하는 사람이다.

일반적으로 자기 행복은 자기가 빚어서 갖는 것이라고 생각하고 있다. 그러나 책을 권하는 일 만은 다른 사람이 행복을 빚어 주는 일이 되기에 더욱 값진 일이 아닐 수 없다.

책방에 산더미 같이 쌓인 책을 골라 읽어 내어야 오늘을 살아가는 현대인 일 수 있을 만큼 독서가 중요한 자리를 차지하고 있다.

현대인은 정보와 지식을 갖춘 폭 넓은 교양이 필요하다. 시대적 당위성으로 봐도 그렇다.

교양은 다른 방법보다는 책을 읽어서 섭취하는 것이 살아가는데 제

진주사범(1960). 창원대학교 대학원 졸업. 《아동문예》 천료(1978) 데뷔, 《문학공간》 수필문학상 등단. 한국문인협회. 국제펜한국본부 회원. 〈수향수필〉 동인, 〈공간수필가협회〉 동인. 경상남도 문화상, 예술인상, 한국아동문학상 수상. 한국교육자 대상, 경상남도 교육상 수상. 경남문협 이사, 창원문협 회장(역), 경남아동문학회장(현). 저서/ 동시집, 동화집, 수필집 『바람이 남긴 자리』 외 36권. 현 창원대 초빙교수로 출강.

일 좋은 방법이 된다.

그래서 책을 고르는 것은 삶을 선택하는 일이 라고도 한다. 그렇기 때문에 스스로 책을 골라 읽기 힘든 시점에서 책을 읽어 보고 권하는 사람은 그 사람에게 은인일 수도 있다. 때문에 책을 권할 줄 아는 사람이 되어야겠다. 고 생각한다. 요즈음은 초등학교 5, 6학년도 세계 명작을 읽어 내어야 하고, 또 읽고 있다는 것을 우리 성인들이 알아야 한다. 지금의 어른들이 어린이일 때와 오늘의 어린이는 사는 방법이 다르고 환경이 다르다고 보아야 한다. 어떤 책을 읽을 것이냐 하는 물음은 어떤 인생을 살 것이냐 하는 것과도 같은 것이기 때문이다.

모든 풀이 약초가 아니듯 모든 책이 마음의 양식이 아니요, 양서가 아니기에 좋은 책만이 마음의 싹을 가꾸어 주는 소중한 영양의 구실을 하고 있다는 사실도 알아야 한다.

오늘을 살아가는 사람들은 책을 가까이 하지 않으면 안 된다.

책 속에 길이 있고, 살아가는 방법이 있으며, 그 책속에 하는 일거리가 있다. 그 일에 따른 돈이 있으며, 내일이 있다. 그러기에 한 톨의 낟알을 손바닥 위에다 올려놓고, 천근의 무게를 느끼는 심정으로 독서에 대한 비중을 생각해야 할 것이다.

현대를 살아가는 데는 독서가 취미일 수만은 없다. 독서가 생활이요, 수단이며, 생활의 필수 요건이기에 더욱 그렇다.

자신을 알기 위해서는 독서를 해야 한다. 자신을 알아야 자기 자신을 사랑할 수 있고, 자기를 사랑하여야 다른 사람을 사랑할 수 있기 때문이다. 따라서 '성공' 은 성공의 열매 그 자체에 만족하기보다 그 과정을 즐거워하여야 하며 독서를 통해 성공할 수 있는 길을 찾을 수 있다고 기대

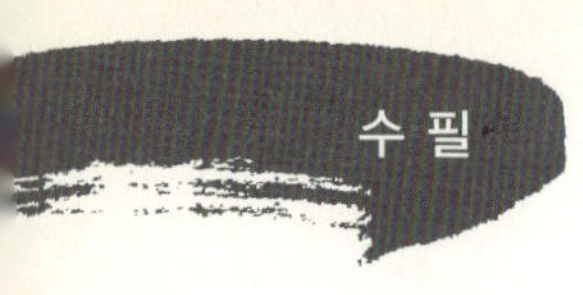

해 본다.

책을 권하고 읽는 것은 책이 우리 인간관계 속에서 속삭이는 일이며, 영혼이 그것에 대답하는 끊임없는 대화인 것이다. 이렇게 책은 인간의 일생과 영혼의 모습을 그대로 투영해 주고 있는 것이다. 그래서 인생을 한권의 책에 비유했는지 모른다.

책 읽는 시간이 제일 즐겁고 행복한 시간이 될 때 그만큼 보람 있는 일은 없을 것이다.

한 권의 책 속에 크게는 우주가 들어 있고, 작게는 동서고금의 역사가 있으며 개인의 과거 현재 미래가 있다. 그리고 성현의 지혜와 사상가의 말씀이 있으며, 철학자의 사색을 간접적으로 수용할 때 내 것이 되는 것이다.

이러한 책을 먼저 읽고 권해 주는 스승과 교수님이 있으며, 친구도 있고 선배님이 있을 때 그 사람이 행복한 사람이리라 생각 해 본다.

지리산 봉우리를 보게

정 목 일

  벗이여, 마음이 답답하면 지리산 봉우리들을 보러가게. 구불구불 S형으로 가파르게 돌아 오른 지리산 오도재(悟道峙)를 지나, '지리산 제일문(智異山 第一門)'에 올라 보게. 오도재(773m)는 삼봉산과 법화산이 만나는 지리산 관문의 마지막 쉼터이다. 남해, 하동 등지의 소금과 해산물이 이 고개를 지나 전라북도, 경상북도, 충청도 지방으로 운송된 육상교역로였다. 나는 이곳에 온 게 세 번째다. 함양의 수필가 ㄱ 씨와 함께 갔다.

  '지리산 제일문' 앞쪽이 함양 휴천면이고, 뒤쪽은 함양 마천면이다. 첩첩한 산 능선들과 그 아래 산마을과 밭, 고개와 나무들을 보게. 여기서 마천 쪽으로 십분 가량 가면 '지득정(智得亭)'이란 지리산 전망대에 닿는다. 지리산 봉우리들을 바라보는 데 안성맞춤의 자리다. 천왕봉에

경남 진주 출생. 진주고 졸. '75년 《월간문학》 수필 당선. '76년 《현대문학》 수필 천료. 경남문인협회장. 한국문협 수필분과회장. 한국수필가협회 이사장(현). 창신대 문예창작과 겸임교수(현). 수필집 『남강부근의 겨울나무』, 『별이되어 풀꽃이 되어』, 『만나면서 떠나면서』) 등 다수. 경상남도문화상. 수필문학대상('93). 현대수필문학상('95). 한국문학상('07) 제2회 조경희수필문학상('09) 등 수상.

서 반야봉까지 27km의 준령을 한 눈에 볼 수 있는 곳이다.

하늘 높이 병풍을 두른 듯한 지리산 연봉을 만나게. 영원의 모습을 바라보게나. 하봉, 중봉, 천왕봉, 제석봉, 장터목, 연화봉, 촛대봉을 보게나. 여기서 보면 장엄하거나 웅대하지 않다. 기묘하거나 절경도 아니다. 연필을 들고 하늘을 배경으로 지리산 연봉들을 선으로 그어보게. 한 없이 온화하고 자비롭네. 오르락내리락 뻗어나간 지리산 연봉들을 연필 선으로 그어가는 동안, 영원과 가슴을 맞대고 있음을 알게 되네. 마음이 편안해지고 그윽해진다.

왼쪽에서 오른쪽으로 눈길을 보낸다. 세석고원, 영신봉, 칠선봉, 덕평봉, 형제봉, 반야봉이 차례대로 솟아있다. 산봉우리들이 오순도순 하늘 속에서 짓는 표정을 좀 보게. 반쯤 눈을 뜨고 명상에 잠긴 모습을 보게나.

산 좀 보게나. 무수한 첩첩의 산봉우리들-. 온유한 곡선들로 영원 속에 구비치는 가락을 들어보게. 그리움이 짙어지면 바위, 고개 하나에도 전설이 서리게 되지만, 지리산 연봉들은 만년 명상 끝에 피운 깨달음의 꽃들이네. 침묵 속에 피어난 적멸(寂滅)의 꽃이 향기롭네. 지리산 봉우리들을 한 자리에서 대면하는 건 여간 황홀한 일이 아닐세. 차 한 잔을 들고서 오래도록 산봉우리들과 대화를 나눌 수 있는 것만으로도 좋지 않은가.

가슴을 펴고 바람을 만나게. 형체도 없으나 마음속까지 촉감을 전해주는 바람의 말을 들어보게. 지리산 천왕봉에서 바람에 띄워 보낸 산 내음은 중봉과 하봉을 건너 골짜기와 골짜기들을 따라 여기까지 온 것이네. 계곡의 물소리를 듣게. 산이 높을수록 계곡도 깊고 물소리도 콸콸 크게 들리네. 말 없는 청산의 소리를 듣게.

영원이란 형체도 없지만, 산은 언제나 그 자리에서 있지 않은가. 산은 움직이지 않지만, 강의 발원지(發源地)이다. 만년 침묵 속에서 하나의 길을 얻고, 출발선이 생겨난다. 물은 산으로부터 멀리 떨어질수록 큰 강이 되고, 마침내 바다와 만난다. 영원으로 가려면 마음에 걸림도 거리낌도 없어야 한다. 한 방울씩의 빗방울들이 먼저 닿는 곳이 산이네.

강물은 생명의 어머니, 문화와 역사를 만든 바탕이 아닌가. 물 한 방울씩이 모여 이루는 세상을 보게. 잎 새 하나씩이 모여 만드는 세상을 보게. 산봉우리들은 꿈쩍도 하지 않지만, 세상과 소통하고 있네. 모두가 함께 닿아 영원을 이루고 있어.

꽃 피고 지는 산을 보게. 사람이 없어도 꽃을 피우고, 꽃잎 띄워 흐르는 계곡의 물소리를 듣게. 이 순간, 이곳이 아니면 만날 수 없는 빛깔, 모습, 숨소리를-. 연봉을 거쳐 오는 바람결이 어떤가. 새움에서 피어난 초록을 보게. 가슴속에 산봉우리를 품게. 영원의 숨결, 표정을 안아보게나.

벗이여, 외로우면 지리산 산봉우리들을 보러가게.

어머님의 주민등록증 사진

정 태 범

　나는 지갑에 어머님 사진을 늘 넣고 다닌다. 지갑을 꺼내서 펼 때마다 나는 어머님 사진을 본다. 그 지갑에는 각종 카드와 돈이 들어 있다. 외출에서 전철을 타거나 돈을 지불 할 때 지갑을 연다. 그럴 때마다 지갑에 있는 어머님 사진을 본다. 아니 어머님이 나를 보고 계신다.

　그 사진은 주민득록증 사진이다. 다른 사진도 있지만 나는 그 사진이 마지막 모습이기 때문에 그 사진에 특별한 의미를 둔다. 그래서 돌아가시고 난 후에 주민등록증 사진을 갖고 싶었다. 그런데 주민등록증 사진을 형님이 보관하겠다고 하셔서 조카를 시켜 그것을 카피하여 달라고 하였다. 주민증의 사진을 카피하였기 때문에 조금은 희미하다. 그래도 희미하게 비치는 어머님의 영상이 더욱 그립게 다가온다.

　나는 더러 고향을 간다. 집안의 일이 있으면 가고 무슨 행가가 있으

경남 산청 출생. 진주고, 서울대학교 사범대학, 동대학원 졸업. 미국 플로리다 주립대학교 철학박사, 충남대학교 부교수, 문교부 편수국장 및 한국교원대학교 학장 및 대학원장 교수부장 역임. 저서로는 『학교경영론 장학론』 외 12권이 있음. 수상집 『북은 힘으로 치지 않는다』로 문학마을에 등단. 현재 한국교원대 명예교수.

면 간다. 고향 산천은 높은 두 산맥이 남북으로 뻗어 있고 두 산맥 사이에 덕천강이 흐르고 강 언저리에 들판이 형성되어 있다.

강의 마을 쪽 언덕에는 백여년 묵은 팽나무가 줄 지어 서 있고 강의 양 편 언덕 넘어 들판이 있다. 버스는 동쪽 들판 산 아래를 지난다. 버스에 내리면 들판 건너편 마을이 높은 산기슭 아래에 줄 지어 늘어선 나무 사이로 그림처럼 나타난다. 지금은 마을 아래 강에 다리가 놓여 승용차가 집에까지 들어가지만 내 학창시절에는 마을 앞에 돌 징검다리가 놓여져 있었다. 나는 그 징검다리를 딛고 집에 가곤하였다.

나는 내가 살던 마을을 보면 어머님의 영상이 떠오른다. 산기슭에도 들판에도 강물에도 어머님의 영상이 살아난다. 어머님의 그 모진 시집살이를 견디어낸 현장이기 때문이다.

나는 고향과 어머님은 항상 겹쳐서 나타난다. 고향 따로 있고 어머님 따로 있는 것이 아니고 고향 생각하면 어머님이 그곳에 계시고 어머님 생각하면 그곳에 고향이 있다. 그래서 어머님이 없는 고향은 생각할 수도 없다.

우리 집 앞에는 논에 물 대기 위한 봇도랑의 물이 흐른다. 어느 때 학교 갔다 오다가 징검다리 건너 강 언덕을 올라 봇도랑 물에 무엇을 씻고 계신 어머님을 보고 고함을 지르고 싶었다.

"엄마!"

그래도 할아버지가 겁이 나서 참은 적이 한두 번이 아니다.

고향의 들판, 강물, 산기슭은 어머님의 영상이 자리한 곳이다. 어머님은 들판의 논에서 산 기슭의 밭에서 일 하셨고 강물에 빨래 하셨다. 논도 밭도 산도 많아서 일이 많았다. 마을과 들판과 산기슭과 강물에는 어머님의 흔적이 없는 곳이 없다. 더러는 논밭이 많아 고생하신 그 모진 시집살이를 생각하고 눈시울을 적신다.

우리 집은 마을에서도 외따로 있었다. 마을 친구를 만나려면 조금 걸어야 하는 거리에 있었다. 내 어릴 때 친구에게 가기 어려우면 나는 밭두렁의 어머님에게 달려가곤 하였다. 어머님은 일하시고 나는 어머님 옆에서 장난을 치며 놀았다.

할아버지가 어머님 옆에서 노는 나를 보는 날이면 어김없이 어머님은 야단을 맞으신다. 나는 어머님이 할아버지로부터 야단을 맞고 부엌에서 눈물을 훔치는 경우를 여러 번 보았다. 나 때문에 그런 경우도 있었고 어머님의 바쁜 농사 일 때문에 그런 경우도 있었다.

그럴 때 나는 할아버지 할머님도 모르게 몰래 부엌에 계신 어머님에게 다가간다. 그럴 때 흐느끼던 어머님은 눈물을 닦고 나를 가슴에 품고 말씀 하신다.

"네가 있어 내가 산다."

이는 어머님의 절규였다. 소리 내어 울지 못하고 흐느끼는 어머님 옆에서 나도 따라 울었다. 배가 아프거나 머리가 아플 때 엄마 손은 약손이었지만 나는 엄마의 사는 기쁨이었고 보람이었다. 엄마가 밭에서 일할 때 나는 할아버지 몰래 엄마에게 달려간다. 땀으로 얼룩진 엄마에게 달려가면 흙손으로 나를 안는다.

"아이구 내 새끼!"

나는 엄마 새끼 되기를 좋아하였다.

나는 고향에 가면 그 엄하고 겁나는 할아버지, 고생하신 어머님, 그 영상으로 눈시울을 적신다.

나는 카드를 쓰거나 돈을 쓰려고 할 때 지갑을 꺼낸다. 지갑을 열면 어머님 영상이 나타난다. 지갑 안에 사진으로 계신 어머님이 고향 산천, 할아버지와 겹쳐져서 내 삶을 바르게 인도한다. (2009 5 30)

강물을 만지다

정 혜 옥

  강에 닿았다.

  강둑에서 강까지의 거리는 200미터 정도, 나는 빠르게 강을 향해 걸어갔다. 둑 너머에서 불고 있던 바람도 나와 함께 강으로 갔다. 나를 따라 온 바람이 작은 물살을 일으킨다. 이곳은 남강 하류, 강 건너 월아산도 보이고 촌락도 보인다.

  강물 곁에 앉았다. 강에게 손을 내밀었다. 손끝에 물이 닿고, 마침내 나는 강물과 손을 잡았다. 물을 만져 본다. 부드럽고 서늘하다. 명주 수건 한 끝을 손에 쥔 것 같기도 하고 매화 꽃 한 판을 어루만진 것 같기도 하다.

  손을 들어 올린다. 물은 없고 빈주먹만 남는다. 다시 강에게 손을 내밀고 물을 만지고, 물은 또 빠져나가고, 이 일을 일곱 번이나 되풀이하

진주여고, 부산사대 미술과 졸업. 포항, 김천여중고, 대구 제일여중고 교사. 개천예술제 시 장원('54) 〈운석〉, 〈시 영토〉, 〈표현〉 동인. 《수필문학》에 "작은 꽃" 발표. 『대숲에는 바람소리가』, 『이 세상 한 가운데 서 있는 나무』, 『강물을 만지다』등 수필집 다수. 개천예술상, 현대수필문학상, 대구광역시 문화상 등 수상. 한국수필문학진흥회 이사, 대구문인협회 부지회장, 대구카톨릭문학회 여성문학회 회장, 대구수필가협회 회장 역임.

였다. 아이가 놀이를 하듯이 하였다. 나는 왜 이 짓을 하고 싶어 했을까.

어린 시절, 강가에서 살았다. 남강 둑 밑에 집이 있었다. 강은 물소리를 내지 않는 대신 언제나 바람을 거느리고 있었다. 강 건너 대숲에서 불고 있던 바람의 소요, 바람이 강을 건너오면 모래사장에는 자주 회오리가 일었다. 강둑을 휘덮고 있던 시퍼런 풀들도 몸을 흔들어대었다. 나의 머리카락도 바람에 나부꼈다.

먼 곳에서 물이 흘러오고 또 흘러가고, 강변의 작은 바위와 나풀거리던 풀꽃들, 강가에서 올려다 본 낮달과 강기슭에 매어 있는 빈 배의 흔들림, 나는 그때 이런 것들에 한없이 반해 있었다.

"강물 귀신이 붙었나, 눈만 뜨면 강에 가서 논다."

어른들은 이런 말을 내게 자주 하시었다.

남강을 떠났다. 사십 년 동안 강을 잊고 살았다. 삶의 계획, 삶의 성취, 삶의 자신만만함, 바쁘고 분주하였다. 옛 기억에 매달린 시간도, 또 그것들을 만나보고 싶은 욕망도 없었다. 새로 얽힌 인연들이 꽃무리처럼 나를 둘러싸고 있었다.

지난 가을, 열흘간 병원에 입원을 하였다. 수술실에 들어갈 때, 많은 얼굴이 눈 앞을 스치고 지나갔다. 자식들의 얼굴이었다. 혈육들의 환영은 회한의 끈을 풀었다 놓았다 하며 수술실 안에까지 따라 들어왔다.그리고 깊이를 알 수 없는 잠에 나는 깊이 빠져 들었다.

다시 잠에서 깨어나고, 그때 돌아오는 의식 속에서 어떤 형체들이 언뜻언뜻 스치고 있었다. 차츰 선명해졌다. 그것은 나의 집도 가족의 얼굴도 아니었다. 이 세상에서 얽히고 설킨 사건들은 더욱 아니었다.

산과 들과 강이었다. 유년의 들과 강 같았다. 이불 한 자락이 몸에 감기는 것처럼 따뜻한 느낌이 몰려왔다. 죽음에 대한 공포, 수명에 대한 갈망으로 떨고 있는 시간에 어린 날의 기억들이 나의 의식 속으로 왜 들어왔을까. 강가에 있는 아이가 나타나고 , 물소리 바람소리도 들렸던 것 같다. 빼빼하게 야윈 소녀와 강물과 바람, 문득 깨닫는다. 마르고 볼품 없는 아이가 바로 나였던 것을, 그때 내 주위에는 언제나 강물과 바람이 둘러싸고 있었던 것을, 마침내 깨달았다.

병실에 사람들이 다녀갔다. 그들은 우리가 감당하고 있는 삶의 환희와 삶의 고통을 많이 이야기하였다. 그리고 희망도.

혼자 병실에 남겨졌다. 도시의 불빛이 보였다. 불을 밝힌 집들의 창문과 집을 향해 달려가는 자동차의 불빛들, 그러나 따뜻한 빛들은 나와는 아무 관계가 없는 것 같았다. 나 혼자만 깊은 병고 속에 남겨질 것 같았다. 갑자기 외로움과 두려움이 밀려왔다.

절대적인 고독감과 절망이었다. 견디기 어려웠다. 이런 기분을 떨쳐버리기 위해 창문의 커튼을 닫기도 하고 병실의 흰 벽에 기대어 눈을 감아 보기도 하였다. 지난날의 즐거웠던 추억들도 생각하였다.

이십대의 열정과 용기, 삼십대의 성취, 사십대의 풍요로움을 떠올렸다. 그리고 오십대의 바람과 같은 자유로움도. 그러나 삶의 마디마디에 끼어있던 아픔의 흔적이 더 많이 솟아올랐다.

어린 시절로 다시 거슬러 올라갔다. 수술 후, 잠에서 깨어나던 순간에 떠오르던 강과 들을 찾아내었다. 갑자기 따뜻하고 충일한 기쁨이 나를 감싼다. 옛집과 강으로 가는 길과 강물의 흐름 등이 차례로 다가온다. 강가에서 맞이하던 봄날, 그 나른한 느낌이며 봄의 아지랑이 속에 발목을 파묻던 게으른 날의 기억도 생각난다. 다시 한 번 눈물겨운 희열이 나를 둘러싼다.

아, 그것들이 나의 완벽한 행복의 원인이었을까. 아무리 세월이 가도 그때의 인식은 절대로 마멸되지 않고 내면 깊숙이 숨어 있었던 것일까. 내가 깊은 잠에서 깨어나던 혼미의 시간에, 혼자 떨고 있는 두려움의 시간에, 그것들은 돛단배처럼 달려와 나를 위로하고 있는 것일까. 나의 절망과 어둠을 쳐부수고 있는 것일까.

나는 결심을 하였다. 삶의 병고와 아픔과 모순을 몰랐던 시절에 누렸던 기쁨을 찾아가 보자. 흐르는 강물을 따라 뜀박질을 하던 순수한 날들의 흔적 속으로 한 번 돌아가 보자. 이런 생각을 하였다.

오늘 나는 그 일을 하고 있다. 고향의 산과 들을 걸어 남강까지 왔다. 오후의 햇살을 받은 강이 금빛으로 반짝이며 발밑에 있다. 가을날의 오후는 짧다. 나는 짧음의 의미를 희석시키듯 강물의 끝을 오래 바라본다. 그리고 강물을 만진다. 손끝을 타고 전해 온 물의 감촉이 심장 가까이 닿는다. 손으로 물을 움켜쥔다. 주먹 안에 갇혀있던 물이 순식간에 빠져나간다. 새 물이 흘러오고 다시 물을 붙잡고 또 달아나고, 지금 강물과 나는 달아나고 붙들고 하는 싸움을 하고 있는 것이 아니고 서로 희롱을 하고 있다. 장난질을 하며 서로 위로받고 있는 것이었다. 철없던 날의 그때처럼.

나는 오늘, 오후의 남강 가에서 낮달도 보고 강의 우수도 보고 강물 귀신이 몸에 붙어 있다고 하시던 할머니의 목소리도 듣는다. 내가 강으로 던진 조약돌과 그 돌들이 강물 속으로 영원히 몸을 감추며 질러대던 소리를 생각한다. 흐르는 강물 따라 남실남실 가버린 명주 수건도 떠올린다. 나의 손끝에서 풀려난 명주 수건처럼 지난날의 기쁨도 그렇게 가버린 것일까.

서쪽에서 어둠이 오고 있다. 나는 다시 한 번 위로를 받고 싶어 피폐해진 손을 남강 물속으로 깊숙이 넣었다

할머님의 묘비명 (墓碑銘)

한 영 탁

　윤년(閏年)이 드는 그러께 윤달에 할머님 묘소에 상석을 놓고 묘비를
세우기로 마음먹었다. 1983년에 할머님이 돌아가셨을 때, 묘소를 마을
뒷산 선영 한 자락에 모셨다. 평소 선친이 마음속에 잡아둔 곳으로 새
로 지관(地官)을 불러 풍수지리를 알아보지는 않았다. 그러나 할머님이
평생 사시던 우리 집과 마을이 바로 눈앞에 내려다보이는 곳이어서 좋
은 묘터라고 생각했다. 나를 길러준 강, 오십천(五十川)의 옛 강구다리〈
江口橋〉와 그 너머 포구와 바다가 한눈에 들어오는 아늑한 곳이다.

　그러나 할머님의 상을 당했을 때, 아버지께서도 와병 중이어서 상석
이며 묘비를 갖추는 일 등을 제대로 손쓰지 못하시다가 당신도 얼마 후
뒤따라 돌아가셨다. 그 후 고향을 찾거나 시제(時祭) 때마다 할머님 묘
역을 새로 단장하고 묘비를 세워야겠다고 생각하면서도 그럭저럭 스무

부산 동아고. 동국대 영문과. 서울대 신문방송대학원 졸업. 조선일보 기자, 세계
일보 편집부국장, 논설위원. 한양대 교수 역임. 〈한대림〉 동인('56). '학원' 문학
상 수상(소설. 시). 《에세이21》 통해 수필가 등단. 역서 『주은래』, 『등소평』, 『삶
과 문학의 길목』, 『바다 한가운데서』 등 다수 현 '바른 사회 시민회의' 고문. 영
덕신문 사장

해 넘는 세월을 흘러 보내기만 했다. 그런 가운데 은연중 하나의 죄의식이 되어버린 숙제를 올 윤년에는 꼭 풀겠다고 마음먹은 것이 바로 재작년의 윤달이 드는 구월이었다. 때마침 여름 내 번역한 책의 고료가 들어와서 돈은 마련되었다.

청상으로 수절하신 할머님은 생시에 근동 사람들로부터 '열녀'라고 칭송 받아오셨다. 여러 곳의 향교나 유림단체로부터 열녀 표창도 수없이 받으셨다. 그러나 그런 표창을 받으러 가시기를 언제나 사양하셨다. 선친이나 어머니가 대신 다녀오셔야 했다. 동네 사람들 집에 경사가 있어도 박복한 당신 같은 사람이 낄 자리가 아니라고 가시기를 마다하시는 깔끔한 분이셨다. 그처럼 겸양의 미덕을 실천하시는 할머님의 바깥 출입은 극히 한정돼 있었다. 언제나 집안과 논밭을 오가며 농사일을 거드는 것이 거의 전부였다. 그래도 간혹 고장의 풍어제 별신굿이 열리는 때면 며칠 굿 구경을 하러 가시는 것은 무척 즐기셨다. 내가 어릴 적부터 서천서역국(西天西域國)에 약초를 구하러 간 바리대기 설화를 알게 된 것도 할머님이 굿판에서 들은 이야기를 통해서였다.

할머니한테서는 자식도 낳지 못한 채 홀몸으로 나이든 마나님들한테서 흔히 볼 수 있는, 사람을 가까이하기 어렵게 하는 태깔이나 히스테릭한 면모는 찾아볼 수 없었다. 스물여섯이나 되는 시집 조카들을 내 자식처럼 아껴 주셨다. 그들 하나, 하나의 생일을 모두 기억할 정도로.

해방이 되기 직전 어느 해 겨울, 누가 우리 집 곳간 문을 뜯고 쌀을 좀 퍼간 일이 있었다고 한다. 도둑이 골목길에 쌀을 흘리고 갔던 모양이었다. 아홉 남매를 거느리고 어렵게 사는 이웃집의 마당까지 쌀알이 떨어져 있었다. 이른 새벽에 일어나서 그 걸 발견한 할머님은 얼른 빗자루를 찾아 들고 나가서 그 흔적을 쓸어버렸다. 이웃이나 동네 사람들이 알기 전에 아무 일도 없었던 상태로 만든 것이다. 오랜 세월이 지난 뒤 어머니로부터 들은 얘기이다.

　할머님의 묘역을 손보기로 작정하고 나니 묘비명을 어떻게 할 것인지가 문제였다. 한 참 고민하다가 내가 직접 글을 짓기로 마음먹었다. 예전 같으면 으레 유학(留學)에 밝고 글 잘하는 문장가를 청해서 고인의 일생과 행적은 말할 것 없고 선대, 자손 관계 등을 만연체(蔓衍體)의 웅혼(雄渾)한 한문(漢文) 문장으로 묘비명을 마련하는 것을 가문의 영광으로 삼곤 했다. 그런 묘비명엔 흔히 고인의 인품이나 행적이 최상급의 찬사로 미화되는가 하면 해박한 동서의 고사(古事)가 줄줄이 인용되고 비유되기도 했다.

　그런 묘비명은 너무 어려운 문장으로 쓰여 져 있기 마련이다. 그래서 평소에 할머님이 흔히 당신은 잘 모른다 시던 진서(眞書), 다시 말해 한문에 통달하지 않고서는 뜻을 짐작하기도 어려울 경우가 많다.
　하지만 나는 그런 유식을 자랑하는 한문 묘비명을 세우고 싶지 않았다. 나에게도 그러한 묘비명을 지어 받을 만한 분이 없진 않다. 그러나 더 많은 사람들이 쉽게 읽고 뜻을 알 수 있는 요즘 우리말 묘비명을 쓰고 싶었다. 바로 한글세대의 묘비명을 쓰고 싶었다. 그래서 자신이 누구보다 더 잘 알고 더 깊이 존경하는 할머님의 묘비명을 이렇게 써 보았다.

　'이곳에 잠드신 열녀(烈女) 김순남(金順南) 할머님은 1892년 음력 2월 28일 축산면 염장리에서 안동(安東) 김(金)씨 승한(昇漢)님의 따님으로 태어나서 강구면 오포리의 청주(淸州) 한(韓)씨 종호(鍾昊)님의 둘째 아들 규철(圭哲)님에게 출가하시었다. 애석하게도 25세에 청상(靑孀)의 처지가 되셨으나, 그 뒤 근 70년에 이르는 기나 긴 세월을 정결(貞潔)히

수절(守節)하시며 세인(世人)의 공경과 우러름을 받으시고 사시다가 1983년 음력 8월 12일 92세를 일기로 작고(作故)하시었다.

비록 시동생 규범(圭範)님의 맏 아드님 경진(炅鎭)님을 양자로 삼아 극진한 효도를 받으셨으나, 한 시대의 여자로서 지켜야할 도리를 다하며 숙명의 한 평생을 홀로 고결(高潔)하게 보내신 그 인고(忍苦)의 아픔을 어느 누가 모두 알았다고 할 수 있으랴!

그러나 김순남 할머님은 부처님으로부터 받으신 청정심(淸正心)이란 보살계(菩薩戒)의 계명(戒名) 그대로 항시 맑고 깨끗하고 올곧은 성품으로 사시면서 가족과 주위 사람들 모두에게 크나 큰 사랑과 자비를 심어 주고 가시었다. 할머님, 당신의 큰 사랑을 가슴 깊이 새기고 있는 손자가 당신의 자애로운 발자취를 기리면서 명복(冥福)을 비오며 작으나마 이 비(碑)를 세웁니다.'

이 묘비명을 평소에 잘 알고 지내는 여류서예가 월정(月亭) 하경희(河璟姬) 님의 휘호(揮毫)로 받아 새까만 오석(烏石) 와비(臥碑)에 새겨 고향 뒷산 할머님 묘역에 세우고 나니, 동해 바다가 그 드넓은 품을 벌려 안아 주는 듯했다.

월 급 날

함 순 자

아침이면 서둘러 출근하고 저녁이면 퇴근하는 일상이 갑자기 정지되었을 때 허탈해 하는 남편을 마주 보기가 힘들었다. 자고새고 집안에서 부닥치며 지내는 것도 하루 이틀이지 언제까지 이러고 지내야 하는지 끝이 보이지 않는 이 불편함을 이겨 내야겠는데 막막했다.

모든 것 내려놓고 편안한 마음으로 늦잠 한 번 실컷 자 봤으면 하던 소원도 길어야 한나절이었다. 그토록 훌훌 털고 떠나고 싶다던 여행도 한 달이면 지루하고 고달프기만 했다. 때맞춰 밖은 한창 봄인데 우리 집은 겨울을 벗어나지 못하고 있었다.

밤늦은 시간까지 불이 켜진 남편의 방이 조용해도 걱정이고 책장 넘기는 소리가 들려도 가슴이 저렸다. 한숨 소리라도 새어나오는가 엿듣는 버릇도 생겼다. 한 가지 일밖에 모르는 외길을 살아온 사람한테 어

동아대학교 졸업. 《에세이21》로 등단. 공무원으로 20년 근무. 아름다운 선교회(크리스천 공직자 부인들의 선교단체) 회장 역임. 에세이21 기획위원. 산영수필문학회, 한국기독교작가협회, 남강문우회 회원. 저서 산문집 『편지에 채워진 행복 이야기』. 공저 수필집 『바다로 가는 자전거』 등.

떤 위로의 말을 하면 힘이 될 수 있을지 내게는 풀 수 없는 숙제였다.

무엇보다 일이 없는 남자들은, 지갑이 비면 기(氣)가 죽고 지갑이 두둑해야 기가 산다는 말을 많이 들었다. 얼마큼의 용돈이면 체면 유지가 될 수 있을 것인지 전에는 생각해보지도 않았던 무거운 짐이 가슴을 눌렀다. 지금까지 내게 주기만 했지 달라고 한 적은 없었는데 쉬고 있는 처지에 아내에게 손 내밀기가 얼마나 자존심이 상하겠는가.

지금껏 나는 월급을 봉투째 독차지하고 출납은 내 권한이었다. 누구의 간섭도 받지 않고 내 생각대로 해 왔다. 현직에 있을 때나 쉬고 있는 지금이나 많고 적음의 차이는 있지만 매월 일정액이 들어온다. 다만 그때는 월급이고 지금은 연금이라는 명목만 다를 뿐이다.

연금이 들어오는 통장을 남편이 관리하도록 하고 싶었다. 그것만이 내가 할 수 있는 최선의 배려였다. 가족을 부양한다는 자부심과 소득이 있음을 확인 시켜줌으로써 쉬고 있다는 압박감에서 조금은 풀려날 것이라는 기대를 하며 통장을 남편 손에 넘겼다.

나의 전략은 성공이었다. 남편은 차츰 뜻이 맞는 친구들과 어울려 운동도 하고 집안에 필요한 것은 나와 같이 다니며 이것저것 사는 것에 재미를 붙이기 시작했다. 25일이 되면 "월급날인데 외식하면 좋겠네요?" 하고 말을 건네면 좋은 기분으로 받아 주었다. 남편은 나에게 베풀어서 좋고 나는 대접받으니 좋았다.

평정을 찾은 얼굴이 환하게 밝아져 갔다. 염려했던 힘든 굽이를 잘 넘긴 것 같아서 마음속으로 박수를 쳤다. 새로운 일을 계획하느라 분주하고 걸음도 활기차 보였다. 가끔은 내가 보고 싶어 하는 책도 사다 주고 집에 있는 시간 보다 밖에 나가는 시간이 많아졌다. 일에 시달리며 고단했던 모습보다 지금이 아주 보기 좋다는 말도 자주 들려주었다.

80년대까지는 봉급을 현금이 들어 있는 봉투로 받았다. 매달 20일 저녁이면 내 손에 쥐어 주는 노란 봉투를 가볍게 한 손으로 받은 기억이 없다. 그것은 우리 식구가 한 달을 살아야 하는 생명 같은 급료였다. 늦은 시간까지 크고 작은 일에 묻혀서 고되게 일한 대가였고 아랫사람이나 윗사람과의 인간관계에서 오는 어려움들, 경쟁사회에서 겪는 승진에 대한 초조함, 일에 대한 스트레스, 이 모든 것이 봉투 안에 고스란히 담겨져 내 손에 들어올 때 그의 고달픔을 감싸듯이 봉투를 두 손으로 받아 가슴에 안았다. 그러기에 받을 때마다 미안하고 감사하고 고마운 마음을 한 마디로 묶어 "한 달 동안 잘 쓸게요." 하고 말하는 것이 내 마음을 다한 표시였다. 내 말에 늘 돌아오는 대답은 "적어서 미안해."였다. 그런 남편은 월급에서 한 푼도 축을 낸 적 없이 내 손에 쥐어 주는 모범가장이었다. 받아 든 월급봉투를 베개 밑에 넣고 하루밤을 자고 나면 지폐가 다림질한 것처럼 차분해졌다. 그것은 월급에 대한 내 경의의 표시였다.

80년 중반부터였을까, 공무원에게 일 년이면 네다섯 번 상여금이 주어졌다. 두툼한 봉투를 받아 들고 만기된 적금을 탄 것 같다고 했을 때 없는 셈치고 옷도 사 입고 구두도 사라고 하는 남편의 말에, 없는 셈치고 저축하자고 대답했던 기억이 새롭다.

지급 방식이 바뀌어 월급이 은행 통장으로 들어오게 되면서 20일이면 주고받던 따뜻한 대화는 줄어졌지만, 상여금을 받음으로써 조금씩 저축하는 여유가 생겼다. 또한 작은 것을 계획하는 기쁨도 있었다.

30년 넘게 누려왔던 경제권이 끊겨 이제는 빈손의 주부가 된 줄 알았는데, 필요한 만큼의 수입이 정해진 날에 어김없이 들어온다. 우리 아이들이 의논이라도 했는지 광야에 내렸던 만나가 일용할 양식이 되었던 것처럼 매월 내 통장을 채워 놓는 것이다.

그동안 형편에 맞게 살다 보니 내 손은 늘 여리고 약했다. 그런 내 손끝에서 부서지지 않고 곱게 자라 준 것만으로도 고마운 우리 아이들, 가르쳐 주지도 않았건만 욕심 없이 넘치지도 모자라지도 않게 가정을 이

끌어 가는 모습이 아름답다. "어머니께 보답은 못 하지만 사랑의 표시만은 할 수 있어서……."라고 하는 아이들의 정성에, 남편한테서 월급을 받던 그 날처럼 고마움과 감사를 담은 넉넉한 마음으로 지금을 살아간다.

※만나 (manna): 이스라엘 민족이 광야에서 배고플 때 하느님께서 내리는 양식.

딸이 없어서

홍 성 실

새벽을 쫓은 물방울들이 눈앞에 턱-버티고 가로등마저 잠이 모자란 듯 금강공원, 띄엄띄엄치 오륙도 같이 나무사이로 한 줄기 맑은 공기가 뇌리를 파고 들어 내가 살아 있음을 인식케 한다.

눈뜬 현실에서 안개 때문에 산이 보이지 않고 눈감은 상상의 세상에 서시공을 초월하여 무한의 나라가 펼쳐져 그냥 즐겁기만 하는 아침등산 길등에는 땀에 젖어도 마음은 밑바탕부터 시원해진다.

귀가 길에 목욕탕을 들러 오는 것이 거의 하루 일과처럼 되어버린 이곳은 5-60년대만 하더라도 온천장 산다면 그래도 얼굴 한 번 더 보곤 하던 그 시절의 옛 명성은 어디로 가버렸는지.

그때는 서면에서 전차를 타면 왕복에 5원. 전차 표 두 장을 받아 온천 목욕을 할 시는 삶에 추억이 서린 곳이다. 시내에서 또는 멀리 시골

경남 사천 출생. 진주고등학교, 부산대학교 무역학부 졸업, 고등학교 교사, 교감, 교장 재직(37년).
1999년 ≪문예시대≫로 수필 등단.

에서 마음먹고 목욕 한답시고 친구끼리 또는 아들 손잡고 어느 분은 손
자 데리고 온천장을 찾는 것이 무슨 행사처럼 인식 되든 어느 날. 시골
할아버지가 오랜만에 손자를 데리고 목욕을 오셨는데 띄엄띄엄 때가 떠
있는 공중탕의 물을 손자 곁에서 "애야 좀 먹어라, 약수다, 약수다." 하
고 근엄하게 강요 한 것은 분명 건강을 생각하신 말씀 일 테니.

탕 주인은 손님을 좀더 편하고 안락하게 하여 드릴 이양으로 탕 안에
둥둥 뜬 때를 매미채로 걷어내면서 물을 관리 하던 그 시절,

그때는 생활상은 궁핍하였으나 인정이 넘치고 이 땅의 산천은 대부
분 자연 상태 그대로 살아 숨 쉬고 있었다.

아이들이 아기 일적에는 그저 방바닥에서 대야로 목욕을 시킬 때는
물방울이 튀어도 귀여움의 사랑이 방안을 가득 메운 엄마의 넉넉한 모
정의 훈훈함은 우리 가정의 뿌리가 아니었을까?

아이들이 중 고등학교를 다닐 적엔 한 주일간을 열심히 뛰다 보면 한
가한 일요일이 된다. 아침이 끝나면 나의 몫인 아이 셋을 다리고 공중목
욕탕을 간다. 아이 셋은 목욕 할 생각을 않고 그저 물장난으로 시간을
보낸다.

혼자서 세 놈의 때를 밀고 나면 나는 파나물이 되었으나 지금 생각하
면 후에 되돌려 받을 수 있는 것임으로 그때의 피로함은 잊고 산다.

이젠 뒤돌아보아도 시대 따라 나라 따라 각양각색이지만 고대 로마
시대 대형 카라칼라 목욕탕, 문지방이 없이 샤워 잘못하면 물이 방 안으
로 스며드는 서양의 불편한 호텔 목욕탕, 남녀가 완전 벗고 들어가는 독
일의 혼탕 인 타우누스 테르메(Taunus Therme) 도 정겨운 이곳 온천
장 목욕탕 만 하였으랴.

우리나라에서는 가장 오래된 온천으로 수온 38-67도의C 알칼리성
식염천이면서 마그네슘이 풍부해 전국적으로 뿐만 아니라 세계 유수 온
천에도 명성이 나 있다. 그래서 부산! 온천장! 하면 먼저 목욕부터 떠오

르는 이곳 온천장!, 하얀 김이 모락모락 오르고 하수구에는 더운 물 줄기가 달리는 소리, 곁에는 관광지를 대변 하는 족탕(足湯)에 남녀노소 할 것 없이 발을 담그고 서로 담소하는 광경은 온천장이 아니고는 볼 수 없는 진풍경이며 골목마다 크고 작은 공중목욕탕엔 하얀 김은 이곳이 분명 이름 난 온천장임을 대변 한다.

특히 약 삼천 명이 들어 갈 수 있는 대형목욕탕은 이른 아침부터 밤 늦게 까지 대형 버스가 줄을 잇고 있으니 이제 온천장으로서 그 옛날의 증표가 되고 있는 셈이다.

당나라 시 중국 서안에 현종의 총애를 받던 양귀비(719-756)의 사치 형 대형 목욕탕보다 또한 목욕 문화가 발달한 섬나라 일본의 골방 같은 목욕탕 보다는 오히려 이 곳이 더욱 정갈스럽다.

바다를 끼고 있는 부산은 여름이면 해운대 모래사장 해수욕은 계절의 진 맛 이지만 그래도 이곳은 금정산이 있어 좋고 온천수의 대중목욕탕이 많이 있어 살기에 좋은 곳인 줄로 알고 있다.

사방으로 교통이 편리해서 자연히 이 곳에서 계속 살아오는데 가끔 집 사람이 목욕을 하고 오면 혼자서 중얼 중얼 거리는 말투가

나에게 고독감을 던지기도 한다.

"오늘 목욕을 하는데 어떤 딸 두 분이 함께 나이든 어머니를 씻어

드리는 것이 참 흐뭇하게 느껴져 한 참이나 보다가 왔다 나"

"당연하지, 그게 왜 어때서"

"난 딸이 없어서 후에 나이가 들면 어느 누가 씻어 줄까 ?"

아내의 이야기를 듣고 나니 참 그렇구나? 하는 수긍이 간다,

난 남자니까 아들과 함께 가면 될 것이지만 집 사람의 처지는 그 말은 일리가 있었다.

우리 집은 윗분들께서 고추밭에만 터 팔았는지 나도 남동생 하나 뿐

이며 여형제가 없었는데도 아들만 셋인데 동생도 아들만 셋이므로 우리 가족이 함께 모여도 부드럽고 상냥한 웃음소리가 없어가 간혹 있지만 지금은 습관화가 되어서 인지 별다른 느낌이 없다.

요즈음은 김이 모락모락 오르는 탕 속에 꽃잎이나 약초를 넣어 사람을 유혹 하지만 그래도 건강은 자신이 게으름 없이 운동을 하여 땀을 내어야만 신진대사가 더욱 잘 될 것을 믿지만 어느 분들은 목욕을 자주 하면 몸에 좋은 것으로 여기니!

유년 시절에는 설 추석이 오면 소죽 퍼내고 목욕하던 시절을 생각하면 욕은 그리움이 지금 온천장의 대형 목욕은 사치성으로 나에게 너무 과하지 않은지

그래도 오늘 만은 아내의 입 모양이 하−트(♥)형이다.

손자를 보는 덕분에 유치원에서 공개 수업을 한다고 엄마가 오전 10시경에 유치원으로 와서 참관 하고 점심을 함께 먹고 같이 귀가 하라는 통지문을 받아보니 어차피 아이 엄마는 직장에 가버렸으니 할머니가 엄마 역할을 할 수 밖에, 얼굴에 분가루 칠도 하고 장롱 속에서 제일 젊게 보이는 옷을 골라 입고 아이 셋도 못 보낸 유치원을 갔으니 30여년은 회춘이 된 셈이다.

씻어 줄 사람이 없으면 어때, 손자들이 자꾸 많아지니 내년이 되면 5년씩 젊어 질 생각을 하니 사는 것이 즐겁기만 한데. 손자 손잡고 오는 온천천 푸른 가로수 벚꽃나무 잎들이 초 여름 온풍에 너울 너울춤을 추면서 박수를 치고 있는데 씻어 줄 딸이 없으면 어때!

유등축제

황 소 지

진주란 지명과 남강이란 말은 언제 들어도 가슴을 따뜻하게 한다. 꿈 많았던 중고등학교 때의 이야기는 비봉산 밑 그 언저리에 차곡차곡 숨 겨져 있을 것이고 남강 가에는 아직도 그 옛날 서성이든 작은 발자국들 이 남아있을까? 오랫동안 멀리서 그리기만 하던 진주를 오늘은 직접 찾 아 나서기로 했다. 남강 문우회원들은 3일 오후 부산을 출발했다.

진주는 개천예술제와 유등축제로 인산인해를 이루고 있었다. 가까운 식당에서 서울, 진주회원들과 합류하여 저녁을 먹었다. 유등축제를 주 관하고 있는 진주문화재단의 취람 이사장이 베푼 만찬에서 각 지방회원 들은 첫인사를 나누었다. 식후 우리는 유등 서제序祭를 보기위해 촉석 루 밑 제1부교를 건너가려고 줄을 섰다. 많은 사람으로 그냥 서 있어도 떠밀려서 부교를 건너게 되었다. 벌써 남강물 위엔 온갖 종류의 등불이

진주여고, 성균관대학 약대 졸업. 1992년 《에세이문학》 여름호 '약손'으로 등 단. 한국문인협회, 부산카톨릭문학인회 회원, 부산여성문학인회 회장 고문, 부산 문인협회 부회장, 한국수필문학진흥회 부회장. 현대수필문학상 부산문학상 수 상. 수필집 『바다를 닮고 싶다』 외 4권

떠 있었다.

유등축제에는 외국에서도 참여해 일본, 중국을 비롯해 19개국에서 대형, 중형 등 20기가 참가했고 석등, 해태등, 북등, 백호와 용마를 비롯한 짐승등과 삼장사와 의암등 진주 혼을 상징하는 등도 켜져 있었다. 그 외도 연꽃 , 잉어, 따오기등과 동화 속에 나오는 의좋은 형제, 견우직녀, 재기차기, 연날리기등도 있었다. 유등이라 해서 남강의 흐름 따라 등불이 하류로 떠내려가는 것이거니 했는데 여러 등불은 남강위에 고정된 채 불을 밝히고 있었다.

유등은 1592년 임진왜란과 진주성 전투에서 유래하고 있다. 김시민 장군이 3천 8백여 명에 지나지 않는 병력으로 진주성을 침공한 2만 왜군을 무찔러 민족의 자존을 드높인 '진주대첩'을 거둘 때 성 밖의 의병 등 지원군과의 군사신호로 풍등風燈을 하늘에 올리며 횃불과 함께 남강에 등불을 띄워 남강을 건너려는 왜군을 저지하는 군사전술로 쓰였으며 진주성내에 있는 군사들과 사민士民들이 멀리 두고 온 가족들에게 안부를 전하는 통신 수단으로 이용한 것에서 비롯되었다. 1953년 6월, 10만 왜군에 의해 진주성이 적의 손에 떨어지는, 그 통한의 '계사순의'가 있은 후 의롭게 순절한 7만의 병사와 사민의 매운 얼과 넋을 기리는 행사로 면면이 이어져 오늘의 축제로 이어졌다.

강변을 따라 수천 개의 소망등을 달아 놓은 터널을 지나 서장대 밑 제2 부교를 다시 건넜다. 그곳에는 음악분수 쇼가 벌어지고 민속주점에선 각종 주류와 안주를 팔고 있었다. 때마침 찬란한 불꽃 쇼가 하늘을 뒤덮었다. 일행은 주점에서 마련해 놓은 평상에 앉아 막걸리를 마셨다. 덕담과 정을 나누며 술에 취하는데 하늘에는 불꽃이 수를 놓고 남강에는 현란한 여러 가지 등불이 불을 밝히며 흔들리고 있어, 잠시 나이를 잊게 했다. 그 옛날 소년 소녀들은 50년이 지났지만 마음은 그대로여서 취기어린 눈으로 촉석루를 올려보니, 그 옆 진주성벽을 따라 서장대로 가는 길가에 켜진 가로등 불빛이 마치 봄날 벚꽃이 화사하게 핀듯했다.

다음날 아침에는 진주 회원 강희근 교수의 해장국 대접을 받았고 자작 시낭송도 들었다. 식 후 파성巴城 설창수 선생님 댁을 찾았다. 개천예술제를 이끌었던 파성 선생님은 돌아가셨지만 부인을 뵙기 위해서다. 파성길을 따라 걷다가 청수헌이란 4층 빌라를 발견했다. 파성 선생님이 살아계실 때 '남강 가에서 물소리를 듣는 집'이란 당호가 청수재聽水齋이어서 인터폰을 했더니 큰 자부가 내려왔다. 우리는 모두 올라가 부인 김보성 선생님을 뵙고 큰 절을 올렸다. 중학교 때 나에게 작문을 가르쳤던 선생님을 나는 4년 전 찾아뵙고 가끔 편지를 드리고 전화로 음성을 나누었다. 올 봄, 선생님은 고관절 골절로 수술을 받아 장기로 병원에 입원하셨다고 했다. 이젠 9순을 넘어 많이 노쇠하였지만 수줍은 소녀처럼 손을 가리고 웃으시며 우리를 맞았다. 선생님 집 뜰에는 큰 바위와 나무가 한 그루 있다. 문학을 전공하던 대학생인 둘째 아들이 지리산 등산에서 독버섯을 잘못 먹고 세상을 뜨자, 품안에 품듯 뜰 나무 밑에 묻었다고 한다.

선생님을 처음 뵈었을 때 파성 선생님의 문학관이 없음을 아쉬워하면서 유등축제에 너무 많은 비용을 쓰고 있는 것은 아닌지 안타까워 하셨다. 우리 남강문우회는 개천예술제 때 장원 상을 받았던 분과 입상권에 든 여러분이 있고 파성 선생님을 열열이 사랑하고 존경했던 그 때의 문학 소년소녀들이어서, 김선생님도 많이 기뻐하셨다.

그 자리에는 경남일보 강동욱 기자도 함께했다. 다음 날 기사에는 "1950년대에 남강 물을 마시며 문학의 성장 통을 함께 앓았던 문청文靑들이 다시 남강 가에 섰다. 그것도 50년 만에. 그리고 그들은 스승 파성 설창수 시인을 애타게 불렀다. 민족사와 함께한 파성의 예술혼 기려야." 라는 기사를 실었다. 충절의 도시이고 예향인 진주는 나의 심신을 키워주었고 예술적인 감성을 눈뜨게 해준 잊을 수 없는 제 이의 고향이다.

진주에는 지금도 유등이 환한 불을 밝힌 채, 흔들리며 역사의 강물 그 하류로 흘러가고 있지 않을까. 계사순의의 의로운 넋과 논개의 붉은 애국 혼과 진주성에 살았던 사람들의 애환과 50년 전 문청들의 아름다운 꿈을 싣고 이 세상 끝까지 흘러가고 있을 것이다.

문학평론

수필에 있어서 허구수용의 한계와 그 유형론

이 유 식

1. 허구 수용의 필요 여부

허구란 사전의 일반적 정의로는 '근거도 없는 일을 엮어 만듦'이라 되어 있다. 이는 거짓말과는 사뭇 달라 거짓으로 꾸며본 사건이나 일을 말한다 하겠다. 그리고 허구의 문학적 정의라면 특히 소설과 희곡 등에 있어서 실제로 없거나 없었던 일을 작가가 상상력으로 창조하는 일 또는 그런 이야기로 되어 있다.

그런데 이렇게 소설 같은 장르에는 허구가 아무런 이의 없이 인정된다는 것은 문학원론의 ABC다. 소설은 허구다라는 말이 널리 통용되고 있다.

그러나 같은 문학 장르이지만 수필 쪽으로 오면 매우 예민한 반응을

평론가. 수필가. 진주고. 부산대 영문과. 한양대 대학원 졸. 1961년 《현대문학》 등단. 배화여대 교수 정년퇴임. 한국문인협회 부이사장, 평사리토지문학제 추진 위원장 역임. 현재 한국문학비평가협회 상임고문. 청다한민족문학연구소장. 현대 문학상(71) 외 다수 수상. 평론집 『반세기 한국문학의 조망』 외 7권, 수필집 『옥산봉에 걸린 조각달』 외 7권, 편저 6권, 공저 1권.

보이고 보일 수밖에 없는 개연성이 높다. 그것은 종래의 수필관에서 온 고정관념이나 선입관 때문이다. 다시 말해 수필은 '자기고백의 문학' 이다, '체험의 문학' 이다, '사실의 문학' 이다라는 정의가 주는 속박 때문이다. 진솔한 '자기고백의 문학' 이기 때문에 거짓이 들어갈 수 없고, '체험의 문학' 이기 때문에 체험하지 않은 일을 체험한 양해서는 안 되며 또 '사실의 문학' 이기 때문에 사실이 아닌 일이라면 절대 허용되어서는 안 된다는 논리요 생각이다.

물론 이런 정의는 타 문학 장르와의 차이점이나 변별성을 나타내 주는 것으로서 수필의 이런 속성이나 특성만은 원론적으로 부정할 수도 없고 부정해서도 안 될 것이다.

그러나 실제 수필을 창작하는 과정에서라면 어떤 사실을 재구성, 재배열 정도라도 하다 보면 허구 도입의 유혹을 받거나 아니면 부득이 도입하는 경우가 있다. 자기만이 아는 창작과정의 비밀로 함구하고 있을 뿐이다. '사실의 문학' 이요 '체험의 문학' 이란 거센 완력 앞에서 누가 감히 이 부분은 사실이 아니고 또 이 부분은 체험이 아니다라고 용기 있게 말할 사람이 과연 몇이나 되겠는가. 그저 독자들이 사실인 양 믿어주기만 바랄 뿐이다.

이런 노출되지 않았던 창작과정상의 비밀이 수필작단에서 공식적으로 거론된 것은 1983년도다. 수필가 정진권은 1980년도에 석사학위 논문으로 「수필문학의 이론 모형 연구」를 쓴 바 있다. 이 논문에서 그는 수필이 꼭 사실의 기록 같은 문학이 아니란 점을 강조하기 위해 '수필은 허구일 수도 있다' 며 그 가능성을 여러 예증을 통해 보여준 바 있다. 결국 이 논문의 이른바 '허구인정론' 이 촉발되어 김시헌의 반론이 나온 해가 바로 1983년도다. 김시헌은 《수필공원》(통권 제2호)를 통해 「수필과 허구-정진권씨의 구성론을 중심으로」란 글을 통해 정진권의 견해에 반론을 제기하면서 '허구 불인정론' 을 폈다. 논전에 불이 붙었다. 뒤이어 역시 같은 해 같은 지면(통권 제3호)에 정진권의 「허구와 수필-김시헌 선생께 답함」이란 반론이 나왔고, 다시 같은 해 같은 지면(통권 제4호)에 김시헌의 재반론 「다시 수필과 허구에 관하여- 정진권씨의 구성론을 재론함」이 나왔다.

이로써 금기시 되어 왔던 수필의 허구론이 한동안 설왕설래 화제가 되기도 했고, 또 이를 계기로 수필계 세미나의 공식적 주제나 토론의 뜨거운 잇슈가 되기도 했으며, 수필론에 관심 있는 이론가나 수필학 교수들도 각자 개인적인 글을 통해 자기 견해를 지금껏 간헐적으로 개진해 왔다.

그래서 이제는 허구의 부분적 인정론으로 대세가 기울어져 있다. 크게 말해 부분 인정론자 쪽에는 정진권, 윤재천, 강석호, 이철호, 정주환, 안성수, 이정림, 강돈목, 이유식 등이 있고, 불인정론자 쪽에는 김시헌, 윤모촌 등이 있는데 특히 김시헌은 허구론 논전 당시의 완강한 허구 불인정론에서 다소 후퇴하여 그 유연성을 보이고 있다.

2. 허구 수용의 범위와 한계

나는 1990년도에 《월간문학》 출신 수필가들의 모임인 〈대표에세이〉 동인회의 제3회 세미나에서 「수필의 벽과 그 극복의 길- 창작과정을 중심으로」를 발표하면서 허구의 부분 수용을 제기한 바 있다. 원론적으로는 수필이 '체험의 문학'이요, '사실의 문학'이니 만큼 어디까지나 체험이나 사실에 충실해야 하겠지만 소설이 '허구의 문학'이라고 해서 일체의 어떤 사실이나 체험이 들어가서는 안 되고 100% 허구이어야 한다고 주장한다면 그것은 개념적 정의에만 지나치게 속박시키는 폭력이 아닐 수 없듯이 수필도 '체험의 문학'이나 '사실의 문학'이라고 해서

허구가 조금이라도 들어가서는 안 된다고 한다면 그것도 '체험의 문학'
이나 '사실의 문학' 이란 개념적 정의를 지나치게 신주단지 모시듯 하는
경직된 작법관이라고 비판했다.

그래서 나는 무조건적인 허구의 도입은 인정하지 않지만 예술적 효
과나 감동의 창출, 진실의 창출을 위해서라면 최소한의 부분적인 허구
를 인정해야 한다고 주장했다. 가령, 한 편의 수필에 있어서 뼈대가 되
고 있는 사건이나 사실 자체를 허구화시켜 사실인 양 내보여서는 안 되
겠지만 지엽적이거나 구성적 동기부여라면 허용되어도 무방하다고 보
았다.

그리고 덧붙쳐 수필이 비록 '사실'에 충실한다 하더라도 100% 사실
위주의 글이어야만 하는 일기문이나 르뽀르따쥬 그리고 다큐멘타리와
는 다른 만큼 '사실의 문학' 이라는 테두리를 크게 훼손시키거나 벗어나
지 않는 이상 '선의의 거짓말' 이란 말이 있듯이 '선의의 허구'는 용인
된다고 보았다. 수필가는 사실의 충실한 기록자도 아니요 단순한 작문
가가 아니라 수필이라는 집을 창조적으로 지어내는 예술가라는 점을 강
조해 보았다.

여기서 앞에서 나온 '부분적인 허구'를 다시 '제한적 허구', '한정적
허구' 라고 바꾸어 볼 수도 있다. 사실 소설의 전문술어인 '허구'란 포괄
적 외연의 뜻이 너무 넓은 만큼 수필적 허구라면 겸손하게 좀더 좁혀서
'허구적 화소(話素)' 라고도 부를 수 있지 않을까 싶다.

아무튼, 수필문학에서 수용할 수 있는 허구가 '부분적인 허구'가 되
었건 아니면 '허구적 화소'가 되었건 간에 그것이 과연 어떤 종류의 수
필과 잘 결합되느냐는 문제를 여기서 짚어보지 않을 수 없다.

수필을 일단 중수필과 경수필로 나누어 놓고 보면 허구 수용의 자력
성(磁力性)이 강한 쪽은 물론 경수필이다. 그리고 더 나아가 보면 주관
수필, 개인수필, 서사수필, 콩트수필, 생활수필, 신변수필, 사건수필 쪽

이다. 반대로 서정수필, 객관수필, 비평수필, 사색수필, 시사수필, 사회수필, 지식수필 쪽으로 오면 올수록 허구가 끼어들 자리가 없고 또 있어서도 안 된다. 작법이나 구성 그리고 내용상으로 보아 친화성의 원리나 배합의 원리가 통하질 않는다.

그렇다면 친화성의 원리나 배합의 원리가 통하는 수필의 경우라면 과연 그 수용의 범위와 한계는 어느 정도일까를 생각해 보지 않을 수 없다.

사실 나는 앞에서 '부분적인 허구', '제한적 허구', '한정적 허구', '허구적 화소'란 용어를 사용해 보았는데 사실은 그 정도가 막연하다고밖에 볼 수 없다.

그렇다면 몇 가지 비유로써 설명해 보는 것이 훨씬 이해가 빠르리라 본다.

첫째, '당의정론'이다. 쓴 가루약을 쓰지 않게 먹기 위해 제약과정에서 환(丸)을 만들어 당의(糖衣)를 입힌다.

둘째, '금반지론'이다. 반지를 만들 때 100% 순금으로는 안 된다. 합금이 되어야 견고해 지고 일정 형태가 유지되며 나아가 세공도 가능하다.

셋째, '감초론'이다. 한약을 지을 때 '약방의 감초'란 말이 있듯 반드시 감초가 들어간다. 약효를 높이면서 쓴맛을 없애주는 것이 감초다.

넷째, '화장술론'이다. 맨얼굴을 더 예쁘게 보이기 위해 화장품을 바르거나 또는 입술이나 눈썹을 그린다.

다섯째, '부분 성형수술론'이다. 전체 성형수술이 아니라 눈이나 코를 좀 멋지게 보이기 위해 성형한다.

여섯째, '요리론'이다. 생선찌게를 요리할 때 주 재료인 생선만 가지고 요리하지 않는다. 간장이나 고춧가루 기타 양념은 열외로 하고 부 재료도 들어간다.

예를 들어 본 이 6가지 비유에서 알 수 있듯 주 재료에는 큰 변화와 변형이 없다. 첨가 아니면 약간의 수정 '보완 정도다. 맛과 멋 그리고 모양을 내기 위한 기술(技術)적 배려가 따르고 있을 따름이다. 바로 이런 이치나 과정, 그리고 정도가 수필에서 본 허구수용의 범위요 한계라 하겠다.

3. 허구의 유형과 그 기능

크게 보아 우리의 수필계에서는 이제는 허구의 부분 수용이 일반화되어 있고 그 논의도 끝나 있는 상태다.

그렇다면 논의는 논의로서 끝날 일도 아니며 또 공감대적 합의가 이루어졌다고 방관만 하고 있을 일이 아니다. 수용의 구체적 이론화 작업이 있어야 할 일이다. 원론적 학습이 끝났다면 심화학습으로 들어갈 단계다.

그래서 나는 과연 '수필적 허구'에는 어떤 것들이 있으며 또 그 기능이 무엇인가를 시론(試論)삼아 개진해 보기로 하겠다. 앞으로 완성 아니면 완벽한 수필 허구이론의 시학(詩學)정립을 위한 시도일 따름이다. 필요시는 나의 수필창작 과정을 소개하면서 일단 한번 체계화시켜 보기로 하겠다.

허구에는 독자가 전혀 '인지(認知)할 수 없는 허구'와 '반쯤 인지할 수 있는 허구'가 있다 하겠는데 전자를 '기법(기술)론적 허구'나 '작법론적 허구'라 칭한다면 후자는 '수사적 허구'라 하겠다.

전혀 '인지할 수 없는 허구' 즉 '작법론적 허구'는 사실과 완전 융합된 허구다. 이에는 구성적 동기부여의 허구, 사건의 수정,보완에 따른 허구, 상상적 허구, 반전(反轉)적 허구 등이 있을 수 있다.

'구성적 동기부여의 허구'가 들어가 있는 나의 수필은 「테헤란로 아리랑」이다. 이 작품은 몇 년 전 어느 해 여름 오후, 집을 나서 강남의 테헤란로를 따라 20~30분 정도 걸으면 갈 수 있는 선정릉 공원에 이르는 과정을 얼개로 하여, 순간순간 눈에 보이는 거리의 풍경에다 그 동안 이곳에서 살면서 느낀 생각이나 경험들을 조합시켜 본 작품이다. 서두를 처음에는 '참으로 오랜만에 테헤란로를 따라 산책길에 나서 본다.' 라고 초안을 잡아 보았는데 너무 서두가 밋밋하고 단조로와 구성적 동기를 한번 생각해 보았다. 행선지가 선정릉공원이란 걸 생각하다 보니 문득 8년 전에 가 본 적이 있는 노르웨이 오슬로의 세계적으로 유명한 조각공원 비겔란 공원이 떠올랐다. 사실 그날 나는 여행기를 뒤적이고 있지는 않았지만 여행기를 뒤적이다 비겔란 공원이 나오다 보니 문득 공원으로 산책할 마음이 생겨 산책길에 올랐다고 썼다. 그리고 보니 독자들에게는 내가 가본 적이 있는 비겔란 공원을 잠깐 소개해 줄 수 있는 보너스도 생긴다 싶으면서 한층 글맛이 나는구나 싶었다.

'사건의 수정, 보완에 따른 허구'가 있을 수 있다. 재료(소재)의 미학적 배열이나 재구성, 의미화의 발견이나 주제 형상화에 따른 통일성을 기하려다 보면 어떤 일이나 사건을 축소,확대해야 하는 경우나 가감해야 하는 경우가 생긴다. 이때 수정, 보완이 불가피할 수 있다. 따라서 이에 상응할 수 있는 허구가 끼어들기 마련이다. 나의 작품「와이키키 해변의 어느 오후」를 보기로 하자. 하와이 오하우섬 여행기인데 그 중에서 어느 오후 와이키키 해변에서 보낸 일이 하이라이트이다. 여기서 주체험은 그대로 하되 부체험으로서 와이키키 해변에서 만난 한국인 이민 3세의 이야기를 수정·보완해 본 것이다. 그를 통해 하와이 현지 이민자들의 생활에 관한 이야기를 직접 듣긴 했지만 실제로 초기 이민사에 관해서는 들은 바 없었다. 그러나 책에서 읽었던 초기 이민자들의 고생과 한스러움만은 결코 빼놓을 수 없다는 충동이 일어 그의 입을 통해 직접 들은 것으로 사실화 시켜보았다. 말하자면 허구다. 그리고 보니 현장감은 물론 생동감이 살아난다는 생각이 들었던 전후사정이 있다.

'상상적 허구'는 일반 상상과는 다르다. 수필작품들을 읽다 보면 '수 필적 자아'가 각양각색으로 이런 것 저런 것을 상상해 보고 있는 장면 이 더러 나오는데 그것이 설사 현재나 과거 그리고 미래의 일에 관한 상 상일지라도 곧 상상임이 드러난다. 그러나 가령 과거의 일을 재생하는 과정에서 없었던 일을 상상으로 사실화 시켜본다면 그것은 '상상적 허 구'가 될 것이다.

바로 그런 예를 「내 청춘의 한 슬픈 소녀」란 작품에서 찾아 볼 수도 있다. 가을의 코스모스에 얽힌 수필 청탁을 받고 써본 작품인데 코스모 스를 생각하다 보니 문득 섬약하고 청순가련하단 이미지가 떠올랐다. 그 다음 바로 연상된 것이 내가 고등학교 시절에 잠시 사귀었던 소녀가 떠올랐다. 코스모스처럼 섬약했던 그 소녀는 결국은 폐병으로 저 세상 으로 갔다. 이런 옛 기억들이 떠오르자 이를 소재로 지나간 시절 내 청 춘의 열정과 애상이 담긴 작품을 써보고 싶은 욕심이 생겨 써보았던 것 이다. 끝을 이렇게 마무리해 보았다.

아마도 지금은 그녀가 천상의 코스모스 들판에 누워 있을 듯싶다. 오 늘 나는 그녀가 그 옛날 나의 책갈피에 끼어넣어 주었던 이 지상의 코스 모스 꽃잎을 찾아내 그 당시 내 청춘의 열정을 다시 담아 이 가을바람에 실어 보내 보련다.

여기서 '그녀가 그 옛날 나의 책갈피에 끼어넣어 주었던 이 지상의 코스모스 꽃잎' 이란 부분은 과거재생 과정에서 생각해 낸 순전한 '상상 적 허구' 다. 일부러 이런 허구를 넣어 본 이유는 '코스모스 들판에 누워 있을 듯싶다.' 는 상상의 사후 천상세계와 살아있을 당시의 지상의 세계 를 코스모스 꽃잎과 연결지우고 싶은 욕구가 불쑥 일었고 또 한편 어느

새 훌쩍 늙어버렸다는 내 나이도 셈해 보면서 내 청춘의 열정을 되살려 그 애틋한 심정을 꽃잎편지마냥 바람에 실어보내 보겠다는 작의(作意)에서 취해 본 허구였다.

'반전적 허구'는 흥미와 이외의 결과에서 오는 황당함을 살려보기 위한 허구다. 콩트에서 곧잘 이용하는 기법과도 유사하다. 「반딧불의 서정」이란 작품을 통해 설명해 보기로 하겠다. 이 작품은 유년시절 반딧불이를 잡으러 다닌 경험담을 작품화 시켜 본 것이다. 마을 앞 냇가에 여름밤이면 동네 처녀들이 목욕하러 나오는 은밀한 장소가 있었다. 풋고추들인 우리가 해찰궂게도 그곳으로 반딧불을 잡으러 나간 경험이 있었다.

그런데 작품화하는 과정에서 의도적으로 멀리서 몇 점의 불들이 깜박이고 있어 그것이 곧 반딧불인 줄 알고 가 보았더니 사실은 반딧불이 아니라 멱감는 처녀들을 훔쳐보며 달아오르는 욕정을 삭히고 있던 동네 총각들의 담뱃불이었다는 이야기를 넣었다. 이것이 바로 호기심과 흥미 유발이란 계산에서 일부러 넣어본 '반전적 허구' 다.

지금까지 나는 '인지할 수 없는 허구' 즉 '작법적 허구'를 4가지 유형으로 구분하여 설명해 보며 어느 정도 그 기능이나 기능적 효과도 설명해 보았다.

이제는 '반쯤 인지할 수 있는 허구' 즉 '수사적 허구'를 알아보기로 하겠다. 어떤 일이나 사건을 과소화나 과장화 하려다 보면 그에 따른 수사적 표현이 나오기 마련이고, 또 이에 준하는 과장이나 과소화 된 행동이나 행위가 수반되기 마련이다. 그래서 '수사적 허구'라 명명해 보았다. 글의 토온이나 필치로 보면 어느 정도 허구가 가미되어 있음을 짐작할 수 있다. 유머 수필, 풍자수필, 실수담 등속에서 흔히 발견되는 경우다. 이희승의 「오척단구(五尺短軀)」 김성진의 「뚱뚱이의 손득(損得)」 어효선의 「어씨지탄(魚氏之嘆)」을 읽어본 사람이라면 이 말에 쉽게 동의

하리라 본다.

4. 허구 수용과 현대수필의 또 하나의 활로

지금까지 나는 수필의 허구 부분수용론을 인정하면서 그것을 바탕으로 그 수용범위와 한계를 설명해 보았고, 또 시도적이긴 하지만 수용될 수 있는 허구의 종류와 그 기능이나 그 기능적 효과도 살펴보았다.

다시 극단적으로 말해 보건데 수필이란 형태가 사실이나 체험의 있는 그대로의 재현이나 나열이라면 기록일 뿐 작품이나 창작이라고 말할 수는 없다. 수필을 쓰고, 소설을 쓰고, 일기를 쓰고 보고문을 쓰는 이른바 '쓰는' 행위는 똑같지만 한 걸음 더 나아가 또 다른 말 사용의 용례를 보면 일기문, 보고문, 기록문 등은 단순히 작성이나 쓰는 행위에 끝나지만 수필과 소설은 작성이 아니라 만들거나 짓는 행위와 통한다. 수필창작, 소설창작 그래서 창작예술이다.

또 한편 있는 그대로를 재현해 내는 사진과 사진예술이 다르듯 수필이 '체험의 문학'이나 '사실의 문학'이라고 해서 재현이 아닐진대 문학성이나 예술성을 살려내야만 한다. 이쯤에서 수필에도 '제한적 허구'가 용인되는 입지(立地)나 근거가 마련되는 것이다. 소설과는 아주 달리 사실과 허구 사이나 체험과 허구 사이에서 행복하게 융합이나 결합될 수 있는 황금비율이 있을 수 있는 것이다.

자료의 가공, 가감, 축소나 확대, 수정과 보완, 취사선택 등을 통해 질서화, 일반화, 의미화, 강조화가 이루어져 감동성, 진실성, 흥미성, 예술성이나 문학성 등이 획득된다면 허구야말로 맛과 멋 그리고 모양새를 내주는 당의(糖衣)요, 합금(合金)이며, 감초요 화장품이며, 성형물(成形物)이요 부재료다.

우리는 이제 허구를 독약인 것처럼 겁내거나 두려워 할 필요가 없다. 현대수필이 환골탈태하고 또 한 차원 높은 예술성이나 미학성을 획득하려면 종래의 경직된 수필관에서 반드시 벗어나야 할 것이다. 한 차원 높인 작법론에서 보아 필요불가결의 허구는 반드시 용납되어야 하고 용납되리라 본다. 그렇다고 꼭 허구 만능론을 강조하는 것만은 아니다.

그리하여 앞으로는 반드시 수필의 정의가 '사실의 문학이나 체험의 문학이면서도 때론 제한된 허구가 용납되는 문학양식이다.'라고 내려져야 할 것이다. 여기에 현대수필의 또 하나의 다른 활로가 열려 있다 할 수 있다.

과연 이런 시대가 온다면 마냥 쉬쉬하며 감추어놓고 있던 작법상의 비밀도 비밀일 수 없을 것이고 또 그 비밀의 공개는 고해성사도 아니요 양심선언도 아닐 것이다.

그러나 '제한된 허구' 수용의 자유를 쟁취했다고 해서 방종해서만은 안 될 것이다. 창작과정상에서 비밀 양심선언은 늘 수반되어야 하리라 본다. 엄격한 금지조항의 준수나 이행은 반드시 있어야 할 일이다. 소설적 허구는 물론 독서의 경험이나 다른 사람의 간접적 경험을 자기체험인 양 자기화시킨 허구는 반드시 추방되어야 할 것이다. 뿐만 아니라 황금비율의 양심을 어긴 수필가도 철퇴를 맞아야 하리라 본다.

'선의 거짓말'이 용인되듯 '선의의 허구'는 칭찬 받겠지만 '악의의 허구'는 거짓말쟁이 수필가란 악담을 들을 것이다.

새로운 시대의 새로운 수필세계 도래를 위해 다같이 나팔을 불어도 보자. 힘차게 전진도 해보자. 노도 저어 나가보자.

한국수필 무엇이 문제인가
─수필의 재미를 위하여

강 석 호

　요즘 수필이 전성기를 맞고 있다. 매일이다시피 한두 권의 수필집이 배달되어 오고 20여 개가 넘는 수필전문지는 물론 모든 문학잡지에 많은 수필들이 발표되어 가히 수필의 홍수를 느끼게 한다.

　인터넷시대를 맞아 많은 서점들이 문을 닫고 종이책이 팔리지 않아 문학의 위기 내지 사망을 실감하면서도 우편으로 배달되는 개인수필집과 수필잡지들을 보면 이 시대의 다른 면을 보는 느낌이다. 그러나 정작 그들은 생산과 소비관계의 상품으로서의 수필집이 아니라 수필작가들이 어쩔 수 없이 쏟아내는 생리적 배설물을 보는 것 같고 작가와 독자의 관계라기보다 작가가 독자요, 독자가 곧 작가가 되어 서로 품앗이처럼 작품집을 자비로 출판하여 나누고 있다. 종이책의 상품화가 어려운 가운데 자비출판이라도 하여 작가들이 상호간 나누어 보는 것은 좋은 현상이기도 하다.

진주사범 졸. 《현대문학》을 통해 문단에 등단(수필). 《월간문학》 평론부문 당선. 월간 《수필문학》 발행인 겸 주간. 한국수필문학가협회장.

　또한 작품집이나 정기간행물이 많이 발간되는 것은 그에 앞서 수필 작가들이 양산되고 있는데도 원인이 있다고 본다. 이 또한 굳이 부정적인 시선으로만 볼 것은 아니다. 4천만 국민이 모두 작가가 된다고 해서 나쁠 것은 없고 오히려 국민정서 진작 면에서 권장되어야 할 일이라고 본다. 이런 현상은 수필에만 한한 것이 아니라 모든 문학 장르에서 이루어지고 있는 추세이다. 이렇게 많은 작가들이 양산되고 작품집이 쏟아져 나와도 모두가 명작(名作)일 수는 없고 개인차가 있게 마련이며 그를 통하여 상호 경쟁의 심리도 발현되어 문학 발전에 기여하는 바도 크다고 할 것이다.

　다만 작가와 작품의 양산은 아무나 아무렇게 써도 된다는 인식을 주고 명함이나 찍어 자기 현시에 급급해 하는 등 문학 자체의 가치를 떨어뜨리게 될까 걱정되는 바 없지 않다. 그런데 수필의 양산에서 전체적 현상으로 나타나는 문제점으로 가장 크게 대두되는 것은 우리 수필이 재미가 없다는 것이다. 많은 수필집이 배달되면 작가를 먼저 보고 제목을 보고 목차를 보고 본문을 읽어보는 수순인데 제목들은 심오한 철리나 싱싱한 언어로 근사하게 조립되어 있으나 첫 페이지를 읽기가 무섭게 관심도 호기심도 느낄 수 없다는 것이다.

　그래서 우선 보내준 성의에만 감사하여 고맙다는 서신이나 이메일(E-mail)을 띄우고 책장에 꽂아 두었다가 버리기가 일쑤이다, 물론 개중에는 처음부터 끝까지 꼼꼼히 읽고 장문의 독후감을 써서 보내기도 하지만 그것도 정곡을 찌르는 지적보다 친밀감의 표현이나 인기작전의 수준을 면치 못하고 있다.

　왜 우리 수필은 이렇게 재미가 없는가? 그 요건을 살펴보면 다음 몇 가지를 지적할 수 있다.

　첫째, 우리 수필은 문장에 있어 설명(서술)만 있고 수식이 없다. 보고 듣고 느낀 것을 과거형으로 표현, 어미가 대부분 '했다' 로 그치고 있다.

물론 수필은 자기 체험의 고백이요, 체험은 과거지사기 때문에 '했다' 혹은 '했었다' 의 어미를 많이 쓰겠지만 과거지사를 통해 의미화(주제)를 하는 '이다' 나 '것이다' 등의 어미는 없이 과거 사건의 전개에만 급급하고 있다.

문장의 수식에는 비유, 변화, 강조 등의 기법이 있고 나아가서는 '낯설게 하기', '역설의 기법', '유머와 위트' 등의 기법이 있다. 그런 기법을 제대로 구사하지 않는다. 물론 수필의 문장은 간결성에 그 의미를 크게 두고 있기 때문이기도 하지만, 수식이 없으면 문학문장, 창작문장이 될 수 없는 것이다.

예를 들면 '나는 전철에서 만난 여인을 보고 한눈에 반했다' 를 수식하여 보자.

전철에서 만난 그 여인의 얼굴은 내 첫사랑의 여인과 같이 갸름하고 눈부터 웃는 인상이었다. 게다가 요즘 여성들이 배꼽티나 캐주얼의 복장인데 비하여 모시저고리에 치마를 정갈하고 단정하게 입고 있어 조신한 여성미가 내 눈을 사로잡았다. 그녀도 나를 보더니 내가 마음에 드는지 나의 시선을 피하지 않고 의미 있는 미소를 보내고 있었다. 그를 보는 나의 정감은 5월에 갓 피어난 신록처럼 싱싱함 그것이었다. 이렇게 남녀의 사랑은 우연한 순간에 주고받는 정감에서 이루어지는 것인가, 나는 가슴이 설레기 시작했다.

이 예문에서 '반했다', '사로잡았다' 는 과거형으로 설명 위주의 어미이다. '내 첫사랑과 같이 갸름한 얼굴, 눈부터 웃는 인상' 은 비유적 수식이며 '남녀간의 사랑은 이렇게 우연한 순간에 주고받는 정감에서 이루어지는 것이다' 는 그 사건의 의미화(주제화)이다.

둘째, 우리 수필에는 낭만이나 로맨스 또는 에로티시즘이 없다. 너무도 지당한 교장선생님의 훈화 같은 것이나, 선사의 인생훈 같은 드라이한 애기는 그 나름대로 잠언은 될지언정 감동을 주는 문학은 되지 못한다. 문학작품에는 낭만이나 에로티즘이 있어야 한다. 그렇다고 질퍽한 러브신이나 부도덕한 남녀관계의 사랑이 아니라 가벼우면서 산뜻한 이성간의 이야기가 있어야 한다. 하다못해 '절구통에 치마를 입히는 식'으로라도 여인이 등장하여 주인공(나)과 관계를 짓거나 아니면 삽화라도 되어야 한다.

피천득의 인연도 '아사꼬'란 여인이 등장하고 5월에도 '찬물에 갓 세수하고 난 21살의 여인'이 나옴으로써 관심을 끈다. 그리고 윤오영의 달밤이나 방망이 깎던 노인에서는 남녀간의 사랑은 아니라도 술잔을 주고받는 낭만이나 동대문 추녀 끝을 바라보는 주인공의 여유(낭만)가 있기에 우리의 관심을 끈다.

우리 수필은 체험의 진솔한 고백을 강조하면서도 가치 있는 고백, 영양가 있는 고백이 없다. 체험의 폭이 좁아 항상 자기 근친사에 머무르고 정작 자기 체면의 손상이나 부끄러운 체험은 고백하지 않는다. 특히 남녀간 사랑 체험이나 연애담은 부도덕인 양 꺼내지를 않는다. 남녀간의 사랑은 수필뿐 아니라 모든 예술의 생명이며 원천이다. 그리고 낭만과 자유는 실수나 방관, 탈법에서 이루어진다. 그래서 수필을 실수의 미학이라고 하지 않은가.

범공천은 성, 그 신비의 세계에서 성이야말로 인생의 최고의 아름다움이라고 말했다. 성에 대한 보다 깊고 폭넓은 이해야말로 인생의 존재론적 의미를 재인식 할 수 있는 거의 유일하고도 가장 중요한 접근이다. 왜냐하면 우리 인생의 영원불변의 테마는 사랑이고 이 사랑의 근원은 성(sex)이며, 인류의 모든 문화와 발전의 원천은 성으로부터 솟아나오기 때문이다.

댄 헐리라는 소설가는 16년 동안 2만여 명의 사람들을 만나 60초 동안만 그들의 인생을 이야기하도록 하여 인생의 본질과 비밀을 탐구하려 하였다. 그의 결론은 '만남과 사랑과 이별'이라고 간단명료하게 축약한다.

어느 시인은 '내 유전자는 그리움의 정보 밖에 가진 것이 없다', '나는 위장과 생식기 밖에 다른 아무것도 없다'고 고백한다. 그것은 유성생식을 하는 모든 생물의 활동양식인 '생존과 번식'이라는 본능이 인류에게만 예외일 수 없음을 대변하는 것이다. 많은 생물학자들은 어떤 개체가 '생존'에 성공하더라도, '번식'에 실패한다면 생존이라는 것은 아무런 의미가 없다는 것이다. 따라서 번식보다 더 우선하는 것은 아무것도 없다고 보는 것이다.

정신분석학의 창시자인 프로이드는 인간에 있어서 파괴적인 욕망을 제외시킨다면, 어린 아이들의 욕망을 포함하여 거의 모든 인간의 욕망이 성적(性的)성격을 지닌다고 하였고, 무의식의 심층에서 나오는 인간 행동의 바탕이 되는 근원적 욕구를 리비도(libido)라고 하면서 범성욕설(汎性慾說)을 주장하였다.

이러한 견해들은 한 마디로 '이성(異性)에 대한 본능적인 이끌림'이란 말로 표현할 수 있을 것이다. 그것은 제 아무리 재물을 많이 쌓고 권력과 명예가 출중하다 하여도 생물학적으로는 자손번식 외에 아무것도 아니며 그러한 욕망들은 종족보존의 종속적 의미에 다름 아니기 때문이다.

우리 수필은 이런 성의 신비를 감추고 일반화된 자기 고백에 치중되어 있으니 재미가 없는 것이다. 재미의 귀재라고 할 수 있는 이청준은 자전에세이 이청준의 인생에서 글의 재미를 위해서는 사실을 일화처럼 표현하고 뭔가 대단한 숨겨진 이야기 있는 것처럼 비밀스럽게 또 하루 동안에 잊혀질만할 때 건져내는 시간적 구성, 일어난 일이 아닌 오래 전에 씨앗을 던져 게다가 음란의 기법을 동원한다고 한다. '문학과 예술을 대개 성과 성욕망에 뿌리를 두고 있고 좋은 작품이란 성욕망의 순화와 해방의 과정에서 얻게 된 산물'이라고 했다. 다시 말하면 깊은 곳에서 얕은 곳으로 거슬러 오르며 성욕망을 간질이는 천연덕스러움을 시도하고 있다.

프랑스의 젊은 소설가 아멜리 노통도 살인자의 건강법에서 주인공 대문호 프에텍스타 티슈(83)의 입을 빌어 "작가는 음란해요"라고 말했다.

다음은 상상의 문제이다. 한때 우리는 수필에서 픽션이 용납되는 것인가를 놓고 갑론을박을 벌였지만 꼭 픽션이라고 하기보다 상상을 구사하는 것이다. 상상은 문학에 있어서의 중요한 요소이다. 수필이 창작문학이 되려면 상상이 구사되어야 한다.

위의 예문에서 '그녀도 내가 마음에 드는지 나의 시선을 피하지 않고 의미 있는 미소를 보내고 있었다'는 상상이다. 마음에 들어서 미소를 보냈는지, 그 웃음이 의미 있는 미소인지는 작가의 상상적 표현이다.

다음은 생략과 승화의 문제이다. 현재 쓰이고 있는 수필 문장들은 지나치게 누구나 아는 바를 작가 혼자만 삼매경에 빠져 넋두리를 하고 있는 것이다. 예를 들면 '배가 고파 밥을 빨리 지어먹었다'라고 하면 될 것을 '부리나케 광에 가서 쌀을 퍼다가 수도꼭지를 틀어 서너 번 헹구고 가스불을 최대로 올려 밥을 빨리 지어 먹었다'라든가 '까치가 집앞 버드나무에 집을 지었다'를 '까치가 나뭇가지들을 하나하나 물어다가 며칠을 두고 차곡차곡 쌓아 집을 지었다'라고 필요 없이 길게 설명, 천착함으로써 작가 자신이 독자의 이해와 상상을 미처 따라오지 못한다. 그러면 그 글은 독자의 관심 밖으로 밀려나고 마는 것이다.

다음은 수필을 지나치게 창작문학에로 접근하여 시적 서정에 치중하려는데 문제가 있다. 수필은 엄연히 창작문학인 동시에 산문문학으로 서정성 외에 철학, 종교, 역사, 지리 등 사유와 관조, 지식을 폭넓게 수용할 수 있는 문학이다. 그러므로 부단한 독서에 의하여 박학다식한 지적정보를 제시해야 한다. 그런 것 없이 오직 서정위주의 시나 스토리 위주의 소설 같은 창작문학에로만 지향, 짝사랑함으로써 이것도 저것도 아닌 글이 되어 재미를 잃게 된다.

다음은 유머와 위트의 문제이다. 독자를 미소 짓게 한다는 것은 쉬운 일이 아니다. 남다른 화법과 재치가 있어야 한다. 유머는 실수와 파격에서 나오고 위트는 순간적인 지각의 열림에서 나온다. 그러므로 수필작가는 열린 마음으로 유머와 위트를 남달리 개발할 필요가 있다. 그렇다고 고금소총이나 시정에 횡행하는 외설(외담)이 아닌 신선하고 수준이 있는 언어의 구사를 요하고 있다. 신문에 연재되는 만화에 주목할 필요가 있다.

다음은 비평적 기능이다. 수필은 평론이나 칼럼 같은 비평적 형식도 수용되어야 한다. 그것은 수필의 특성이기도 하다. 다만 정치나 사회적 문제의 비평보다 이른바 문화 비평, 즉 언어나 문자생활(간판의 맞춤법, 광고 안내문의 어법, 네티즌들의 용어, 직업인의 자세, 퇴폐적 세태)의 현실에 대하여 빈틈없는 논리로, 따끔하게 가하는 비평은 무디어 가는 감정에 신선감을 불어넣는다. 대신 비평의식이 없는 문인은 문학정신이 빈곤한 문인이다.

이상 수필의 재미를 위한 몇 가지를 나름대로 지적해 봤다. 참고가 되었으면 한다.

욕망의 시학과 문학의 에로티시즘

김 봉 군

1

　인식의 현상학으로 접근할 때 세계는 '보는 자'와 '보여지는 자'의 시선이 조우하는 욕망의 불꽃 속에 있다. 가령, 듬성듬성 칼질을 한 청바지나 입음과 벗음의 경계선의 사투를 빚는 미니스커트의 주인공, 그들의 보여짐과 군중의 보는 행위는 불타는 욕망의 예각적 분투의 장면을 연출한다. 이 분투의 장면은 대체로 파탄의 카오스에 휩싸이고 말지만, 실재와의 만남, 기적과도 같은 그 환희의 순간을 위하여 이 현상은 되풀이된다.

　이것은 가장 첨예한 현대적 욕망 소통의 한 현상이지만, 이브의 모험 이후 인류의 세속적 영위 일체는 이 같은 욕망의 역할과 깊이 관련되어

진주고, 서울대학교(국어과 · 법학과) 및 동 대학원 졸업. 문학박사 · 문학평론가. 가톨릭대학교 명예교수. 한국문학비평가협회장, 한국독서학회장 등 역임. 《새시대문학》('70, 시), 《현대시학》('83, 평론)으로 등단. 저서에 문학평론집, 『한국현대작가론』, 『다매체시대문학의 지평 열기』 등 다수.

있다. 인류 문명이 이룩한 거대한 업적들로서 이집트의 피라밋, 중국의 만리 장성, 뉴욕시의 마천루 들은 보는 자와 보여지는 자의 시선이 충돌하는 그 치열한 에너지의 폭발점에, 짐짓 절제된 욕망의 결정체로 그렇게 서 있는 것이다. 이 욕망의 바벨탑은 경이롭게도, 보는 자와 보여지는 자의 선망과 적대의 관계에서 시작되어 마침내 보여지는 자의 욕망의 화염 속에 보는 자의 전자아가 견인, 회신되고 마는 역설적 소통 장애 연상을 매우 자주 빚어낸다. 9·11 테러가 보여 주었듯이, 이는 인류 문명사의 비극적 실상이며, 그럼에도 불구하고 인간의 야심찬 욕망은 불과 부나비의 모순으로 끊임없이 불탄다.

2

이 같은 욕망의 패러독스는 르네상스의 인본주의가 이룩한 현란한 서양 문명의 정화로서 인류를 매혹한다. 애덤 스미스는 이 욕망의 주체에 대하여 한없는 신뢰감으로 《국부론》을 썼고 이들 주체에 실망한 마르크스와 엥겔스는 욕망의 주체 절반에 대한 전적인 신뢰와 다른 절반에 대한 절대 불신과 증오심으로 《자본론》이며 공산당 선언을 탈고했다. 그리고 지금 서로 다른 그 욕망의 논리가 처절한 대결의 양상을 보여주는 곳이 우리가 사는 이 땅의 분단선이다. 이것은 인간의 욕망 자율 조정 능력의 한계를 노출한 현저한 예증으로, 우리의 고통 체험을 증폭시키는 비극적 상황의 극한이다.

보는 자와 보여지는 자의 아름다운 소통 현상은 자연 낙원(Greentopia)의 '자연'과 인간 사이에서 빚어진다. 동아시아인의 자연 낙원인 도리행화(桃李杏花) 피는 도화원(桃花源)은 순간자가 아닌 영원자(永遠者)로서 문학적 상상력의 핵심에 자리해 왔다. 이는 히말라야,

톈산 산맥 동남부 지역, 곧 아시아의 통합적 상상력의 특성으로서, 자연을 산업의 재료(material)로 실용화한 서양인의 상상력과 대립된다.

인간의 비극적인 욕망은 소유욕이며, 지고지선(至高至善)의 경지는 무소유(無所有)다. 소유욕 최악의 목록을 권력욕, 재욕(財慾), 색욕(色慾), 명예욕이라 하던 그 소중한 '지혜'의 좌표로부터 아스라히 이탈한 절정에서 욕망의 중량은 무한하다. 무소유의 맞은편 극단에 서고 만 몰지각한 욕망의 주체에게 야스퍼스는 비극의 부재를 선언한다.

밀레니엄 전환기, 이 시대 인류가 누리는 산업 문명은 '기술 낙원(Techtopia)'의 설레는 꿈과 환경 공해의 재앙이라는 양가성(兩價性)을 품고 있다. 이 모순에 찬 욕망은 이성의 개입에 힘입어 '환경 낙원(Ecotopia)'이라는 새로운 유토피아 개념을 도입한다.

인류 문명사를 장식해 온 허다한 문학 작품도 이 모순에 찬 욕망의 소산이다. 부나비와 불의 관계와도 같은 이 욕망 시학의 지평에서 집요하게 기층을 점하여 온 것이 에로티시즘이다. 프로이트, 융, 아들러, 라캉으로 대표되는 욕망 시학의 대가들은 문학적 상상력의 기층을 점유한 에로티시즘을 놓치지 않는다. 프로이트는 인간 욕망의 원천을 리비도에서 찾으려 함으로써 에로티시즘의 위력을 극단적으로 강조한 셈이다.

한때 이문열의 선택은 페미니즘의 파행 현상과 함께 이경자의 황홀한 반란에 노출된 에로티시즘을 심각한 어조로 비판했다. 또 영화와 텔레비전 연속극도 에로티시즘으로 하여 물의를 일으키고 있다. 공연물 사전 심의 위헌 판결로 인한 에로티시즘의 범람은 '미란다' 공연의 예에서 보듯, 예상되는 문제다. 이것은 반드시 치열한 토론을 거쳐야 할 중대 과제다.

건국 이래 우리가 원치 않는 역사적 상황과 정치 현실로 하여, 이데올로기와 정치적 도전 문제에 편향되었던 우리의 비평관은 이제 문예 미학의 기층을 자리한 에로티시즘의 문제에까지 확대되어야 할 것이다.

3

에로티시즘은 인간 심성의 기층을 점유하는 보편적 속성이다. 인간 생명의 원소인 에로티시즘은 모든 예술 장르의 원초적 형상과 소리에 간여하며, 문학도 예외가 아니다.

동서 고금의 문학에서 에로티시즘은 욕망 형상화의 매우 유효한 모티프로서, 그리스 로마 신화, 중국의 여러 기서(奇書)는 물론, 성서에도 에로티시즘은 주요 모티프로 개입되어 있다.

충신 우리야를 전사시키고 그의 아내를 가로챈 다윗, 간음한 여인의 기사는 성서의 한정 모티프(bound motif)에 긴밀히 간여하는 주요 요소라 할 수 있다. 세계 미인 헬렌을 독점하기 위한 욕망 분출이 빚은 전쟁 이야기 일리아드를 비롯하여, 중국의 금병매나 ≪소녀경(素女經)≫, 우리 나라의 ≪고금소총(古今笑叢)≫은 에로티시즘의 치열성과 황홀경 논의의 한 증거라 할 것이다.

아나톨 프랑스의 타이스, 톨스토이의 안나 카레니나, 법정의 심판대까지 섰던 플로베르의 보바리 부인, 로렌스의 채털리 부인의 사랑, 정비석의 자유부인, 마광수의 몇 작품 등에 대한 비평적 검증이 필요하다.

남녀의 육체적인 사랑 에로스가 문학 작품의 소재로 취택되는 것마저 문제 삼은 천박한 도덕주의는 여기서 논외로 해야 한다. 문제가 되는 것은 작품에 수용된 에로스의 예술성 여부다. 그 의문은 전문 화가의 누드와 포르노그라피의 차이점을 묻는 데서 풀릴 수 있다. 누드는 포르노와 어떻게 다른가? 이에 응대한 명쾌한 해답을 제시하는 것은 지극히 어렵다. 다만 직관으로 답할 뿐이다. 이때 떠오르는 예술 명언 둘이 있다.

"예술이란 그것이 무엇인가 하고 관조하는 그 자체다." 또는 "(예술) 현상이란 우리로 하여금 그것에 관하여 생각하도록 괴롭히는 그 무엇이다.”고 한 말이 그것이다. 앞의 것은 생트 뵈브의 평문 〈고전이란 무엇인가〉, 뒤의 것은 올드리치의 ≪예술철학≫에 실렸다. 바꾸어 말하면 예술은 인간의 창조성과 상상력에 의하여 재창조된 미적 실체다. 포르노는 소재의 상태에 머물러 있어, 관조나 고통 어린 사색 이전의 단계에 놓였을 뿐이다. 이는 예술 사진, 증명 사진의 경우와 유사하다. 증명 사진을 일컬어 예술 작품이라고 하지 않는 것은 거기에 예술적 창조성이 개입되지 않은 것 때문이다.

다시 문학의 에로티시즘 문제로 돌아가자. 에로스 문제를 수용한 특정 문학 작품이 분격 문학에 드느냐 외설물에 지나지 않느냐 하는 것은 그 작품이 독자로 하여금 관조하며 생각하도록 하는 그 무엇을 내포하고 있느냐의 문제에 달려 있다. 바꾸어 말하면, 작품 속의 에로스가 한 요소로서 구조적 기능성을 확보하느냐의 여부에 따라 그 예술성과 외설적 특성은 판가름나게 된다. 에로스가 에로스의 상태에 그대로 머무르거나, 본질적, 기능적인 역할과는 상관없이 어떤 가짜 욕망 추구의 수단으로만 동원된 것이라면, 그런 작품은 참된 문학 작품일 수가 없다. 그렇다면, 여기서 말하는 ‘가짜 욕망’ 이란 어떤 것인가? 그 하나가 애욕 그 자체에만 몰입하는 수성(獸性, bruatlity)이며, 다른 하나는 상업적 이윤 추구와 예술적 성취 동기가 전도된 세속적 탐욕이다.

가령 D.H. 로렌스의 사랑하는 여인들(Women in Love)을 보자. 그는 한 남성 루퍼트 퍼킨이 한 여성 어쉬라 속에서 ‘무엇인가 찬란하고 이상적인, 생명 자체보다도 찬란한 무엇’ 을 발견했다고 서술한다. 한 여성은 한 남성 속에서 우주 창조 때부터 존재하는 신의 한 아들을 발견했고, 한 남성은 한 여성 속에서 가장 훌륭한 인간의 딸을 발견했다는 것이다. 로렌스가 집요하게 추구한 것은 인간을 진실로 행복하게 할 완전한 사랑, 곧 남녀간의 단순한 사랑과는 다른 영원한 결합과 사랑이다. 그는 마침내 다음과 같이 말한다.

당신 속엔, 내 속엔 사랑 이상의 것, 마치 어떤 별들이 인간의 시야 너머에 있는 것처럼 사랑 이상의 초월적인 무엇인가 있소.

로렌스의 에로스는 향락적, 자연주의적, 윤리적인 것이 아닌 신비주의적 초월을 지향하는가? 이지적 인식론 대신 감각적 인식론을, 기계적 형이상학 대신 유기적 형이상학을, 성공주의적 인생관 대산 환희의 인생관을 추구하는가? 만약 그렇다면, 이는 S. 프로이트가 에로스 일체를 비정신화, 비신비화하는 것과 대조가 된다. 로렌스에게서 보는 자와 보여지는 자의 시선은 향락의 불꽃 대신 '별'의 찬란한 관망을 지향한다. 로렌스의 별은 육적 갈망, 그 결핍의 지평선 너머 수직적 초월의 우주에 있는가?

로렌스는 수평적 소유욕의 불꽃에 싸안긴 범상한 에로스의 주인공들에게는 대체로 혼돈이고, 희귀하게 선망에 찬 충격이다.

자연주의자 플로베르는 보바리 부인을 어떻게 변호하는가?

검사 : "(중략) 귀여운 자식을 돌보지 않은 여자, 남편의 사랑을 경멸하는 여자, 불의의 간통으로 가정을 파괴하는 여자, 이것이 주인공입니다. 썩고 더러운 짐승이요, 야비한 공상의 추악한 창조물입니다. (중략)"

플로베르 : "(중략) 나는 악덕을 그렸으나 선을 보호하기 위해서입니다. 그러나 나는 엠마가 야비한 공상의 추악한 산물이라는 점에 반대합니다. 추악할지 모르나, 제가 창작한 것이 아닙니다. 우리 사회가 그 여자를 만들어 놓았습니다. 수많은 엠마가 있습니다. 엠마가 되려는 여성도 많습니다. (하략)"

플로베르의 소설을 각색한 이 시나리오는 유전과 환경 결정론에 입지를 둔 자연주의적 인간관, 세계관에 기울어 있다. 이 같은 자연주의적 에로스의 욕망은 환경 결정론과 인간의 동물적 본성에 터하여 있으므로 초월적,, 영적 차원과는 상관이 없다. 자연주의적 에로스의 주체인 결정론적 짐승은 우주에 충만한 영적 파동을 감지하지 못한다. 그는 로렌스의 별이나 톨스토이의 기독교 신과는 무관한 동물일 뿐이다.

상업주의적 과잉 욕망에 종속된 예술가나 후원자는 의도적으로 이 같은 동물적 향락 위주의 에로스적 충동으로 수용자를 유인한다. 예술적 헌신으로 위장한 이런 상행위는 매우 빈번히, 노골적으로 종종 교묘한 위장술로써 예술적 기교의 일부로 편집시킨다. 마광수의 몇 소설이나 이문열이 비판한 황홀한 반란의 에로티시즘이 그 현저한 예라 할 것이다. 황홀한 반란이 보여주는 육욕의 적나라한 노출은 오히려 반페미니즘적 일탈 행위가 아닌가? 이는 건강한 에로스의 복원을 위해 역설적 가출을 한 H. 입센의 여주인공이 선언한 페미니즘의 수준에 치욕적인 미달 현상을 보인다. 1954년의 문제작 정비석의 자유부인은 오히려 그 소박한 수준의 에로스적 욕망보다 국어학자(교수)인 남편의 지위나 역량이 국회 의원을 능가한다는 속물적 가짜 욕망으로 해서 비난받아야 할 것이다. 또 수용자를 유치하려는 상업적 욕망을 채우기 위해 작품의 구조적 전일성과는 상관이 없거나 그것을 헤쳐 가며 에로스적 욕망의 장면을 삽입하는 행위도 비판받아 마땅하다. 이를테면, 이청준의 단편을 각색 연출한 영화 「서편제」의 한 장면도, 아비가 딸의 눈을 멀게 한 반윤리성과 함께 문제점으로 지적될 옥의 티라 할 만하다.

…… 진종일 녹음 속에만 숨어 있던 노래 소리가 비로소 뱀처럼 은밀스럽게 산 으스름을 타고 내려와선, 그 뱀이 먹이를 덮치듯이 아직도 가물가물 밭고랑 사이를 떠돌고 있던 소년의 어미를 후다닥 덮쳐 버린 것이었다.

이청준의 이 절묘한 상징법을 영화 감독은 과잉 노출 장면으로 연출했다. 물론 조명으로 에로스의 노출을 절제하려는 노력을 보이긴 하였으나, 음향 효과와 시간이 남용됨으로써 예술성의 위기 현상을 보여 주었다.

잠을 자거나 잠을 깨거나 소년의 귓가에선 노래 소리가 떠돌고 있었고, 소년의 머리 위에는 언제나 그 이글이글 불타오르는 뜨거운 햇덩이가 걸려 있었다.

고도의 수준을 가늠하는 이청춘의 이 같은 욕망 상징적 담론을 영화 연출자는 저처럼 위기로 몰아넣고 있다. 이것은 수용자인 관객의 라비도와 흥행에 대한 욕망 때문일 것이다.

에로스가 추악함과 아름다움, 야성적 유희와 생명적 승화 구원에의 욕망이 충돌하는 불꽃 속에서 어느 차원으로 전락 또는 변용되는가 하는 것은 문명사의 질을 결정하는 계기다.

4

에로스와 추악성은 동의어가 아니다. 에로스는 마르쿠제가 말하는 '생명적 인간'의 역동적인 삶과 역사의 원소일 수 있다. 생존의 결핍인 '아난케'가 요구하는 차가운 현실 원리와 에로스적 쾌락 원리 사이에 빚어지는 치열한 긴장의 에너지야말로 창조의 촉매일 수가 있다. "대상이 허상이기에 욕망은 남고, 욕망이 있는 한 인간은 살아간다."는 라캉의 고백은 적어도 절반 이상 내지 전적으로 옳다.

문제는 두 가지다. 먼저, 인간의 욕망은 그것이 충족되리라고 믿는 은유의 단계에서 경험하는 좌절 체험과, 그에서 다시 일어나 욕망 충족의 대상을 찾아 자리를 옮아가는 끝없는 환유의 도정을 밟는다는 사실이다. 이것은 유토피아적 부재 현상을 상징하는 것임에도 인간은 그것을 현실로 받아들이려 아니한다. 또 하나, 로렌스의 별을 넘어 참다운 만남에 도달할, 마르틴 부버의 '영원한 너'를 찰나적 불꽃 속에 확신케 하는 것은 우리 자신이요, 먼저 자신을 사랑하면서 신에게 충성을 바치기에 "우리는 신에게서 또 하나의 내 모습을 볼 뿐이다."고 한 라캉의 고백을 욕망의 주체는 경청하려 아니한다.

욕망의 수평축과 수직축이 만나는 두 나무막대의 교차점에서 욕망은 죽음 체험을 하고, 마침내 "다 이루었다."의 상징으로 남는다는 것은 그래도 우리 인류의 찬란한 소망이다. 수평적 인간사의 지평에서 제작된 이카루스의 양초 날개는 융해점의 한계를 극복 못 하는 희랍적 욕망의 전락일 뿐이다. 욕망의 주체는 나그네, 길은 사막, 대상은 신기루라고 한 라캉의 좌절, 에로스와 별을 모두 초극하는 수직적 지향, 그것은 영원이다.

문학의 에로티시즘의 욕망의 수평축과 "다 이루었다."의 수직축이 교차하는 곳에서 아름다움과 품격에 도달한 것이다.

보는 자와 보여지는 자가 조우하는 치열한 욕망의 지평, 그 무한 수직축의 정점에 "다 이루었다"의 초월적 표상은 늘 푸르다.

까닭에, 20세기 우리 문학사에서 구상, 이청준, 이문열, 김성동, 이승우의 문학이 소중한 까닭을 문학 수용자 모두는 구명해 내어야 한다.

1950년대의 진주 학생 문학활동

정 재 필

1. 영남예술제와 한글 백일장

6.25의 전화(戰禍)가 군데군데 남아있는 1954년 2월, 그 무렵 학생들에겐 유일한 문학 공간이었던 '학원(學園)' 이라는 잡지에 우연히 투고한 시가 입선 게재되면서 당시 진주중 3학년이던 필자의, 문학과의 끈질긴 인연은 시작되었다. 진주 시내에서 유일한 서점인 '진주서점' 사장님께서 학교로 필자를 찾는다는 연락이 왔고 하교 길에 들르니 축하한다며 당시에는 학생들이 좀체 가질 수 없었던 국어사전 한 권을 안겨 주셨다. 그 커다란 사전을 안고 집으로 돌아오면서 필자는 무슨 유명한 시인이나 된 것처럼 가슴 뿌듯했고 어깨에 힘이 갔다.

같은 반은 아니지만 같은 학교, 같은 학년의 성종화 군이 2,3 개월 전에 '학원' 에 시가 실려 필자보다 먼저 이런 영광을 누리고 있었던 것을 뒤에 알았다. 졸업을 앞둔 때라 문예반 담당 선생님이 교지를 만든다고 필자와 성종화 군의 습작 노트를 보자고 했고 나중에 교지가 나왔을 때 두 사람의 글만으로 도배가 되어 있어 아연실색했다.

졸업 후 필자는 진주사범으로 성종화 군은 진주고교로 진학해 헤어졌다. 그러나 학도호국단 행사라던가 영문(嶺文) 주최의 '논개문학의 밤' 등 행사가 있을 때엔 학생 대표로 불려나가 시낭독도 하며 자주 만났다. 그리고 경쟁이라도 하듯 '학원'이나 '학생계'라는 잡지에 글을 발표하고 있었다.

당시는 6.25 직후라 학교마다 사정이 비슷해 겨우 프린트 등사물로 연간(年刊)의 교지가 연명(延命)되고 있었다. 진주고는 허 유(시인·전 한국투자증권 사장), 민영희, 고영근(국어학자·전 서울대 국어국문학과 교수), 성종화(수필가·현 대광법무사법인 대표)를 중심으로 '비봉(飛鳳)'이, 진주농고는 정공채(시인·작고), 최근덕(현 성균관 관장)을 중심으로 '쌍백선(雙白線)'이, 진주사범은 최계림(소설가·작고), 허태유, 한만선(전 부산삼육초등학교장), 정재훈(시인·전 문화재관리청장), 최낙인(전 창원시 교육감), 필자를 중심으로 '두류봉(頭流峰)'이, 진주여고는 정혜옥(수필가·전 대구수필가협회 회장), 윤필선, 진숙자(수필가), 안병남(시인)을 중심으로 '새누리'가 간행되어 1년에 한 번 나오는 교지를 통해 간신히 서로의 필력(筆力)을 가늠할 정도였다.

6.25 직후의 척박한 환경 속에서도 각 학교마다 이처럼 문학열이 꺼지지 않았던 것은 파성 설창수 선생님이 필생의 민족문화사업으로 일궈 놓은 영남예술제(개천예술제의 전신)의 분위기와 한글 백일장 때문이었으리라. 변영로, 이은상, 유치환, 구 상, 모윤숙, 노천명, 김광섭, 이하윤, 이원섭, 김상옥 등 교과서나 작품으로만 알고 있던 많은 시인들을 직접 가까운 거리에서 볼 수 있었고 또 한글 백일장에서는 각지에서 몰려든 많은 문우들과 글 솜씨를 겨루고 사귈 수 있었다.

1949년에 개최된 제1회 영남예술제 한글 백일장은 촉석루에서 열려 시부에는 '만추'라는 시제로 이형기(진주농고·시인·작고)가 시조부에는 '촉석루'라는 시제로 박재삼(삼천포고·시인·작고)이 각각 장원을 했다. 1950년은 6.25가 터져 건너뛰고 1951년 2회부터 한글 백일장은 폭격으로 불타 없어진 촉석루 대신 비봉루로 옮겨 열렸고 '남강을 보며' 라는 시제로 부산의 송영택(시인)이 장원을 했다. 3회에는 이상일(경주출신)이 4회에는 '기원' 이라는 시제로 정은모(진주여고)가 각각 장원을 했다.

1954년 5회 한글 백일장에는 '국화(菊花)' 라는 시제로 장원 정혜옥(진주여고 3년), 차하에 성종화(진주고 1년)가 입상하면서 그들의 필력이 명불허전(名不虛傳)임을 입증했다.

국화

정혜옥(진주여고 3년)

화려한 정원이 아니라도 좋습니다.

여기
메마른 흙과 하늘이 통한 곳에
조상이 물려준 절개를 외우며 섰습니다.
하나의 넋두리 속에서 피는 화려한 의상이 아니기에
더욱 가냘픈 생명이옵니다.

내 조국은 찬바람 부는 언덕을 넘은 곳
외로움은 가을 불나비처럼
견디기 어려운 것입니다.

나에게 노래를 주십시오.
오월의 푸른 언덕은
내가 지킬 언약은 아니라구요.

가도 가도 바람은 불고 서리는 내리는데
내일을 기다려 참아야만 하는
서러운 전설 속에서 피는 국화

 나는 국화이옵니다

2.진주학생문학회 조직과 한글 백일장 전성시대

이 일이 도화선이 되어 이듬해, 당시 진주농대에 재학중이던 하택준 형(수필가·전 국제신문 논설위원)의 사랑방에 진주농대 하택준, 김영환, 진주고 허 유, 민영희, 고영근, 성종화, 진주사범 허태유, 한만선, 정재훈, 최낙인, 손상철, 필자, 진주여고 안병남, 최인자, 김옥순, 김정희, 이월수 등이 모여 진주학생문학회가 결성되었다. 그런데 그때 왜 진주농고가 빠졌는지는 분명 이유가 있었을 것인데 잘 생각나지 않는다.

매주 돌려가며 작품을 발표하여 격론을 벌였고 그 열기(熱氣)가 끝내 사그라들지 않으면 떼를 지어 촉석루 곁의 파성 설창수 선생님 댁으로 몰려가 명쾌한 시비(是非)가림을 청했다. 그럴 때마다 선생님은 우릴 반갑게 맞아 격론의 흥분이 가라앉지 않은 우리를 한 줄로 세워 유장(悠長)하게 흐르는 남강물을 바라보게 한 후 "약해, 많이 약해."라며 두루뭉수리로 우리들의 성급함과 문약(文弱)함을 질타하는 것이었다.

이런 열기 탓이었을까, 그해 1955년 6회 영남예술제 한글 백일장에는 '자화상(自畵像)'이라는 시제로 장원 성종화(진주고 2년), 5위 허 유(진주고 3년), 가작 손상철(진주사범 1년) 등 회원 3명이 입상했다. 아마 이 때가 백일장으로서는 경쟁이 가장 치열했던 황금시절이 아니었나 생각된다. '학원문단'에서 내로라 하며 문명(文名)을 떨치던 전국 각지의 청소년 문사들이 대거 참여했고 심사위원들도 골머리를 앓았는지 장원,

차상, 차하로 입상자를 정하던 예년의 방법과는 달리 1위~5위로 입상자 수를 늘여 발표했다. 지금도 그렇지만 시 한 줄을 떠올리는데 사나흘을 끙끙대야 하는 무척이도 민한 필자로서는 한 시간 안에 시 한 편을 뚝딱 다듬어 내는 백일장 시에 대한 요령과 입맛이 떨어져 이 때부터 백일장 참가는 포기했다.

대신에 백일장이 열리는 비봉루 현장에서 '학원' 지를 통해 낯익은 많은 문우들을 만날 수 있었다. 제주 오현고의 김종원(시인·영화평론가), 마산고의 이제하(시인·소설가), 송상옥(소설가), 김성택(김병총·소설가), 주문돈(시인·전 한국화장품 이사), 부산 동아고의 한영탁(수필가·번역문학가·전 세계일보 국제부장, 논설위원), 경남고의 김준오(문학평론가·전 부산대 국문학과 교수·작고), 김재성, 장승재(시인·전 포항문화방송 편성국장), 부산고의 김민부(시인·작고), 경남상고의 장병국(작고), 홍삼출, 박태문(시인·작고), 부산상고의 박천석, 권영근, 동래고의 박영진, 정두채(정두수·작사가) 등이 그들이다. 그리고 몇몇은 필자의 집으로 데리고 와 밤을 새며 입상 및 낙선 파티를 함께 가진 것으로 기억한다.

훗날 그 때의 분위기를 시인 김종원은 1950년대 학원문단에 오른 303인 시집 『시의 고향』(1989년 창조사 간)에서 '시의 고향, 학원문단'이란 제목으로 이렇게 회고하고 있다.

"〈전략〉 '학원'은 나의 시심을 키워준 시심의 꽃밭이자 신앙과 같은 안식처였다. 그러기에 초면일망정 '학원'이라는 한 울타리에 있었다는 한가지 사실만으로 우리는 무작정 즐거웠고 대견했다.

고3 때인 가을, 진주의 개천예술제에서 만난 이제하, 김성택, 허 유, 성종화, 정재필 등이 바로 그런 예였다. 그때 우리는 비봉루의 한글시 백일장에 참석했었다. 경남 일대는 말할 것 없고 서울에서까지 모여든 이 예술제는 명실 공히 전국적인 행사로 인식되고 있었다. 백일장에 참여한 학생들의 면모도 만만치 않았지만, 서울에서 내려온 심사위원들 역시 김광섭 모윤숙 이하윤 등 그 이름이 쟁쟁하였다. 〈중략〉 긴장된 분위기 속에서 심사 결과가 나왔다. 장원 성종화(진주고), 2등 김성택(마산고), 3등 김종원(제주 오현고), 4등 이제하(마산고), 5등 허 유(진주고) 순이었다. '학원문단' 출신들이 모두 상을 휩쓸었다. 모처럼의 기회를 헛되이 보낼 수 없다는 이 고장 문우들의 초대로, 우리는 저녁 때 정재필(진주사범)의 집에서 신명난 축하의 밤을 가졌다.〈후략〉"

3.불발탄으로 끝난 '한대림(寒帶林)' 동인

이듬해 선배들이 졸업하고 나니 진주 학생문학회 모임도 시들해졌다. 대신에 졸업반이 된 성종화 군과 필자는 졸업 기념 2인 시화전을 갖자고 의기투합했다. 그림은 영남예술제 회화부에 특선한 사범 동학년인 화양동 화백이 맡기로 했다. 필자의 집과 성종화 군의 자취방을 오가며 작업이 3분의 2쯤 진행되었을 무렵 문제가 터졌다. 그해 봄 제3대 대통령 선거가 있었는데 야당인 민주당의 대통령 후보로 '못살겠다 갈아보자' 는 구호를 내걸고 이승만 독재에 대항하여 출마했던 해공 신익희 선생이 유세 도중 뇌일혈로 급서했고 한창 정의감에 불타던 성종화 군의 시심(詩心)이 그를 가만히 두지 않았다. 해공의 죽음을 애도하는 격한 추모시를 써서 조례 때 방송을 하는 일을 벌였고 이것이 빌미가 되어 그는 요시찰 인물로 낙인 찍혀 일체의 학생활동이 금지되어 있었던 것이다. 시화전 장소까지 물색해 놓고 학교에 형식적인 신고를 하려 했는데 경찰 정보계의 압력을 받는 학교 측에서는 자퇴 카드까지 내밀며 윽박질러와 그도 어쩔 수 없었던 모양이었다. 그렇다고 혼자서 시화전을 열 마음도 싹 가셔 수십 장 그려둔 시화를 지인들에게 나눠주는 것으로 우리의 2인 시화전 계획은 무산되고 말았다.

그 무렵 성종화 군의 자취방에 대해서 좀 얘기하자. 진주 근교 마동(현 진양호 수몰지구)이 고향으로 여느 시골 출신 학생들과는 달리 꽤나 넓은 독방을 얻어 혼자 자취를 하고 있었다. 봉곡동 어느 깊숙한 골목 안 한옥 사랑채로 기억되는데 골목을 돌아 나오는 흙담이 아주 운치가 있었다. 담 너머로 대나무 몇 그루가 보이고 박꽃도 수줍게 얼굴을 내밀고 있어 시상이 저절로 떠오를 듯한 멋진 곳이었다. 오호라, 이곳이 그가 '학도주보'에서 특상을 받은 수필 '담'의 소재가 된 곳이구나 생각했다. 이곳을 소재로 그 수필을 썼는지 아니면 그 수필을 발표하고 그런 정취에 맞는 이곳을 자취방으로 구해 찾아들었는지 아마 시간적인 정황상 후자인 것 같은데 이 때부터 그는 수필에도 뛰어난 재질을 보였던 것 같다. 이런 분위기 때문에 시간 날 때마다 필자는 불쑥불쑥 그의 자취방을 찾았는데 아무리 예고 없이 찾아가도 그의 방안은 항시 깨끗이 정돈되어 있어 요즘 더운 날씨에도 좀체 넥타이를 풀지 않는 흐트러짐 없이 정갈한 그의 색시 같은 성품이 이 때부터 만들어지지 않았나 생각이 든다.

그 해 여름 필자는 진주사범 학생들에겐 숙원이었던 프린트물 교지를 선명한 활자 교지로 바꿔 발간하는 일에 몰두하고 있었다. 예산은 마침 그 해 운영위원장을 맡은 최낙인 군(전 창원시 교육감)이 문예반 출신이라 많이 힘을 써 확보할 수 있었고 남은 건 거기에 걸맞은 알찬 내용을 담아내는 것이었다. 편집자의 고충은 예나 지금이나 마찬가지로 남의 글을 베껴내는 모작(模作)이나 도작(盜作)들을 추려내는 일이었다. 신입생 글 중에 문장이 유려하고 내용이 출중한 글 몇 편이 올라왔다. 꼭 황순원이나 오영수의 글을 읽는 느낌이었다. 그런데 글씨나 문장은 같은 사람 글인데 글마다 작자 이름이 다른 게 문제였다. 다른 문예반원들에게 수소문해 봐도 그런 이름은 모른다는 것이었다. 본명 아닌 자신만이 아는, 그것도 익명(匿名)으로 여러 개의 필명을 사용했으니 그 진

위를 누가 쉽게 가려낼 수 있었겠는가?

'틀림없이 소설 줄이나 읽은 어떤 녀석이 남의 글을 베껴 장난치고 있구나.'

그 때부터 그의 글은 무조건 탈락 대상으로 분류돼 결국 그 해 교지에는 실리지 못했는데 졸업 후에 알고 보니 그가 뒤에 작가로서 이름을 드날린 솔마 김상남이어서 지금도 술자리를 같이하면 그 때 일을 사과하고 술 한 잔을 더 권한다.

성종화 군과의 2인 시화전이 무산된 후 우리는 영남예술제 백일장을 통해 알게 된 '학원' 출신들로 '한대림(寒帶林)'이라는 전국을 아우르는 학생 시동인지를 낼 계획을 세웠다. 서울사대부고 이성만(작고), 이태식(전 서울대 교수), 김성실, 동아고 한영탁(수필가 · 번역문학가 · 전 언론인) 경남고 김재성(미국거주), 경북여고 이현숙(이현정 · 시인 · 소설가), 진주고 성종화(수필가 · 시인), 진주여고 안병남(시인), 최인자(작고), 김옥순(응용미술가 · 미국거주) 진주사범 필자 등이 참여했고 필자가 원고와 출판비를 추렴으로 모아 편집까지 마쳐 출판 담당인 부산의 동아고 한영탁 군에게 우송해 동인지가 나올 날만을 손꼽아 기다렸다. 그런데 한 달, 두 달이 넘어가도 아무 소식이 없었다. 안달이 난 필자와 성종화, 최인자가 겨울 방학을 맞아 급거 부산으로 내려갔다. 사정은 이랬다. 당시 동인지 인쇄는 고가인 활자 인쇄보다 저렴하고 정감이 가는 필경으로 등사해 낸 프린트물이 유행이었고 마침 부산사대 미술과에 재학 중인 이해근(당시 '수험생'이란 잡지에 입상한 시인. 작곡가 이상근 교수의 實弟)의 필경 솜씨가 뛰어나 누군가의 소개로 거기에 맡겼던 것인데 이분이 술을 좋아해 그 돈을 유흥비에 다 탕진하고는 차일피일하며 목이라도 빼라고 하고 있어 한영탁 군 혼자서 속을 끓이고 있었다. 아침 일찍 한영탁, 성종화, 최인자, 이현숙, 필자 다섯 사람이 만나 백씨 이상근 교수 집에 얹혀사는 이해근의 거처를 물어 찾아갔다. 아침부

터 술에 절여 소주잔을 홀짝거리며

"동생들, 미안해. 이 빚은 살면서 꼭 갚을게."

이러는 그 앞에서 우리는 더 할 말을 잃고 물러났다.

(그는 대학도 흐지부지 그만 둔 후 학교에 근무 중인 동문들을 찾아다니며 시를 적은 노트를 보여주고 곧 시집이 간행되어 XX에서 출판기념회를 할 것인데 그 축하금을 미리 받는다며 돈을 거두어 가고 나중에 그 장소로 찾아간 동문들만 낭패를 보았다는 이야기는 그의 동문들 사이에 전설처럼 전해온다. 그렇게 살다가 그는 결국 알코올 중독으로 횡사했다.)

그날 밤, 우리 일행은 광복동 입구의 어느 다방에서 고석규, 송영택 시인들이 주최한 '릴케 문학의 밤'에 참석했다. 우리 좌석 가까이 앉아 있던 고석규 시인(당시 부산대학교 국문학과 대학원생)은 까까머리 고등학생인 우리 일행을 보자 주변 탁자 위에 놓인 땅콩과 과자 접시를 몇 개 모아 우리 좌석으로 와서 "후배님들 나중에 부산대학으로 와요. 거기서 함께 공부해요." 하는 것이었다. 이 한 마디가 나중에 필자의 진로를 결정짓는 중요한 계기가 되었을 줄이야……

끝난 뒤 우리 일행은 한영탁 군이 마련한 부산 좌천동의 바다가 내려다 뵈는 어느 언덕 위 전망 좋은 집(한영탁 군의 친척집)에서 '한대림' 동인의 장렬한 해단식을 가졌다. 한영탁, 이현숙, 김재성, 성종화, 최인자, 필자 여섯 사람이 밤을 새워 못 마시는 술을 마셔가며 문학을, 미래를, 젊음을 얘기하다 보니 어느새 날이 새고 있었고 다음날 우리는 문단에서 만날 것을 굳게 약속하며 아쉬운 이별을 했다. 당시 소통이 어려웠던 서울 친구들에게는 자세한 설명을 하지 못해 고교를 졸업하고 진학을 위해 상경하는 경우 자세한 경위 설명과 함께 이해를 구하리라 다짐했는데 공교롭게도 성종화 군과 필자는 서울로 진학하지 않았고 2년 늦게 서울로 진학한 한영탁 군이 서울 친구들에게 상당히 곤욕을 치렀으리라 생각이 든다.

뒤에 한영탁 군은 언론계로 진출해 대한일보, 조선일보, 합동통신 외신부 기자를 거쳐 한국어판 리더스 다이제스트 편집장을 지내다가 세계일보 국제부장 및 논설위원을 역임했다. 대학에서 영문학을 전공한 그는 번역 작가로도 많은 역서(譯書)를 남겼는데『티베트에서의 7년』,『주은래』,『등소평』,『나의 사랑 버지니아 울프』,『바다 한가운데서』등 다수가 있다. 지금은 수필가로 등단해 활동하고 있다.

4. '시부락(詩部落)' 창간에 얽힌 이야기

진주로 돌아온 성종화 군과 필자는 두 번의 좌절을 거울삼아 지난해 결성했던 진주 학생문학회를 바탕으로 진주 시내 문학도들을 한데 아우를 수 있는 시동인지 한 권이라도 발간하고 졸업하자는 데 의견을 같이했다. 기간이 촉박해 동분서주하며 진주고 성종화, 김은영, 허일만, 이원가, 진주여고 김정희, 이월수, 진주사범 정재훈, 손상철, 김안자, 필자 총 10명의 시작품을 모아 편집을 해서 파성 설창수 선생님께 제호(題號)를 얻으러 가니 '시부락(詩部落)'과 '청천(菁川)' 두 개를 내어놓고 고르라는 것이었다. 시동인지라 '시부락'을 골랐다. 1936년에 서정주, 김동리, 오장환, 김달진 등을 중심으로 발간된 시 전문동인지 '시인부락(詩人部落)'이 있고 또 '부락(部落)'이라는 말이 일본에서 건너온 왜색 짙은 말이라 좀 께름칙하다는 의견이 있었지만 말이다.(다른 하나의 제호였던 '청천'은 이듬해 후배들인 최용호, 손상철, 박재창, 서정훈, 허일만 등이 벌인 동인 이름으로 자연스레 넘어간 것으로 안다.)

그리고 그 책의 편집 후기(後記)를 필자가 '여죄(餘罪)'라는 말머리를 달아 이렇게 썼다.

여죄(餘罪)

　　우리는 가난하다. 그리고 끝없이 고독하다. 우리는 지금 아무런 과녁조차도 뚫어보지 못하는 불안한 위치에 있다. 우리에겐 누군가 따뜻한 손길이 필요하지만 그런대로 우리는 너무나 아득하다.

　　마침내 탈피를 시도하는 총질을 한다. 불안과 기존의 것에 대한 처절한 항변이다. 이제라도 우리는 모든 외부와의 타협을 끊고 조용히 자숙의 깃발을 마련한다.

　　실은 가난함이란 우리의 의미가 될 수 없다. 차라리 꽃은 예사로이 피었다가 지는 것이라고 생각해 버린다.

1957. 2. 5 〈재필〉

〈'시부락' 1집 표지 사진. 제자(題字) 詩部落은 파성 선생님의 친필임〉

　　이렇게 해서 1950년대에 진주를 뿌리로 한 최초의 학생 시동인지 '시부락(詩部落)' 1집이 4.6 판 프린트 인쇄로 표지에 비닐까지 입힌 호화 책치레를 하여 세상에 나오게 되었고, 서점 가판대에 자리 잡은 이 책을 보면서 우리는 비로소 우리 손으로 무언가 해냈다는 뿌듯함으로 가슴이 뛰었다. 그러나 책이 졸업식 직전에 나와 뒤풀이도 못한 채 필자는 발령지로, 성종화 군은 가세가 기울었거나 다른 계획이 있었던지 대학진학을 포기한 채 고향으로 뿔뿔이 흩어져 아쉬웠다. 비록 1집으로 끝나긴 했지만 그 뒤 활발히 전개되었던 '청천(菁川)' 이나 '영화(嶺花)' 의 모태가 되어 진주 학생문학 동인활동의 탄탄한 밑거름이 되었다는 것을 생각하면 지금도 가슴 뿌듯하다.

　　2년 후 1959년 겨울에야 진주 광성 다방에서 시부락 동인 주최 제1회 송년문학의 밤을 가짐으로써 못한 뒤풀이의 한을 풀 수 있었다. 그날

인사말을 '영문(嶺文)' 출신 소설가 강종홍 군에게 맡겼는데 초등학교 교사인 자신은 코흘리개 애들 앞이라면 몰라도 다방에 가득 자리한 성인 청중들 앞에선 영 자신이 없다고 꼬리를 빼기에 부랴부랴 시장 막걸리집으로 데려가 탁주 몇 사발을 안겼더니 술에 취해 혀 꼬부라진 소리로 "우리는 아직 꼬리가 달린 개구리입니다."라는 명 인사말을 남겨 그 일이 지금도 술자리에 가면 곧잘 회자(膾炙)되곤 한다.

그 뒤 성종화(수필가·현 대광법무사법인 대표), 정재훈(시인·전 문화재관리청장), 손상철(시인·현 한국교육삼락회총련 사무총장), 최용호(시인·현 진주문화예술재단 이사장), 서정훈(전 진주시장), 이월수(시인·작고), 김정희, 김상남(소설가·전 부산남구문인협회 회장), 강종홍(소설가), 허일만(시인), 김안자(김정숙·전 부산동삼초등학교장), 유부웅(작고), 이문형, 강동주(시인), 김영화(시인·작고), 황영석, 황경자(시인·작고), 허옥랑(시인), 조정남(시인), 노영표, 김판용, 김석라(김지연·소설가·현 한국여류문인회 회장), 성명숙(성지혜·소설가), 하선자, 최옥경, 정영순, 조현희, 박홍주, 필자 등 옛 얼굴들과 후배들이 한데 어울려 '대화(對話)' 동인이란 새 이름으로 송년문학의 밤 모임이 1960년대 진주의 본격적인 문학 동인지인 '흑기(黑旗)'나 '영도선(零度線)', '남가람' 등이 나오기 전인 1963년까지 계속되었던 것으로 기억된다. 거의 반세기 전의 얘기다. (계속)

남강문우회 회원
주소록

2009. 9. 15. 현재

＊＊＊ 남강문우회 회원 주소록 ＊＊＊

http://cafe.daum.net/namgangmunoo

2009년 9월 10일 현재 〈 계좌번호 국민은행 118202-04-053323 허일만 〉

이 름	우편번호	주 소	전화번호	비 고
박용수 (갈래말)	110-035	서울 종로구 옥인동 178-51 거성 연립202호 한글문화연구회 ysp34@hotmail.com	02)722-1824 016-350-9618	고문 (남. 시)
月溪 정태수(월계)	446-792	경기 용인시 기흥구 언남동 500 초원마을 성원 상떼빌 209-403 tsohong31@hanmail.net	031)274-8787 011-9926-8787	고문 (남. 시조)
정혜옥	705-804	대구 남구 대명9동 493-18 theresia1001@hanmail.net	053)652-7229 010-3070-7229	자문위원 (여. 수필)
덕암 이영호(20ho)	411-751	경기 고양시 일산구 주엽동 문춘마을 뉴삼익APT 1604-703 lyh1936@hanmail.net	031)917-5855 010-9737-5855	자문위원 (남. 소설)
靑多 이유식(청다)	136-847	서울 강남구 대치3동 950-5 화인하이빌APT 202호 yslee3809@empal.com	02)566-5967 019-310-3757	자문위원 (남. 평론)
翠嵐 최용호(취람)	660-989	경남 진주시 판문동 596-51 진주예술촌 38호 cy5252@hanmail.net	055)759-0507 011-884-1984	자문위원 (남. 시)
정목일	641-777	경남 창원시 상남동 대동APT 119-502 NAMU HAE@hanmail.net	011-866-1628	자문위원 (남. 수필)
水石 성종화(천성산)	613-777	부산 수영구 망미동 693-1 더 샵 파크리치APT 106-1405 sjw6262@hanmail.net	051)942-6262 010-5872-2134	회장 (남. 수필)
蕙林 정재필(혜림)	607-802	부산 동래구 명륜2동 32-162 jp1398@hanmail.net	051)555-1398 016-580-1398	감사 (남. 시)
솔마 김상남(소로마)	612-755	부산 해운대구 순환로 195 대림1차 APT 117-1701 soroma@hanmail.net	051)702-9538 010-2559-6342	부회장 (남. 소설)
김창현 (김현거사)	448-737	경기 용인시 수지구 성복동 대우푸르지오APT 109-102 12kim28@hanmail.net	010-2323-3523	부회장 (남. 수필)
聾坡 이영성(농파)	678-801	경남 합천군 합천읍 합천리 교동 267-6 황강연립 207호	010-9667-7855	부회장 (남. 시조)
靑嵐 허일만(허나시스)	604-774	부산 사하구 하단동 청구APT 102-2106 him5993@hanmail.net	051)291-5993 011-869-9631	사무국장 (남. 시)
鳳花 안병남(봉화)	139-828	서울 노원구 공릉2동 110 공릉아파트 603-1411 ann2946@hanmail.net	02)972-2946 010-6277-2946	서울지구 간사 (여. 시)
廷琝 서창국(정민)	617-824	부산 사상구 모라1동 421 학산APT 101-1403 esqu@hanmail.net	018-554-2774	재무간사 (남. 시)
정재훈	120-783	서울 서대문구 홍제3동 455 현대그린APT 101-804	02)3216-6104 011-9947-6105	운영위원 (남. 시)
손상철 (평산나라)	100-700	서울 서초구 우면동 599 식유촌길 20 sohonsc599@hanmail.net	02)577-6269 018-239-6611	운영위원 (남. 시)

이 름	우편번호	주 소	전화번호	비 고
南求 강종홍(가조호)	136-777	서울 성북구 하월곡동 두산APT 125-1403 rkwhgh1216@hanmail.net	02)914-9502 011-643-1091	운영위원 (남. 소설)
至天 정옥길(지천)	609-824	부산 금정구 부곡4동 888-23 jc08@hanmail.net	051)515-5369 018-551-6662	운영위원 (남. 시)
海石 홍성실(해석)	607-831	부산 동래구 온천1동 165-2 스파맨션 1동 702호 s20kr@yahoo.co.kr	051)554-3940 011-4699-3940	운영위원 (남. 수필)
牧霞 송영기(목하)	604-777	부산 사하구 하단동 SK뷰A 105-1402 songiiy@hanmail.net	051)294-0376 010-9999-9717	운영위원 (남. 수필)
東林 정원구(동림)	609-312	부산 금정구 구서2동 177-27 성원맨트로빌 1603호 wkjung8941@hanmail.net	051)515-8941 010-8517-8941	운영위원 (남. 소설)
生烱 송민수(돈키호테)	611-752	부산 연제구 연산9동 388-1 한양APT 32-607 jhsong3885@hanmail.net	070-7504-3886 019-481-3885	운영위원 (남. 시)
享洋 정대수(마당골)	612-765	부산 해운대구 좌2동 1321 벽산 1차 A 110-602 chungds29@paran.com	051)702-8090 016-548-3089	운영위원 (남. 수필)
황소지 (금잔디29)	612-021	부산 해운대구 우1동 1432 현대베네시티 101-1703 teresah29@hanmail.net	019-570-4168	운영위원 (여. 수필)
김덕남 (기더나)	613-828	부산 수영구 민락동 274-3 knamkjin@hanmail.net	051)646-3377 010-4591-3712	운영위원 (여. 수필)
素心 김정희(소심)	660-988	경남 진주시 칠암동 311-10 sosim3@paran.com	055)752-3494 010-3955-3494	운영위원 (여. 시조)
玄峰 이병수(현봉)	614-751	부산시 부산진구 개금3동 신개금 APT 201동 1203 leebs220@hanmail.net	011-9306-1797	운영위원 (남. 수필)
玉出 조진태(옥출)	132-791	서울 도봉구 창4동 자운길51 동아 청솔 APT 105동 1702	02)997-2038 010-9976-2038	운영위원 (남. 소설)
갈뫼 최만조	608-807	부산 남구 대연3동 푸르지오 APT 104-1804 nongaksoly@hanmail.net	051)625-7148 011-578-7146	운영위원 (남. 동시)
하정 강희근	660-290	경남 진주시 상봉서동 상봉 한주타운2동 1703호 tksdprktj@hanmail.net	055)751-5836 019-9158-5836	운영위원 (남. 시)
之卿 정태범(무행)	137-044	서울 서초구 반포4동 107-72 현대파크 101호 muhaeng@hanmail.net	02)536-8767 011-529-8767	운영위원 (남. 수필)
김달호 (dalle)	137-040	서울 송파구 잠실2동 22 리센터APT 237-2903 dale21kin@manmail.nat	02)6677-5589 010-3123-3004	운영위원 (남. 시)
이숙남	135-965	서울 강남구 개포2동 243-5	02)573-0442 017-231-0447	운영위원 (여. 소설)
함순자 (에베네셀)	410-382	경기 고양시 일산동구 장항2동 750 삼성스윗트 404호	031)904-2222 011-791-1801	운영위원 (여. 수필)

이 름	우편번호	주 소	전화번호	비 고
一涇 한영탁(일경)	120-788	서울 서대문구 홍제동 홍제현대APT 103-1503 hanyt38@yahoo.co.kr	02)387-3726 011-478-3744	운영위원 (남. 수필)
海亭 양왕용(해정)	612-874	부산 해운대구 우동 1410 트럼프월드 마린 D동 2503 poyong43@naver.com	051)731-2747 011-563-2604	운영위원 (남. 시)
강석호 (수필문학)	110-775	서울 종로구 경운동 88 수운회관 1308호 gpessay@kornet.net	02)737-7081 011-219-0272	운영위원 (남. 수필)
伊西 강동주(이서)	660-993	경남 진주시 하대동 610-2 일신APT 2-102호	055)753-2959	운영위원 (남. 시)
김호길		미국 L.A 거주	010-6871-2855	운영위원 (남. 시조)
아천 김상환	637-805	경남 함안군 가야읍 말산리 본동 269-20 ksh386@yahoo.co.kr	055)583-2880 011-857-6130	운영위원 (남. 수필)
정영애	120-113	서울 서대문구 연희3동 연희B지구 성원APT 103-1902 ddoli1996@yahoo.co.kr	02)334-6557 019-208-0534	운영위원 (여. 동화)
籠岩 최낙인(농암)	641-550	경남 창원시 사파동 동성APT 112-901 nichoi9@hanmail.net	055)285-2026 011-9310-3908	운영위원 (남. 시)
김영숙 (물망초)	138-768	서울 송파구 문정2동 올림픽훼밀리APT 215-401 bibongsa@hanmail.net	02)401-1133 011-210-1133	운영위원 (여. 수필)
임만근 (아송)	463-792	경기 성남시 분당구 야탑동 asong157@hanmail.net	010-4156-4772	운영위원 (남. 시)
손계숙 (초영)	135-871	삼성동 90-15 늘보람빌라 402호 cho-yong1@hanmail.net	070-8271-3553 011-225-7511	운영위원 (여. 시)
강금희	463-715	경기 성남시 분당구 구미동 무지개마을 청구APT 510-1502 goldenhope@hanmail.net	031)714-6105 016-256-6099	운영위원 (여. 수필)
山河 강중구(산하)	607-751	부산 동래구 복천동 500-1 우성베스토피아APT 111-606 sanha38@hanmail.net	051)554-8289 010-4463-8289	운영위원 (남. 수필)
香山 박준영(향산)	463-470	경기 성남시 분당구 궁내동 중앙하이츠 202동 403 (J) jypark0033@hanmail.net	010-9447-0033	운영위원 (남. 시)
海江 이진표(해강)	158-051	서울 양천구 목1동 932 현대APT 103동 1102	011-841-8172	운영위원 (남. 수필)
弘林 김기열(홍림)	415-721	경기도 김포시 북변동 풍년마을 삼성아파트 kky13342@hanmail.net	010-7675-8828	운영위원 (남. 시)
허옥랑 (오솔길)	132-916	서울 도봉구 창3동 471-2 mom0926@hanmail.net	02)992-7235 010-9837-7239	운영위원 (여. 시)
佰鑛 김형도(백광)	472-010	경기도 남양주시 와부읍 덕소리 현대홈타운 106동 1801호 hyungdokin	010-7942-3942	운영위원 (남. 수필)

이 름	우편번호	주　　소	전화번호	비 고
一石 김한석(일석)	120-070	서울 서대문구 영천동 100 독립문 삼호APT 103동 1804호 sunmtriv@hanmail.net	02)391-7108 011-9831-7108	운영위원 (남. 수필)
조규현 (kencho)	609-811	부산 금정구 남산동 991-3 wolvi@hanmail.net	010-8007-4300	운영위원 (남. 시)
茶瀅 강경호(다형)	137-742	서울 서초구 서초1동 서울교육대학교	010-3703-0883	운영위원 (남. 시조)
隅石 김봉군(우석)	135-865	서울 강남구 삼성1동 53-2 진흥APT 1동 1004 blur923@hanmail.net	011-9116-5979	운영위원 (남. 평론)
餘谷 이문형(여곡)	602-820	부산시 서구 서대신동2가 267-2	051)469-4941 016-558-7893	운영위원 (남. 시)
이창규 (Vendam12)	621-831	경남 김해시 장유면 율화 대우 푸르지오 405동 801호	055)333-8384 010-7288-8384	운영위원 (여. 시조)
南汀 천옥희(남정)	446-561	경기 용인시 기흥구 교동마을 현대홈타운 110-1402 1000oak@hanmail.net	031)274-2515 010-3230-6709	운영위원 (여. 시조)
侯人 이인숙(후인)	133-772	서울 성동구 응봉동 신동아 APT 4동 1203호 hamyangin@hanmail.net	02)2299-8406 010-2707-8416	운영위원 (여. 시조)
허 유	140-211	서울 용산구 한남동 258 리버티하우스 505호	02)797-0942 010-9212-0942	운영위원 (남. 시)
海攸 박대섭(해유)	660-782	경남 진주시 신안동 14-1 흥산스위트 907호 pshsh77@naver,com	051)757-1335 018-228-7368	운영위원 (남. 시조)
文持 이숙례(문지)	612-712	부산 해운대구 재송1동 더샵센텀파크 108-2403 blvesa@yahoo.co.kr	051)743-7203 010-9925-7356	운영위원 (여. 시조)

※ 이름 난의 (　)안은 닉네임입니다.
※ 실명이 확인된 회원들을 가입순서에 따라 게재했습니다.

〈편집 후기〉

참으로 감동스럽고 가슴 부풀게 하는 남강문우회 창간호 〈南江文學〉이 마침내 태어나 밝은 빛을 보게 되었습니다. 이 감격! 이 보람! 어쩌면 지리산 정기를 담아 흐르는 진주 〈남강〉의 위아래 갈래 물길에 손발을 담그고 멱을 감던, 그리하여 젊은 날들의 꿈과 鄕愁를 머금고 살아온 남강문우회 회원(고문, 자문위원)님들의 주옥같은 文香들을 담아 낸 高雅한 靑磁이기에 커다란 자부와 긍지를 머금어 봅니다.

〈남강문우회〉까페 운영 2년차에 〈창간호〉 발간을 논의하고부터 〈남강문학〉이 세상에 태어나기까지 편집 실무진에서의 느낌은 처음 가볍게 출발하여 끝에는 감당하기 어려울 정도의 무거운 느낌이었음을 고백합니다. 그 이유는 현재 한국문단의 중진이신 초대작가님과 몇 분 회원(고문, 자문위원)님들의 수준 높은 작품들의 대우 문제, 그리고 많은 회원님들의 다양하고 독창적인 수많은 작품들을 담아낼 책의 크기와 경비 문제가 큰 고민이었기 때문이었습니다.

이미 '남강문우회 창간호 자료실' 에서 밝힌 바대로 〈발간 편집 위원회〉에서 협의 끝에 많은 회원들의 참가를 권장하고, 까페, 창간호 자료실에 게재된 작품 원문 존중 *초대작가작품-특집-장르별, 작자 가나다순 작품 배열, 시 2편, 외 각 1편씩-사진은 작품 첫머리에, 약력 5행 이내-320p 1200부* 등을 발간, 편집원칙으로 하였음을 밝히면서, 아울러 무례와 약간의 오류가 있을 수 있음을 진심으로 양해 구합니다.

책이 나오기까지 〈발간 편집위원〉 여러분들의 많은 애쓰심과 남강문우회 회원(고문, 자문위원)님들의 적극적인 협력, 그리고 저마다의 아련한 향수와 낭만을 묶어 하나 된 성심으로 〈남강문우회〉의 무궁한 발전을 비는, 감사와 기원을 함께 드리면서 아울러 〈남강문학〉 창간호에 무거운 애정을 가져봅니다. (동림)

남강문학 2009 창간호

발행처 : 남강문우회
발행인 : 성종화
발간위원 : 정재필, 김상남
　　　　　　양왕용, 허일만, 서창국
편집위원 : 정원구 정옥길 송진현
편집실 : 부산시 연제구 거제동
　　　　　1490-3 세헌빌딩 301호
　　　　　T.(051)942-6262

제작처

도서출판 작가마을
대표 : 배재경
주소 : 부산시 중구 중앙동 2가 24-3
　　　　남경빌딩 303호
전화 : 051-248-4145, 2598
전자우편 : seepoet@hanmail.net
등록번호 : 제02-01-329호

※ 정가 12,000원